光文社文庫

文庫書下ろし

怪を編む
ショートショート・アンソロジー

アミの会(仮)

光　文　社

怪を編む

CONTENTS

AREA♠

メイクアップ 7
太田忠司

血液型別
あなたの
今日の運命 25
友井 羊

あなたが好きだから 35
永嶋恵美

イルカのシール 51
似鳥 鶏

霊 径 67
松村比呂美

AREA♣

微睡《まどろ》みの森 85
井上雅彦

と・み・た 101
大崎 梢

デコイ 115
坂木 司

胡瓜を焼く 135
田辺青蛙

今朝早く、
私の左目は旅立った。 153
矢崎存美

著者略歴 423

母校 169
芦沢 央

鴨 189
北野勇作

つい…… 207
柄刀 一

グリーフケア 221
新津きよみ

命賭けて 239
丸山政也

AREA♦

甘い種 255
彩瀬まる

聖女の恋文 275
篠田真由美

見つめるひと 289
柴田よしき

記憶 309
福田和代

夕暮れ色のビー玉 327
光原百合

AREA♥

AREA★

わたしのスペア 347
近藤史恵

みかんの網 365
鈴木輝一郎

オルレアンの噂 381
蓮見恭子

甘えん坊の猫について 397
林 譲治

穴を掘りに 411
松尾由美

Design=Nobusawa Takeshi

AREA♠

メイクアップ
太田忠司
血液型別あなたの今日の運命
友井 羊
あなたが好きだから
永嶋恵美
イルカのシール
似鳥 鶏
霊 径
松村比呂美

メイクアップ

太田忠司

エレベーターのドアが開いた瞬間、まずいと思った。

白とピンクを基調とした室内に、およそ私の趣味とは異なるものが置かれている。花柄のソファ、いくつものぬいぐるみ、壁にかけられた若い女性のポートレート、天井から下げられた「LOVE!」の看板。そして化粧品特有の甘ったるい匂い。

降りる階を間違えたのかとも思ったが、そうではなかった。受付らしきカウンターに「welcome to make-up studio TORIKA」と書かれたプレートがあったのだ。メイクアップスタジオトリカ。私は確かに、そこを訪れるためにやってきた。

人の姿はなかったが、エレベーターから一歩外に踏み出たとたんにどこかでチャイムが鳴り、奥から女性がひとり姿を現した。二十代前半か、あるいは十代後半に見える。小柄で髪はショートカットに整えていた。小さな顔には不釣り合いなくらい大きな黒縁眼鏡を掛けている。白いブラウスにブルージーンズ、茶色いエプロンを身に着けていた。胸元には「密原《みつはら》」と記されたプレートを付けている。

「いらっしゃいませ。ご予約いただきました三宮《さんのみや》様ですね」

「ああ……はい」

頷《うなず》くしかなかった。

「こちらへおかけください」

花柄のソファを勧められ、腰を下ろしたところでクリップボードとボールペンを手渡された。

「恐れ入りますが、まずアンケートにお答えいただけますか」

「はい」

私はペンを持ち、記入を始めた。名前は三宮藤治《とうじ》、五十四歳、住所は……。

書きながら密原という女性をちらりと見上げる。冷淡というほどではないが、あまり表情もない。こんな場違いな所に来た私を嗤《わら》っている様子もないようだ。

アンケートにはメイクアップの種類が列挙されていて、自分が望むコースにチェックを入れるようになっている。いわくプリティー・コース。いわくエレガント・コース。いわくスタイリッシュ・コース。これらはどれも女性向けらしい。

その下に男性用のコースが並んでいた。リッチ・コース、ダンディ・コース、そしてコンフィデンス・コース。

「教えてほしいんだが」

私は密原に言った。

「男性用の化粧というのは、別に女装をするというのではないんだな？」

「違います」

彼女は即座に答えた。

「もちろん男性の方に女性と同じメイクをすることも可能です。そちらのフェミニン・コースというのがそれです。でも三宮様はそれをお望みではありませんよね？」

「当たり前だ」

いささか気分を害しながら、アンケート記入に戻った。当店を知った理由は、という問いに「インターネットで見て」と書き込んだ。

半月ほど前のことだ。ネットサーフィンで何かのリンクを辿《たど》っているうちに、この店のサイトに辿り着いた。普段の私にはまったく縁のない店だったから、すぐに離れるつもりでマウスを動かしかけた。そのとき、その文言が眼に留まったのだ。

【男性の皆さん、隠されている真のあなたを見出してみませんか】

真のあなた——真の自分。

琴線《きんせん》に触れるというのは、こういうことだろうか。何気ない宣伝文句だったが、私はその言葉に惹かれた。

ちょうどその頃、私は自分に自信を失くしていた。部長昇進確実と周囲から言われ、自分でもそう確信していたのに、それが叶わなかった。それどころか、思いもよらない閑職に追いやられた。師事していた上司が派閥争いに敗れて会社を去り、私も残党狩りに遭ったというわけだ。付くべき上司を見極められなかった自分の不明を恥じるべきなのかもしれないが、それでも納得はできなかった。同じ派閥の社員でも多くがお咎《とが》めなしだったからだ。どうして私だけがこんな仕打ちを受けなければならないのか。そう不満に思っていたところへ周囲から私に関する噂が洩れ聞こえてきた。

——三宮課長は顔で出世コースを外れた。

たしかに私は、いわゆる二枚目ではない。しかし自分を醜男《しこお》と思ったこともなかった。どちらかといえば特徴のない、平均的な顔立ちだと思っている。しかしその平均的なところが、人の上に立つ人間として相応《ふさわ》しくないと見なされたというのだ。

冗談ではない。私は同期の社員の中でも有能だという自負がある。事実、誰よりも早く課長に出世した。課長在籍歴は社内でもトップだろう。つまり実力だけなら、いつ昇進してもおかしくない状況が続いていたのだ。

それが、顔に特徴がないからといって出世コースから外されたというのか。断じて納得できない。私は大いに憤慨したが、同時に「またか」という思いも湧いてきた。

子供の頃から私は周囲から「覇気がない」とか「意欲が見えない」とか言われてきた。小学校の徒競走でも懸命に走っているのにもかかわらず教師から「本気を出せ！」と怒られたりしたのだ。顔付きに特徴がないだけでなく、表情も乏《とぼ》しいということなのだろう。だからこちらの熱意も伝わらない。妻や子供たちにさえ「あなたは何を考えているのかわからない」「父さんには何を言っても反応がないから無駄」と言われる始末だった。今回の左遷に近い異動も、顔のせいだと言われるのは不本意ではあるが、毎度のことだと思うと言葉もない。

すべては、この顔がいけないのだ。本当の自分は、こんなではないのに。

そんな思いが募《つの》っていたときに、この店のことを知った。最初は化粧をして気分転換しようというくらいのことかと思ったが、サイトに掲載されている体験者の話を読んでみると「メイクで本当の自分を表に出すことができた」「自信が持てた」と書かれていて、それが気になった。もしかしたら、本当に化粧することで真の自分を見出し、表現することができるかもしれない。でも男が化粧するなんて恥ずかしい。でも……と逡巡すること二週間、ついに決心してここにやってきたというわけだ。

「お望みはわかりました」

密原はアンケート用紙を見ながら言った。

「ご自身の気持ちがはっきり顔に出るようにしたい。そして意欲的な人間であることを周囲に認めさせたい。自分を蔑《ないがし》ろにしてきた会社の人間や家族を見返してやりたい。そういうことですね」

「いや、それは……」

アンケートにはそこまで書いてはいない。否定しようとしたが内心思っていることはそのとおりなので、言葉を濁すしかなかった。

「それでしたらコンフィデンス・コースが適当かと思われます。よろしいでしょうか」

「ああ、それでやってくれ」

「では、こちらへお出でください」

案内されたのは小さな部屋だった。壁に大きな鏡が置かれ、鏡の周囲には明るい照明がいくつも据えつけられている。いわゆる女優ミラーというものだろうか。

上着を脱いでその前に座らされると、床屋で掛けられる布みたいなものを首のまわりに巻かれた。密原は私の前髪をピンで留め、

「では、始めさせていただきます」

と言った。私はいささか緊張しながら眼を閉じた。

蒸しタオルで顔を拭《ぬぐ》われた後、クリームのようなものを全体に塗りたくられた。そして細い指が顔をマッサージしはじめる。その動きは迷いがなく、力が入っているようでもないのに皮膚を滑るたびに圧を感じた。

「長い間、我慢をされてきましたね」

密原の声がした。

「お顔全体に蟠《わだかま》りが染みついています。まずそれをほぐしていきます」

指の動きが速くなった。顔の筋肉に沿い、その下の骨の形をなぞるように滑っていく。とても気持ちがいい。顔の強張《こわば》りがしだいに解《と》けていく。私はたしかに我慢を重ねてきた。言いたいことも言わず、相手に合せ、忍んできた。私のこれまでの人生は、そうしたことの積み重ねだった。子供の頃から、大人になっても、いつも私ひとりが馬鹿を見

てきた。

そんな鬱屈が一気に解き放されていくように感じた。そうだ、もっとやってくれ。どんどん速くなる指の動きに、私は歓喜さえ覚えていた。もっとだ。もっともっともっと……。

ぐにゃり、と音がしたような気がした。密原の指が私の頬骨《ほおぼね》を貫いたのだ。痛みはなかった。快感だけだった。だから本当に指が骨を突き破ったのかどうかわからない。だがたしかに、そんな感覚を覚えた。

「何を……」

そう言おうとした。でも声にならなかった。それより早く指が動き、私の顎を外したのだ。

それからはもう、自分の顔がどうなっているのかわからなかった。上下の歯はすべて抜き取られ、眼球は眼窩《がんか》から抉《えぐ》りだされ、鼻は潰され、耳は頭頂部あたりまで引き上げられた。そのすべてがとてつもなく心地よかった。頭蓋骨《ずがいこつ》が割られて脳を引きずり出されたときには快感のあまり失神しそうになった。

実際、私はしばらく気を失っていたに違いない。気が付いたときには、私の顔は無くなっていた。

眼も開けられないから、鏡で確かめることもできない。だが私にはわかった。首から上は何がなんだかわからないものになっている。

不思議と驚きとか恐怖とかの感情は湧いてこなかった。ただ快感の余韻が全身を包んでいる。私は今、すべてから解放された状態にあるのだ。

「では、お顔を作っていきますね」

再び密原の指が動き出した。今度は丁寧に繊細に、私の顔――らしきものを撫でていく。その度に眼が、鼻が、耳が、元あった場所に形作られていった。さらにローションのようなものを全体に塗られ、刷毛《はけ》で眉と唇が描かれ、スプレーを吹きつけられ、櫛《くし》が元通りに植えつけられた髪を整えた。

「終わりました。ご確認ください」

密原が言った。私は恐る恐る眼を開けた。

鏡にひとりの男の顔が写っていた。間違いなくそれは、見慣れた私の顔だった。

いささか失望した。骨格から変えられ、まったくの別人になったのではと思っていたからだ。しかし、そんなことがあるわけもない。先程のはマッサージの気持ちよさに錯覚をしただけだろう。

だが、まじまじと鏡を見ているうちに、それだけではないとわかってきた。たしかに私の元の顔と変わらないように見える。しかし、どこか印象が違うのだ。眼が少しだけ大きく見える。鼻も前より高く感じられた。何より顔の輪郭自体がシャープになり、知的な雰囲気を醸している。しかしそれは、ただそんな感じがするという程度の変化でしかなかった。

「効果は、これからわかります」

私の戸惑いを察したように密原が言った。

「このまましばらくお過ごしください。もちろん洗顔されても効果は落ちません」

精算を済ませ、店を出た。向かいのビルの窓に映る私の顔は、とても自信に満ちているように見えた。

帰宅すると妻は私の顔を見るなり、少しだけ戸惑ったような表情になった。

「あなた、どうかした？」

「どうかって、何が？」

「いえ……」

言葉を濁したが、それでも視線は私から離れなかった。その後も気が付くと妻は私の顔をまじまじと見つめている。心なしかその頬が上気しているようにも見えた。

帰宅した子供たちも私の顔を見るなり、不思議そうに首を傾げ、

「パパ、整形した?」

などと言った。

「まさか。するわけないだろ」

私は誤魔化した。

その夜、妻は妙に優しかった。

翌日出勤すると同僚たちはみんな私を二度見した。だが顔について何か言ってくる者はいなかった。

それ以来、私は変わった。いや、私の周囲が変わった。接してくる者の態度があからさまに違うのだ。みんな誠意に溢《あふ》れ、親しみやすい。これまで粗雑に扱われてきたのが嘘のようだった。会議でもなぜか私の意見は賛同を得るようになり、上司も部下も私の言葉に熱心に耳を傾けるようになった。

私も今まで以上に積極的に仕事をした。かねてから心に秘めていた計画を立案し、新

規事業に打って出るよう進言した。会社としてはかなりチャレンジングなものだったが、会議の場で私が今このプロジェクトを立ち上げる必要性について語ると、その場にいた者すべてが陶然とした表情を浮かべ、口々に賛意を表し、私を疎《うと》んじていたはずの社長までもが「三宮君の言うことなら」とGOサインを出した。正直、信じられない思いだった。

そのプロジェクトリーダーも任され、私は部長として会社創立以来最大の改革に携わることとなった。ついこの前まで冷や飯食いの扱いだったのが嘘のようだ。私は自信に溢れ、絶対に成功させる意気込みで仕事に励んだ。

しかし立ち上げから数ヶ月後、プロジェクトは暗礁に乗り上げた。取引銀行を始め、社外との調整が急にうまくいかなくなったのだ。同時に社内でも動きが停滞しはじめていた。この前まであんなにも意欲に満ちていた彼らが、私の話を聞いても思ったほど表情を輝かせなくなっていた。

なぜだ？　なぜこんなことに？　焦りを感じながら私は洗面所で自分の顔をまじまじと見つめた。そして気付いた。そうか、効果が切れたのか。

すぐにスタジオトリカに飛び込んだ。

「前と同じメイクをしてくれ」

「かしこまりました」

密原は前回と同じ鏡の前で私の顔を捏《こ》ねくりまわし、それから整えた。メイクアップが終わって店を出ると、たまたま通りかかった女性が私を見てうっとりとした表情で立ち尽くした。その足で会社に戻り、気の抜けた社員たちに活を入れ、取引銀行へと向かった。私が直接交渉すると、担当者は顔を紅潮させて頷き、私の提示した条件をそのまま受け入れた。余勢を駆って他の取引先にも赴き、停滞していた交渉をすべて締結させた。

一週間も経たないうちにプロジェクトは勢いを取り戻した。年明けには陣容が整い、正式に発表できるまでになった。

プレゼンテーションは私が担当することになり、ネット配信で世界に流されることとなった。私は身につける衣服から喋りかた、表情の作りかたまで意識し、備えた。もちろん、密原によるメイクアップも欠かしはしなかった。

結果を言えば、プレゼンは大成功だった。老舗《しにせ》企業の大胆な改革として内外のマスコミが大きく取り上げ、私がプレゼンする動画は桁外れの再生回数を誇ることとなった。

社の株価は上昇し、立ち上げたプロジェクトは大成功を収めた。

程なく、私は取締役の座を与えられた。成し遂げた成果を考えれば、当然の処遇だった。

その後も事あるごとに密原の店を利用した。雑誌にインタビューされるとき、テレビに出演するとき、重要な会議があるとき、まずはメイクアップを忘れなかった。

五年後、私は何度目かわからないくらい馴染みとなった鏡の前で、密原に言った。

「明日は私の社長就任祝賀パーティーだ。特に念入りに頼む」

「かしこまりました」

そう応じた密原は、初めて会ったときのままの姿で鏡に映っていた。ふと気になって訊いてみた。

「君は、何歳だ？」

「それを聞いてどうされるのですか」

特に気分を害した様子もなく、密原は聞き返してきた。

「いや、ちょっと気になったので。悪かった」

軽く謝ってから、思った。彼女も自らメイクアップをしているのだろう。だから若々しいままなのだ。もしかしたら相当の年齢なのかもしれない。

いつものように顔を掻き混ぜられるような快感に身を浸し、気が付いたら終わっていた。鏡に映るのは、今では見慣れてきた私の顔だ。

「ありがとう。また頼むよ」

精算のときにそう言うと、密原は言葉を返した。

「いえ、これが最後です」

「……なんだって？」

「三宮様へのメイクアップは、今回が最後となります」

意外な言葉だった。

「なぜだ？　どうしてこれで終わりなんだ？」

「限界を超えてしまうからです」

「超えたらどうなる？」

「土台が保《も》たなくなります」

意味がわからないが、やはりこのメイクアップは危険な施術だったのだろうか。もう頼めなくなるのか。

それもしかたない。私は社長にまで登りつめた。もうメイクの力を借りなくても問題はあるまい。名残惜しいが、これで終わりにしよう。そう思った。

思ったつもりだが、そうも言っていられない事態が、やがて訪れた。私が社長になってから順風満帆のはずだった会社の経営が、少しずつ悪化してきたのだ。私が立ち上げた事業の売上が鈍化し、利益が上がらなくなってきた。すでに新しい技術が開発され、我が社のやっていることは時代遅れになってしまったのだ。

こうなったら、また新しいプロジェクトを立ち上げなければならない。私はすぐに着手した。しかし、思ったように事は運ばなかった。マスコミは「三宮社長のカリスマ性にも陰りか」と報じた。

私は矢も盾もたまらずスタジオトリカに飛び込んだ。

「頼む。もう一回だけメイクしてくれ」

断られると思った。しかし密原は、

「かしこまりました」

と言って、いつものように私にメイクを施してくれた。

そして、あの自信に満ちた顔を取り戻すことができた。私は意気揚々と店を出た。すぐに社に戻り、役員会議を招集し、新規プロジェクト推進の大号令をかけるつもりだった。私は大声で笑った。

誰かが悲鳴をあげた。見ると通りを歩いていた女性がこちらを見て叫んでいる。

「顔！　顔だけ！」

思わず後退ろうとした。が、体が動かない。

——これが最後と申し上げましたよ。

どこからか、声が聞こえたような気がした。だが振り向こうとしても、そのための体が、私にはもう、なかった。

——土台が保たなくなります。

その言葉の意味を、やっと理解した。

真正面のビルの窓に、私の姿が映っていたからだ。

宙に浮いた、顔だけの私が。

血液型別あなたの今日の運命

友井　羊

【A型】のあなたは真面目《まじめ》だと思われがち。だからみんなから頼られているんじゃないかな。それはきっと責任感の強さと、きっちり仕事をこなす性格のためだと思うよ。だけど几帳面さのせいか、他人と衝突することも少なくないよね。周囲との軋轢《あつれき》が生まれて、あなたは日々ストレスを感じてる。イライラすることで、物言いが厳しくなることもある。相手に恨まれてしまったかも、と心配したことも少なくないはず。

だから腹が立ったときは少しだけ落ち着いて深呼吸をしてみよう。怒りは一瞬だから、ちょっとの工夫《くふう》で収めることができるんだ。もし余裕があれば、ちょっとだけ外出してみるのもアリだよ。普段使わない道を使うことで、気分はリフレッシュできるから。だけどイライラをぶつけられた相手が同じように、気持ちを落ち着けられるかはわからない。あなたは自覚している以上に、誰かに憎まれているかもしれない。

だから嫌なことがあって気分が暗くなったら、散歩のスピードを速めてみよう！　運動は最高の気分転換。でも調子に乗って、道に迷わないように気をつけて。

あなたは何事も熱心に取り組むから、周りもきっと信頼してくれている。それはきっと間違いないよ。その証拠にあなたに接する人たちは、みんな笑顔じゃないかな。

だけどその表情の裏で、あそこまで言わなくてもよいのにとか、ふつふつとした黒い心を抱え込んでいるかもしれないね。

思考がマイナスになっているあなたは散歩中、全く知らない道に迷い込んでしまうよ。それはまるで、あなた自身の心の中みたいに。

そしてあなたは過去の振る舞いを思い出す。あの言葉や、あの行動が、知らないうちに誰かを傷つけているかもしれない。そんな後悔の記憶がどんどん溢《あふ》れ出ていく。

そうしているとふと、あなたは背後から視線を感じる。振り向いても誰もいない。だけどあなたはその視線の持ち主に心当たりがある。その視線に憎しみが込められている気がしてくる。懸命に歩みを速めるのに、視線はずっと離れてくれない。

何度道を曲がっても、試しに同じ道を戻ってみても、目の前には知らない場所が広がっている。日が暮れて、辺りは徐々に薄暗くなっていく。

A型は神経質だと言われがちだから、今度もただの気のせいに違いない。そんな風に願いながら、あなたは全力で足を動かす。でも視線は執拗に追いかけてくる。

息が切れて、横腹が痛くなってくる。夜の闇に包まれてもあなたは走る。足の裏にまめができ、喉の奥から血の味を感じる。だけど無駄なんだ。どれだけ出口を探しても、どんなに叫んでも、A型のあなたは、そこから逃げることができないんだよ。

気分屋で適当だと評価されちゃう【B型】のあなた。好きなことには人並み外れた集中力を発揮できちゃうのが、あなたの最大の強み。だけど興味がないことには無関心だから、いい加減だと思われちゃうこともしばしば。

そんなあなたに相性ぴったりなのがA型の人。几帳面な性格とは合わないと思われがちで、最初はとっつきにくいかもしれない。だけどあなたの型破りなところを、きっちりしたA型の人がしっかりとフォローしてくれるんだ。そんなあなたの周りにもA型の人がいるはず。その中にきっと、気になる相手がいるんじゃないかな？

その人の前であなたはムードメーカーとして、普段から明るく振る舞っているよね。ちょっとお間抜けな発言だって意図的だけど、ホントのあなたは全然違う。あなたは繊細で傷つきやすい。大切な人のことを考えるだけで胸が張り裂けそうになる。

A型のあの人はきっと、そんなあなたの内面をわかってくれているよ。

意中の人を思い浮かべることができたあなたは、勇気を出して行動するべき。まずは相手のことを調べちゃおう！　想い人の好きなものを知るだけで胸が弾むよね。趣味について詳しくなくても大丈夫。それを知ろうとすることで、ぐっと距離が近づくよ。

少し心配なのが、B型の移り気な性分かな。でもきっと問題ないよ。好きなことにはとことんのめり込むあなたは、意中の相手の全《すべ》てを知ることができるはずだから。どこに住んでいるのか、どんな家族構成なのか、あなたは一つずつ調べていく。あなたは持ち前の集中力で、意中の相手の全てを知っていくよ。

B型のあなたは、デリカシーがないとか言われちゃう。それは好きなことに集中するあまり、周りが見えなくなってしまっただけ。決して悪いことじゃないんだ。そんなあなたにオススメなラッキーアイテムは盗聴器！　あの人のことを、もっとたくさん知ることができるよ。

意中の相手は、きっとあなたの気持ちに気づいている。だけどA型の人は性格が真面目だから、なかなか一線を越えようとしてこない。どうしてあの人は、あなたに振り向いてくれないいんだろう。あなたはだんだん、相手の態度を歯がゆく思ってくる。

そして今日、意中の人の姿を見かけたあなたは、秘めた想いを爆発させる。あなたは想いを伝えようと、愛するあの人を追いかける。相手はびっくりして逃げるかもしれない。だけど大丈夫。B型のあなたは意中の人の全てを知っている。どういう風に逃げるかも全部わかっている。だからあなたはどこまでも愛する人を追いかける。あなたの元に幸せが舞い込むのは、きっと時間の問題かもしれないね。

おおらかな性格が魅力の【O型】のあなた。裏表のない性格は仲間たちの潤滑油。おおざっぱなトコロが玉にキズだけど、楽天的なあなたをみんなはいつも許しちゃう。

そんなO型は、鮮やかな赤がラッキーカラーなんだ。洋服やアクセサリーなど、身の回りのものに赤を取り入れることで、あなたの運勢はグッとアップするよ。

だけど反面、赤から離れると、あなたにはとんでもないことが起きるかも。それが何かはわからない。だけどあなたは赤いものに囲まれなくてはならないんだ。

それを避けるために、あなたは赤を求める。O型のあなたはとっても行動力があるから、赤を手に入れるために外に出るよ。そうそう、いつ何が起こるかわからないからね。普段から天然だと指摘されがちだから、護身のための準備をしよう！

部屋を探したあなたは、キッチンでナイフを発見する。金属製品もあなたの運勢を上げるよ。持ち歩くのは何かと危険だけど、O型のあなたは細かなことは気にしない。

街には素敵な物がたくさんあるよね。ショッピングをしただけで、たくさんの赤いグッズが目につくよ。赤い帽子に赤いペン、トマトなんかも赤いよね。だけどあなたはどれもピンと来ない。鮮やかさが足りないなとあなたは思うはず。

そんなO型のあなたの運勢を上向ける、もう一つの方法を紹介するよ。それは誰かの恋の手助けをすること。人の役に立つと、とっても気持ちが上向くよね。だからあなたもぜひ、恋に悩む人の背中を押してあげよう！

開放的なあなたはみんなから慕われている。だから恋の問題を解決するなんて簡単だよね。あなたはすぐに、恋に悩む人を発見する。それはB型のあいつ。恋に焦《こ》がれて意中の相手を追いかけるB型のあいつを、あなたはじっと観察する。

そしてあなたはすぐに気づく。あいつの恋は成就しない。思い詰めて相手を追い込んだ末に、きっと悲しい未来が待っている。

でもそれでは困ってしまう。B型のあいつの恋の悩みも解決できない。ラッキーカラーの赤に囲まれることも無理だから、このままではあなたに恐ろしいことが起きる。どうすべきか考え抜いたあなたは、素敵な方法を思いつく。B型のあいつの恋が叶わないなら、いっそ死んでしまったほうがいい。そう考え、あなたはナイフを取り出す。

B型のあいつは、意中の相手を追いかける。すると二人とも廃屋に入っていき、あなたも続く。早くラッキーカラーをゲットしないといけない。さもないと、あなたに不幸が訪れちゃう可能性が大だよ。それを回避するために、O型のあなたは全力を尽くさなくてはいけないいんだ。

【ＡＢ型】のあなたは感受性が強く、変わり者のイメージがあるよね。自分だけの世界を大切にしていて、自分をちょっとだけ人と違うと思っている。

あなたは一人で街を歩いている。ＡＢ型の今日のあなたの運勢は四種類の血液型で最高！　きっと街中のどこかで、素敵な出来事に巡《めぐ》り合うに違いないよ。

いつもは行かない場所に足を延ばしたあなたは、一軒の廃屋を発見する。アーティスト気質のＡＢ型のあなたは、朽ちはてた建物に心惹かれ、つい廃屋に足を運んじゃう。長らく放置された工場で、退廃的な空気は一匹狼のあなたにぴったり♪

あなたはふと、勝手口らしきドアが少しだけ開いていることに気づくよ。近づいてそっとノブを引くと、ドアはあっさりと開く。奥のほうは深い闇が続いているんだ。

あなたは吸い寄せられるように入っていく。荒れた事務室らしき部屋を進むと、奥のほうから奇妙なにおいを感じ取る。さらに誰かの声も聞こえる気がしてくる。

たすけて。くるしい。それは助けを求める声。あなたは慌《あわ》てて先に進む。異臭はどんどん濃くなっていく。そして気づく。充満しているのが濃密な血のにおいだということに。あなたは階段の手前で立ち止まる。奥は地下室になっていて、においや人の気配は下りた先から漂っている。あなたは恐怖を感じつつも、階段を一歩ずつ下りていく。

下りきった先にドアがあった。何かの倉庫なのだろうか。金属製の分厚いドアがある。レバーを手にして全力で引くと、重いドアはゆっくりと動く。地下室だから真っ暗。あなたはスマホを取り出して、ライト機能で辺りを照らすよ。

そこには血の海が広がっていて、二人の人間が倒れている。B型の人は血塗《ちまみ》れで倒れていて、胸元から血が溢れていた。その横にO型の人がうずくまっている。O型の人は微笑んでいるけれど、喉に刺さったナイフのせいで絶命している。

あなたは悲鳴を上げる。足が震えて動かない。そこでふと物陰からA型の人が飛び出してドアまで走る。たくさん殴られたのか顔が傷だらけだ。A型の人は気を失っていたが、あなたの叫び声のおかげで意識を取り戻したんだ。

A型の人は部屋を出て、外側からドアを閉める。ガチャンという鈍い音がする。慌てて駆け寄るけれど、ドアは開かない。外側からしか解錠できない。あなたはドアを叩く。だけどかつて巨大な冷凍庫だった部屋は、一切の音が遮断されている。

部屋は血塗れで、むせかえるような血のにおいが充満している。いくら叫んでも声は外に届かない。永遠にそこから出られない。実は、あなたのラッキーカラーもO型と同じで赤なんだ。ＡＢ型の運勢を高めてくれるアイテムは、一面の鮮血でキマリ！

あなたが好きだから

永嶋恵美

『部屋の中の人形や、ぬいぐるみの位置が微妙に変わっていたら、霊の仕業《しわざ》ではなく、空き巣かストーカーかもしれません。塩を撒いたり、お祓《はら》いをしたりする前に、警察に相談しましょう……』

そんな文章がSNS経由で回ってきたのは、ずいぶんと前のことだった気がする。不用意に人形やぬいぐるみを受け取るのは危険です、という一文もあった。あれを最初に書いた人は、よほど人形とぬいぐるみが嫌いだったのだろう。

でも、テディベアに盗聴器を仕込んでプレゼントするなんて、古式ゆかしいやり方を実行するストーカーなんて、今時いるんだろうか？

有線ではなく、無線でつながっているパソコンや家電は、遠隔操作し放題だ。ちょっとしたスキルがあれば、テディベアを手先にせずとも、のぞき見や盗み聞き以上のことが可能になる。

いや。一昨日、情報番組で、そうした手口を紹介して、注意をうながしていた。ということは、近い将来、盗聴器入りテディベアと同じく、ネット経由の遠隔操作も「割に合わないやり方」へと降格されるに違いない。

おそらく、メーカーが在庫を売り切った時点で、防犯機能強化をうたった新製品が売り出される。それほど遠くない将来。経済はそうやって回っているのだから。


この時間が終わるのも、それほど遠くない将来だろうか。私がこうして、あなたを見ていられるのも、それくらい？　あなたはいつまで、引っ越さずにいてくれる？


平日、あなたの朝は遅い。ここに引っ越してきて一ヶ月くらい経ったころに、仕事のシフトが遅番に変わった。いや、正確には「変えてもらった」だよね？

満員電車が死ぬほど嫌いになったのは、毎朝、決まって出くわした痴漢のせい。あなたは怖がりで、気が弱かった。相手の手首をつかんで、駅員に突き出すなんて、とてもじゃないけど、無理だった。

それに、相手は真面目そうな背広の男。あまりにも真っ当すぎて、電車内で怪しからん行為に及ぶなんて思えないタイプ。男が冤罪《えんざい》だと主張すれば、それが通ってしまいそうで、あなたは告発という選択肢をあきらめた。

最初にあなたがとった手段は、いつもとは別の車両に乗ること。それでも、男はあなたを探し当てた。乗車駅が同じだったから、簡単なことだった。その時間帯、ホームを端から端まで歩けばいい。

仕方なく、あなたは通勤時間を変えることにした。幸い、遅番だった社員が辞めたこともあり、会社に申し出るとシフト変更は受理された。男のほうは時間の融通が利く仕事ではなかったのか、二度と遭遇することはなくなった。

この件については、あなたよりも、あなたの友だちのほうが激怒していたっけ。あなたが友だちにＬＩＮＥで一部始終を報告してくれたおかげで、私はそれをのぞき見ることができた。でなかったら、外での出来事なんて知りようがない。

彼女はとてもいい友だちだったけど、今は少し疎遠になってしまった。通勤時間が遅くなったせいで、彼女と生活のリズムがずれた。いつもメッセージのやり取りをしていた時間、あなたはまだ会社にいる。少しずつだけど、トークの時間が減って、少しずつだけど、彼女との距離は開いていった。

かわいそうに。でも、あなたは一人じゃないよ。大丈夫。私が見てるから。あなたが何時に帰宅しても、何時に家を出ていっても。

あなたは寂しくなったのか、猫を飼い始めた。ペット禁止のアパート住まいで、平日はほとんど部屋にいないけれど、不可能というわけじゃない。

ペットショップに行けば、トイレのしつけをすませた子猫が並んでいるし、犬と違って猫は無駄吠えしない。自動給餌器なんていう便利な道具もある。ウェブカメラを設置すれば、外出先からでも猫の様子を知ることができる。最新式のカメラなら、レンズを動かして部屋の隅々まで見ることができるし、マイクを通して呼びかけることもできる。

ただ、ネット経由で侵入されて第三者に室内をのぞき見される、というリスクがウェブカメラにはあるわけだけど。あなたは、その点には目をつぶることにした。

何しろ、ペットショップには、あなたの好みにぴったりのかわいらしい子猫がいた。おとなしい性格で、しっぽもふさふさで。あなたはたちまち、その猫に夢中になって、疎遠になった友だちのことなんて忘れてしまった。

猫がうらやましいと、ちょっとだけ思った。大人げないとは思うけど、これ見よがしにあなたの膝《ひざ》に座る猫に嫉妬した。

まあ、いい。どうせ、猫だって、あなたと話すことはできないんだから。もしも、あの子猫が人間の言葉を話すようになって、あなたと楽しげにおしゃべりを始めたら、心おだやかではいられないだろうけど。

いいんだ。私は、あなたを見ているだけで満足。それだけで、毎日が楽しい。一度くらい、直《じか》に、あなたと話してみたいと思わなくもないけれども。

あなたの休日は、配達員の訪問から始まる。お出かけのための支度《したく》でもなければ、誰かを迎えるための部屋の片づけでもない。平日、買い物をする暇もないほど忙しく働いているあなたは、部屋からほとんど出ないし、友だちやカレシを招くこともない。

代わりに、ネット通販で注文した品々が届く。配達日指定のものもあれば、再配達のものもある。運送会社もいろいろ。

でも、同じ時間帯で同じ運送会社であれば、ほぼ同じ配達員がやってくる。毎週、決まって顔を合わせているせいか、中にはカンチガイ野郎も出てくる。

そう、あいつ。妙に愛想のいい男。薄毛を作業帽で隠して、加齢臭をまき散らしてた初老の男。

最初は『今日も朝から暑いですねえ』とか、『見た目より重たいですよ。気を付けて』とか、そんな当たり障《さわ》りのないセリフで話しかけてきたから、あなたも笑ってうなずき返してた。

そのうち、『髪、切ったんですね』とか、『昼ごはんの支度中ですか？』なんて鼻をくんくんさせたりするようになった。

思い出してもキモいよね。怖かったよね。だって、宅配便の伝票には、発送元や品名が明記されてる。つまり、配達員にはどこでどんなものを買っているのかが一目瞭然。

怖くてたまらなくなったあなたは、一番よく利用していたオンラインショップでの買い物をやめた。やや割高で、少々使い勝手の悪い通販サイトを利用することにしたおかげで、あの最低野郎とは二度と会わなくなった。

背広の痴漢のせいで、通勤時間を変える羽目に陥《おちい》り、キモい配達員のせいで買い物が不便になった。あなたは何ひとつ悪くないのに、あなたばかりが不自由を強いられる。

……よくある話だけど。

私？　私はそんなことしない。あなたを危険な目にあわせたりしないし、イヤな思いもさせない。何もしない。私はただ、見てるだけ。

めずらしく、配達員以外の訪問者がやってきた。

『ごめんなさい。回覧板なんですけど、風が強くて、ドアに引っかけたままだと飛ばされちゃいそうで』

インターフォン越しに聞こえてきたのは、優しそうな女の人の声。ドアを開けると、子供を抱っこした若奥さん。あ、若奥さんって死語かな？

『今時、回覧板なんて、何事かと思っちゃいますよね。ゴミ出しのルールが守られていなくて、苦情が出てるんですすって』

笑顔がすてきで、幸せそうな奥さん。なんか、そんな名前の主婦向け雑誌があったよね？　あまりにも愛想がよすぎて、不自然なくらい。もしかして、宗教の勧誘？　ほら、その手の勧誘って、子連れでくることが多いって話だし。

でも、あなたは少しも疑っていないみたいだった。お人よしだからっていうより、隣に変な人が住んでいるなんて考えたくないから、だよね？　あなたはそういうところがある。自分に都合よく物事を解釈したがったり、見なかったことにしたり。それも、生きるための知恵ってやつかもしれないけど。

奥さんが帰っていくと、あなたは回覧板を一号室へ持って行った。「最後の人は一号室に戻してください」って書いてあったから。なるほど、回覧板ってそういうシステムなんだね。今まで、こんなものが回ってきたことは一度もなかったから知らなかった。

所要時間から推測して、インターフォンは鳴らさずに、ドアノブに引っかけてきただけだね？　あなたはあの奥さんみたいに社交的なタイプじゃないし、何より、一号室の住人が男だったら怖い。うっかり顔を合わせてしまったら、部屋番号まで知られてしまう。

それほど強い風じゃなかったから、たぶん、引っかけたままにしておいても大丈夫。

あの奥さん、大げさな人ね……なんて猫に言ってたのは、自分への言い訳だったのかな。そんなことより、もっと気になることがあるんだ。隣の部屋から赤ん坊の泣き声が聞こえてきたことなんて、あったっけ？

隣の部屋のことなんて、私は知らない。あなたが外で何をしているか、それも知らない。私がいつも見ているのは、この部屋の中だけ。

この部屋には、なぜか、よく似た女が引っ越してくる。ツキがなくて、めぐりあわせが悪くて、生まれついての被害者タイプ。まちがっても加害者になりそうにないタイプ。上司や先輩からパワハラされて、取引先ではセクハラされて。あなたも、そんな感じだよね？

あなたの前に住んでいた人も、見るからにおとなしいタイプだった。疲れきった顔で帰ってきて、ため息ばかりついていた。

その前の住人も、気が小さくて、落ち込みやすい人だった。貧乏くじばっかだよ、なんて、しょっちゅう、電話でグチってた。

その前の前の住人なんて、カレシがＤＶ男で、体のあちこちにアザをこしらえてた。おまけに、空き巣に入られて、文字どおり踏んだり蹴ったり。

今時の空き巣って、すごいんだよ。昔みたいに、引き出しを引っ張り出したままにしたり、タンスや押入れの中身を片っ端から出したりなんて、しない。貴重品がありそうな場所だけをピンポイントに狙う。

現金なんて見向きもしないで、クレジットカードの裏と表を写メって終了。カードを持ち去ることもしない。カード番号と期限、裏側のセキュリティ番号さえわかれば、用が足りるからね。信販会社から高額の請求が来るまで、彼女は空き巣に入られたことすら気づかなかった。

すごいなあって、半分、感心して見ていた。そうだよ。私は一部始終を見てた。空き巣が手際よくクレジットカードを取り出して、撮影して、元どおりにしていく様子を。でも、見てただけ。それ以外に何ができる？　警察に連絡？　無理無理無理。

それに、どうせ彼女もすぐにいなくなるって、わかってた。空き巣が入っても、入らなくても。

そう。みんな、いなくなってしまう。ずっと見ていたいと思っても。いつか、あなたもそうやって、いなくなるんだろう。わかっているけど、寂しい。

月曜の夜だから、いつもみたいにこの世の終わりって顔で帰ってきて、のろのろとドアを閉めると思っていたのに、今日はちがってた。

何事かと思ったよ。後ろ手にドアを閉めるなり、その場に座り込んでしまうなんて。完全に息が上がっていたから、駅から走ってきたんだね。

誰かに追いかけられた？　それとも、顔を合わせたくない相手とバッタリ会ってしまった？　もしかして、別れ話がこじれたっていう元カレ？　ここへ引っ越してきたばかりのころ、あなたが友だちとＬＩＮＥで話してた……。

引っ越しまでしたのにね。通勤時間が長くなるのは覚悟の上で、前のアパートと離れた町を選んだのにね。

あの友だちは、元カレのことを「ストーカーよりタチが悪い」なんて言ってたっけ。正真正銘のストーカーのことを知らないから、そんなセリフが言えたんだろうけど。

ううん、違うな。友だちは正しい。痴漢と同じ最寄駅でも、キモい配達員に顔と住所を知られていても、ここを動かなかったあなたが引っ越しという手段に訴えたんだから、やっぱりタチの悪い男だったに違いない。

ということは、あなたはまた引っ越しを選ぶんだろう。元カレから逃げるために。とうとう、あなたもいなくなってしまうんだね。

条件に合う物件が見つからなければいいのにな。引っ越し先が決まるまでは、この部屋にいてくれるよね。実際、ワケアリの格安物件なんて、そうそうあるもんじゃない。

でも、物件探しに難航したとしても、結果は同じか。遅いか早いかの違いがあるだけ。ああ、残念でたまらない。ずっとあなたを見ていたかったのに。今までの住人の中で、あなたが一番好きだったのに。


誰か、あなたを引き留めてくれないだろうか？　私？　だから、無理なんだってば。


あなたの元カレって、既婚者だったんだね。知らなかった。ＬＩＮＥの画面には、そこまで書いてなかったから。

確かに、友だちの言ってたとおり、タチが悪い。奥さんと別れる気もないくせに、引っ越し先まで追いかけてくるなんて。

あなたのことだから、知らなかったんだよね。その男は、既婚ってことを隠して、あなたと付き合い始めたんだろう。あなたは見るからに泣き寝入りしそうな女だから。

あなたが元カレと出くわして、逃げ帰ってきたのは昨日。でも、元カレのほうは、もっと前からあなたの居所を突き止めていたんだろうね。でなきゃ、奥さんが隣人を装って様子を見に来るなんて、するはずがない。

先週末、回覧板を持ってやってきた「隣の奥さん」が元カレの奥さんだったんだ。いっぺんに謎が解けた。

よくよく考えてみれば、おかしいことだらけ。このアパートでは、回覧板なんて回って来たことがなかった。私の知る限り、ずっと。なのに、『今時、回覧板なんて、何事かと思っちゃいますよね』っていうセリフで、あなたは納得してしまった。

隣から赤ん坊の泣き声が聞こえてきたことだって、一度もなかった。安普請《やすぶしん》の賃貸物件でありながら。あなたは、それをおかしいと思わなきゃいけなかった。もっと疑うべきだった。

隣人になりすますなんて、簡単だった。あの人はただ、回覧板らしきものを作って、インターフォンを押しただけ。うまくいかなければ、それであきらめるつもりだったんだろう。でも、あなたは深く考えずにドアを開けてしまった。

夫が他の女を付け回す姿を見るって、どんな気持ちなんだろう？　しかも、子供はまだ小さい。育児に追われる自分をないがしろにした夫。激怒なんてもんじゃなかったことは、想像がつく。だから、あなたの顔が見たかったんだろうね。そして、顔を見てしまったせいで、怒りが抑えられなくなった。

『夜分にすみません。お隣の者ですけど』

さっき、インターフォン越しに聞こえた声は、どこかふつうじゃなかった。だから、夜中だったのに、あなたはドアを開けた。心配になったんだよね。「お隣の奥さん」のことが。あなたは人がいいから。

まさか、いきなり、ぶっすりやられるとは思わなかった。あなたは悲鳴を上げる暇さえなかった。

奥さんは何度も何度も包丁を振り上げた。地獄に堕ちろ、地獄に堕ちろって、呪文みたいに繰り返してた。頭から浴びた返り血をどうするかなんて、まるで考えてないみたいだった。

元カレも、もう殺されてるんじゃないのかな。ちらっと見えただけなんだけど、袖口からのぞく手首にこびりついてた血は、茶色く乾いていた。あの血は、たぶん……。

ごめんね。助けてあげられなくて。見ているだけしかできなくて。すぐそばで、見てたのに。

ああ、でも。うれしいな。私はずっと一人きりなんだろうって、あきらめてたんだ。

だって、自然死じゃ、地縛霊にはなれないから。

あなたの前の住人は、心を病んで実家に帰ってしまった。その前の住人は、孤独死だったけど老衰だった。さらに前の住人は、ＤＶ男の部屋で殺された。この部屋の中じゃなかった。

私だけだったんだよ。ここで首を吊ったのは。ここを、ワケアリの格安物件にしてしまったのは、私。深く考えずに安い家賃につられて引っ越してくるのは、私とよく似た女たち。

これで、直に話ができるね。もう寂しくない。たくさん、おしゃべりしよう。一晩中でも。そう、時間はいくらでもある。

イルカのシール

似鳥　鶏

娘を強盗に殺された母親に会う場合、まずどういう挨拶をすればいいのか。

当然ながらそんなことは知らない。仕事柄、いつかこうした人にも取材をしなければならないとは分かっていたし、昨夜は色々と頭の中でシミュレーションもしてきたのだが、実際に会ってみるとその痛ましさに、用意していたいくつかの言葉が吹き飛んでしまった。

母親は打ちひしがれ、疲れ果てていた。ほつれて乾ききった髪には白いものがまばらに混じり、セーターとスカートには離れて見ても無数の毛玉がぶら下がっているのが分かる。首筋にも目元にも、どうぞ、という手振りで招き上げてくれる手の甲にも、どんなに伸ばしても消えそうにない皺《しわ》がより、かすれた声からは張りというか、本来生きている動物なら最低限保持しているはずの活力すら感じられない。「魂が殺された人間」という言葉をそのまま形にしたらこうなるのだと思った。

わたしは「この度は」と言いそうになり、慌《あわ》てて口をつぐむ。通夜《つや》ではない。この人の娘さんが亡くなったのは六年前だ。だがひたすら悲しさとやりきれなさに耐えるだけだったのだろうと思われるその六年間で、この人は生気《せいき》を吸い尽くされてしまっている。被害者の母親ということで相当に痛ましいものを想像してはいたが、実際は想像以上だった。どう接しても古傷をえぐるだけ、というより、この人の中では娘さんの死はまだ生傷なのだと思う。触れればすぐに新しい血が出る。触れていいのだろうか。

玄関に上がらせてもらう時、靴箱の上に写真立てが載っていることに気付いた。中の写真は日焼けで変色し始めていたが、六年前の一家の写真だとすぐに分かった。水平線をバックに笑う父親と、今よりはるかに潑剌《はつらつ》とした笑顔の母親。そしてその両方から肩を抱かれ、少し緊張した様子でぎこちなく笑う女の子。資料写真で見た顔と一緒で、何度も報道された「殺された野宮千恵理《のみやちえり》ちゃん（8）」のあの写真はこれだったのかと知る。報道で見るそれと同じ構図の娘の顔。母親は直接的に事件を思い出させるこの写真を玄関先に置いておいて辛《つら》くないのだろうかと思う。それとも毎日見ては泣いているから、六年間でここまで消耗してしまったのか。

六年前、市内の小学校に通う野宮千恵理ちゃんが、この家に侵入した強盗により殺害された。

千恵理ちゃんは生まれた時こそ健康だったものの三、四歳から病気がちになり、小学校に上がってからは一年の半分を自宅のベッドで、残りの半分のうちの何割かも病院で過ごすような子だったらしい。事件当時も、彼女は二階の自室で寝ていた。会社員の父親は仕事に、専業主婦の母親は買い物に出ていたところだった。

買い物から帰った母親は、玄関のドアが開いていることをまず不審に思ったのだという。鍵をかけ忘れたのだろうかと思ったが、ドアを開けると明らかに何者かが家に入った様子がある。リビングのドアは開け放され、下駄箱も開いていた。母親は真っ先に二階の子供部屋に行き、そして「ビニール紐のようなもので絞め殺された」娘の変わり果てた姿を見る。家中が物色されており、代引き荷物の受け取り用に出しておいた現金八千円余りが盗まれていた。家に有価証券や貴金属などはなく、預金通帳とカードは母親が持って出ていたのである。警察は「空き巣のつもりで入った犯人が、千恵理ちゃんがいることに驚いて殺害したのだろう」と判断して捜査を進めたが、結局まだ未解決のままである。

編集長のところに母親から連絡が来たのは、六年前、うちの雑誌がこの事件をかなり詳細に記事にしていた縁らしい。もういいかげん娘の遺品を整理しなければと思って片付けをしていたら、ずっとなくなっていたと思っていた娘の日記帳が見つかったのだという。私はその当時まだ学生だったわけだが、当時の担当記者は三年も前に転職していて、かわりに行ってこいと命じられた。

母親も、ただの親切心でうちに連絡をくれたわけではないはずだった。世間的には、事件はとっくに風化してしまっている。これが記事になることで少しでも話題になって、事件について新たな情報が入ればという、祈るような気持ちなのだろう。

母親の曲がった背中を見ながら狭くて急な階段を上がり、二階の子供部屋へ向かう。これから入るのは殺人現場なのだ、という緊張は、気取《けど》られてはならないと思う。この母親などおそらく毎日のように、娘が殺されたこの部屋を目にしているのだから。だが、ドアに貼られた「ちえり's　room」というマグネットが生々しく、やはり息が詰まる。

当然のことながら、千恵理ちゃんの部屋は綺麗に掃除されていた。取材が来るから掃除した、というのでないことはすぐに分かった。パステルカラーの可愛《かわい》らしい装飾がついた学習机。ペン立ての中のきらきらした文具類。きちんと揃えられてブックエンドに挟まれた辞書類と、何かの課題に使ったのかそこから飛び出している無数の付箋紙が、ここの主であった小学三年生の女の子を生々しく想像させて痛々しい。月並みな表現だが、この部屋は事件時から時が止まったままだった。しかし家の中で一番日当たりがよいであろうこの部屋では、窓のカーテンも、本棚に並ぶ文庫本の背表紙も、六年分の日差しを受けてからからに焼けている。

絨毯《じゆうたん》に膝《ひざ》をついて、学習机の脇に置かれた段ボール箱を開ける母親。この母親の服装もきっと六年前のままなのだ。彼女はただ、娘が生きていた時と同じように部屋を掃除し、一日ずつ生活してきたのだろう。それが六年間続いた。生活パターンを変えてしまうと、娘がもういないことを実感してしまうから。だが実際に八歳の娘がいたら、六年も経てば部屋も生活パターンも全く別のものに変化するはずだ。六年間もそのままであることが逆に、千恵理ちゃんがもういないことをはっきりと示している。そのことに気付かない母親の様子が心に刺さった。彼女はこのまま永遠に、八歳のままの娘の部屋を掃除し続けるのだろうか。

「これです」

振り返った母親が、A5サイズの日記帳を出した。表紙にシロクマの顔が大きく描《えが》かれた可愛らしいものだ。中のページも色とりどりの紙で作られているのが分かる。

「よろしいですか」

「はい」

最低限の言葉で許可を取り、開いてみる。殺された娘が、おそらくは最期の日までつけていたであろう日記帳。交換日記であり、一番頻繁《ひんぱん》に家に遊びに来てくれていた友達と交わしていたという。友達の子が持ってきて、また次にその子が来る時までに書いて渡す。携帯を持っていなかったという千恵理ちゃんの生活では、外界との貴重なつながりの一つだっただろう。

内容次第では泣かせる記事が書ける。私は痛ましさをこらえるためあえて下衆《げす》に徹して考える。相手の子の方の許可はまだだが、千恵理ちゃんの書いた部分だけでも使いようはある。

9月26日　☁→☂　ちいちゃんへ

今日は四時間目から雨だった！　四時間目は体育のプール。めっちゃサムかった！　先生が水温23℃とか言ってたけどぜったいうそ。みんなくちびるがむらさきになってて、さいごのほうは「だれが一ばんくちびるがむらさきか」勝負だった。
プリンセス5巻ありがとう。まだ38ページだけど、デュルク騎士長かっこいいね！　ネズミがにがてとか、もしちいちゃんちにいたらルビーとサファイアのこともこわがるのかな？　それはちょっとたよりないかも……。でも、あとからかっこよくなるそうなので楽しみです。

9月27日　☂↓☀　なっつんへ
今日は朝から体調が悪くて病院に行ったんだけど、病院のいすですわってたらよくなっちゃった。晴れたせいかな？　明日は学校に行けるかも。
ネタバレになるから書けないけど、5巻は第5章がすごいよ！　デュルク騎士長、ネズミ以外にはすごく強いし。騎士長がもしうちに来たら、ルビサファとはがんばって仲良くなってもらう。二匹ともかまないから大じょうぶだと思う。ちなみにルビーはきのう、ヒマワリの種記録こう新です。63個。最後はほお袋がすごいことになってて、面白すぎてデジカメで写真をとったので、プリントアウトして、今度来てくれた時にあげる。めっちゃ笑えます。

でも、明日学校に行けたら明日渡せるね。須藤さんたちは元気？　会いたいよー

色とりどりのページの上に、ラメが入ったりモコモコ膨《ふく》らんだりする玩具のペンを駆使して書かれた短い交換日記。一ページ一ページに競い合うようにシールが貼られていて、どのページもイルミネーションのようだ。こういうファンシーな雰囲気は今の子でも変わらないのだなと思う。

「……他愛もない日記ですけど」母親が言う。

「いいえ。すごくちゃんと書いていますね。友達のこの子も」ページをめくる。どのページもこのボリュームなのだ。「この『デュルク騎士長』って『いきなり！　プリンセス』シリーズですよね。私が小学校の頃一巻が出て、私もリアルタイムで読んでたんです。そうか、千恵理さんも……」

途端に殺された千恵理ちゃんが生身の人間に感じられ、私は涙が溢れそうになって慌てて目元を拭《ぬぐ》う。こちらが先に泣いてどうするのか。

だが遅かった。私の言葉を聞いた途端、母親はうっと呻《うめ》き、両手で顔を覆って嗚咽《おえつ》を

漏らした。しまったと思いながらハンカチを出すが、母親は気丈に涙を拭い、日記帳を指さした。

「……あの子は、交換日記が嬉しくて、何度も何度も読み返していました。事件の日も、そうだったみたいなんです。……そこの、ページに……」

母親がどのページを指さしているかは分からないが、最新のページではないらしい。粘着の弱くなったシールが剝《は》がれないよう、慎重にページを遡《さかのぼ》っていく。

9月6日　☀　なっつんへ

今日はせきが出ていまいちでしたが、スイカを食べるとなぜかせきが止まりました。私のせきはスイカで止まる！　それとも魔法のスイカだったのかな。

種をルビサファにあげたんだけど、なぜかサファのほうが怖がって、一もくさんに逃げた。いったい何と戦っているのだ。サファよ。逃げたくせに回し車で遊ぶという、変なヤツです。

始業式は行けなかったけど、おとといのみんなはまっ黒ですごかったね。まだまっ黒だよね。日焼けっていつになったら元に戻るのかな。先生にはだめって言われてるけど、一回海に行ってまっ黒になるまで思いっきり日焼けしてみたい。なっつん、やったことある？

『プリンセス』気に入ってくれてよかったです。こんど2巻をかしてあげるね！

たすけて　おかあさん

ページの隅にその文字を見つけて、一瞬私は総毛立った。殺された千恵理ちゃんの、明らかに急いで書いたとみられる走り書きの文字だった。他の文字と違いここだけ鉛筆書きで、装飾を凝らして綴《つづ》られた日常と走り書きの切迫感の差が、ぞっとするような生々しさを覚える。

「これは……」

「あの子は」母親は嗚咽混じりの声で言う。「この日記帳を見ていたんです。きっと。それで、とっさに……」

おそらくその通りだ。犯人が家に侵入してきた時、千恵理ちゃんはこの日記帳を読み返しながら二階で寝ていた。家の中は静かだっただろうから、二階にいた彼女も侵入者に気付いたかもしれない。だが逃げられなかった。怖くて動けなかったのか、逃げる体力がなかったのか。そして犯人が二階に上がってくる。あるいは千恵理ちゃんは、犯人に誘拐されると思ったのかもしれない。そこでとっさにこれを書いた。だが犯人は結局、彼女を連れ去りはしなかった。誘拐犯であった方がよほどましだ。犯人は彼女をあっさり絞め殺した。どこにでもあるビニール紐で。

——たすけて　おかあさん。

母親に助けを求めるメッセージ。当時、父親は夜しか家におらず、日常の世話はほとんど家にいた母親一人でやっていたというから、千恵理ちゃんにとっては助けを求めるべき相手は母親しかいなかっただろう。だが彼女はその時、家にいなかった。どれだけの絶望だろうか。

ぞっとした。だがそれは、ただの恐ろしさや、被害者の不憫《ふびん》さによるものではなかった。これは衝撃的な内容だ。強盗に絞め殺された少女の、殺される直前の直筆の言葉。

いくらでも下衆に盛り上げることができる。だがその内心を、目の前の母親に悟られてはならなかった。

「あの子は、私に、たすけて、って……」

母親は床に崩れ落ちた。「……ごめんね、ちいちゃん……ママ、いなくてごめんね……」

私は母親の背中をさすった。最新のページでなかったため、千恵理ちゃんの最後のメッセージが母親に届くまで六年もかかった。これを見つけた時、彼女はどれだけショックを受けただろうか。ようやく気持ちが落ち着いてきたかもしれないところに、こんな残酷な発見があるだろうか。

母親は背中を揺らして泣き続けた。私はどうすることもできず、ただその背中に手を当てているだけだった。その一方で「これはいける」と考えている自分が嫌だった。

「……すみません」

母親が洟《はな》をすすりながら立ち上がった。「みっともないところをお見せして。……顔を、洗ってきてよろしいでしょうか」

「はい。あの、ゆっくり……」

私に顔を見せないようにして部屋を出ていく母親の背中を見送り、それから私は、手にした日記帳を見た。「殺される直前の人間が書いた言葉」。そのコピーだけで求心力は充分だ。だが、それをやってしまっていいものか。時間をかけて編集長にメールを送り、送ってからもひたすら考えた。母親の好意でこれを見せてもらっておきながら、興味本位の記事にするのはあまりにも……。

かなりの時間、没頭して考え込んでいたと思う。私はそこでふと気付いた。

走り書きの「たすけて　おかあさん」は、ページの下端に書かれている。ページの周辺部分にはどのページも様々なシールで装飾が凝らされていて、「たすけて　おかあさん」の文字の横にも、大きめのイルカのシールが貼ってある。だが。

顔を近づけてじっと見た。シールの下にも何か書いてある気がする。鉛筆書きの線がわずかにはみ出て見えている。

つまり、このシールは字を書いた上から貼られているのだ。どういうことだろう。

迷ったのは一瞬だった。あとでまた貼り直すこともできる。私は爪を立てて、イルカの頭の方から、紙を破らないように慎重にシールを剝がしていった。なぜこの位置にシールが貼ってあるのだろう。そういえば、このシールは確かに可愛いが、イルカのデザインは大人っぽい。同じページの他のシールとは違ったセンスのものに見える。千恵理ちゃんのものではない。鉛筆でこの文字が書かれた後に、誰かが上からシールを貼った。シールが剝がれ、下から鉛筆書きの文字が現れた。「たすけて　おかあさん」の文字の続きの位置に。

に　ころされる

ぎしり、という足音が、すぐ後ろからした。人の気配を、驚くほど近くから感じた。私は後ろを振り向いた。

霊　径

松村比呂美

どうやら夢を見ているようだ。

ソファで横になっているわたしの目の前を、甲冑姿の武士たちが足をひきずりながら歩いている。

戦《いくさ》に負けたらしい武士たちは、矢が突き刺さっていたり、腕を切り落とされたりと、無残な姿だ。

甲冑は鉄でできているのかと思ったが、だらりと垂れ下がった鎧《よろい》は軽そうで、鉄には見えなかった。もしかしたら、身分の違いによって、身に着ける鎧の材料が違うのだろうか。

夢だとわかっていながら、あまりに生々しい姿に、そんなことを考えてしまう。

何度かまばたきを繰り返したが、武士の姿は消えず、ずるずると行進を続けている。

扉が閉まったままの冷蔵庫に向かって……。

こんなおかしな夢を見るのは、シャワーも浴びずにリビングのソファで寝たせいかもしれない。引っ越しの疲れが出て、二階にある寝室までたどり着けなかったのだ。

翌朝わたしは、明かり窓から差し込む光で目が覚めた。

ぼうっとする頭を振って起き上がる。

当然だが、フローリングの床には土も血も落ちていなかった。

冷蔵庫を開けてみる。庫内も変わったところはなかった。昨日コンビニで買った飲み物やヨーグルトが入っているだけだ。

ペットボトルのお茶を出したが、元の場所に戻して扉を閉めた。夢とはいえ、血を流した武士たちがぞろぞろと入っていった冷蔵庫は気持ちが悪い。

ソファに座り、スマートフォンで『甲冑』を検索してみた。

表示されたいくつかの画像は、夢で見たものにかなり似ていた。

写真の説明には、鎧や兜《かぶと》は鉄でできているものや革に漆《うるし》を塗ったものがある、と書かれている。時代や身分によって、素材も形状も様々だったらしい。

そういえば、夢で見た鎧は、革に漆を塗ったような質感だった。

知識がないのに、そんなふうに感じたのはなぜだろう。昨夜の出来事は夢ではなく、実際に見たことなのだろうか。

借家の家賃が安い理由は、これだったのかもしれないという気がしてきた。

不動産屋の担当者は、この周辺は入り組んでおり、小さな家しか建てられないのだと説明したが、破格の家賃については何も言わなかった。

わたしもあえて聞かなかった。

中古とはいえ、家具と電化製品までついている借家は、実家を出て、初めてひとり暮らしをするわたしにとっては好都合だった。アパートより安い家賃なのに、一階がＬＤＫで、二階に洋間が二部屋ある。

事故物件なら、告知の義務があるはずだ。言わないのはきっと何もなかったのだろう。そう思うことにしたのだ。

続けて、『冷蔵庫に向かう霊』と検索すると、霊道という言葉にいきついた。霊の通る道が、まれに室内にも通っているという。

前の住人は、霊道に気付いて引っ越したのだろうか。こだわって集めたように見えるアンティークの家具や、それほど古くない電化製品まで残して……。

その夜もわたしは、寝室ではなくソファで寝ることにした。

前の住人が残していった三人掛け用のソファは、横になるにはちょうどよく、沈み込む感じも、体を包まれているようで安心できる。

タオルケットを足元に置き、スマートフォンを握って目を閉じた。

お腹に響くような、ボーンボーンという音がした。長い振り子のある、アンティークな時計の時報だ。

昨日、目が覚めたのも、この音のせいだったのかもしれない。

前の住人は、午前二時に時報が鳴るようにセットしていたのだろうか。

時報を合図にしたかのように重苦しい空気が漂《ただよ》い、白い壁から、ぞろぞろと人が出てきた。

唾を飲み込み、目を凝らす。

常夜灯が点いているので、歩いている人の輪郭もはっきり見えた。

スマートフォンで写真を撮ろうとしたが、体の自由が利かなかった。

壁から出てきた人たちは無表情で、ソファで横になっているわたしの目の前を通り、枕元の方角にある冷蔵庫に向かって脇目もふらずに歩いている。

電車の事故に遭ったのか、飛行機事故なのか、目を背《そむ》けたくなるほどの状態だ。戦に負けた武士どころではない。

血で染まっているが、男性が着ているポロシャツのワッペンはなんとか確認できた。見たことがないコンパスのデザインだった。

壁から出てきた霊たちは、そのままゆるゆると歩いて、扉が閉まったままの冷蔵庫の中に消えていった。

体が動くようになって最初にしたのは、ポロシャツのロゴを調べることだった。海外ブランドに、ワッペン式の黒いコンパスがデザインされたものが確かにあった。

やはりあれは夢ではなかったのだ。


それからもわたしは、午前二時に冷蔵庫に入っていく霊の姿を何度も見た。

同じ制服を着た学生たち、びしょ濡《ぬ》れになっている老人たち、えぐれたお腹からこぼれ落ちそうになっている内臓を抱えるようにして歩く人もいた。

時計の振り子を止めて、二階の寝室で眠れば済むことなのに、わたしは誘われるようにソファで横になり、ボーン、ボーンという時報で起こされ、薄目を開けてしまうのだ。霊の話は誰にもしていない。できるはずがなかった。家族や友人たちとの縁を切って、逃げるようにしてここに引っ越してきたのだから。

それでも、ひとりで抱え込むことはできず、霊のことを話題にできるサイトにアクセスして、この一週間の出来事を書き込んだ。ハンドルネームは、梨緒《りお》という名前を逆さにして「オリ」にした。

——オリさんは、霊道と思ってるみたいだけど、「道」だったら、人の家をずかずかと通ったりしないはずなんだよね。最短で行こうとするのは、「道」じゃなくて、「径」のほうだと思う。だから、それは、「霊道」じゃなくて、「霊径」だよ。レイケイ。そこを無理やり通る理由があるんじゃないかな——

——冷蔵庫の電磁波と霊の波長は合うから、冷蔵庫に潜《ひそ》む霊って、よくあるみたい。いってみれば霊蔵庫かな。そういう冷蔵庫は故障が早いようだけど。買って三年以内にモーターやコンプレッサーが壊れたら、霊蔵庫だと思って間違いないんですって。そんなところにひとりでいて怖くない？——

——オリさんは霊臭を感じますか？　成仏した霊は線香の匂いで、悪霊は魚が腐ったような臭いがするそうですよ——

——霊が通るのは、午前二時なんですね。昔でいうと丑三《うしみ》つ時《どき》です。その時間は、霊の動きが活発になる「霊時」です——

霊径、霊蔵庫、霊臭、霊時……。

根拠のない怪しい書き込みでも、生身の人間とつながっているだけでほっとする。

——「霊径」というのですね。霊が家の中を通る理由を考えてみました。借家の裏に、小さくて古い祠《ほこら》があって、冷蔵庫の置いてある場所と一直線で結ばれています。それも関係あるのでしょうか。霊の行列は、気味が悪いけど、怖さはあまり感じません。

冷蔵庫と霊の波長が合うとは知りませんでした。引っ越しで出費が多かったので、冷蔵庫が壊れないといいのですが……。

霊が通るときに、線香の匂いや、いやな臭いはしません。あえていうなら草の匂いでしょうか。

午前二時は霊時なのですね。柱時計の時報が鳴って、それを合図に霊が壁から出てくる気がします――

まとめて、そう返事を書いた。

書き込んでいるうちに、ひとつ気付いたことがあった。

部屋の中を歩いている霊は、寿命で死んだのではないということだ。たくさんの人が一度に亡くなっている。

霊の出る借家に引っ越して二週間が経った。

早く仕事を探さなければ貯金も底をつくというのに、昼は霊のことが書かれているサイトに入り浸り、夜になるのを待ってソファで横になる生活を続けている。

借家の裏に朽《く》ち果てたような祠がある、という以外にも、霊が家の中を通る理由には心当たりがあった。

でも、あの人たちがここを通るとは限らない。

わたしは殺したりしていない。

彼女は勝手に死んだのだ。

死ぬことで、わたしと彼との仲を裂いた。

どんなことがあっても決して別れない、絶対に一緒になる、そう誓い合って、ふたりだけの結婚式を海外で挙げたのは半年前だった。

彼に妻子がいても、必要な書類さえ出せば、海外の教会では牧師の前で永遠の愛を誓うことができた。

結婚式の写真は、わたしにとって宝物であり、お守りでもあった。

でも、彼は、簡単にその写真を妻に見つけられてしまったのだ。

彼は、「離婚して彼女と結婚したい。子供たちの養育費は、彼女とふたりで働いて、子供たちが成人するまできちんと払う。だから別れてほしい」と正直に話したという。

冷静に話を聞いていた妻は、わたしに抗議することも、彼に思い直すように詰め寄ることもせず、三人の幼い子供を道連れにして無理心中をした。

それが、ふたりを一緒にさせない唯一《ゆいいつ》の方法だと信じたのだろう。

彼の妻は、以前から、子育てに悩んで不安定な精神状態だったらしい。

自分ひとりで三人の子供を育てていく自信がなかったのだろうと、苦渋の表情を浮かべながら彼は言ったが、わたしは、子供を犠牲にして、彼とわたしに仕返しをしたのだと思っている。

彼女だけが死んだのなら、わたしが子供たちの母親になる道も残されていたはずだ。妻と子供たちが死んでからの彼は、生気を失ったようになり、これから死ぬまで、妻と三人の子供たちの霊を弔《とむら》いながら生きていくと、わたしに別れを告げた。

拒否されているのに、心労で倒れた義母の世話をするという。

死んだ妻の実家の近くに引っ越すというのだから、針の筵《むしろ》にあえて座りたいということか。

どんなに泣いても、すがっても、無理だということはわかっていた。

そんな人だからこそ、好きになったのだ。

地域の登山サークルで出会った彼は、笑うと目尻に深い皺ができた。子供の話をするときの笑顔が特に好きだった。子煩悩で家族思い、それが彼の第一印象だった。結婚指輪も常にしていた。

けれど、一緒に山に登る回数が増える度に、彼の結婚指輪が気にならないほど、わたしは彼に惹《ひ》かれていった。

登山経験が豊富な彼は、仲間の誰よりもきつい仕事を引き受け、未熟なわたしを何度もサポートしてくれた。

好きな映画も音楽も一緒で、運命の人だとしか思えなかった。

上手とはいえない角ばった文字や、汗の匂いさえも好きだった。

一緒にサークルに入った会社の同僚からは、彼の家庭を壊してはだめだと何度も忠告されたが、そんな言葉に従えるはずがなかった。

想い続けて一年して、ようやく彼と結ばれることができたのだ。

たった三カ月だけの交際だったけれど……。

わたしとの不倫が原因で彼の家族が死んだという噂は、職場でも、実家の周辺でも、あっという間に広がった。

わたしはいたたまれなくなり、会社を辞め、家族や友人たちとの縁も切って、ここに引っ越してきたのだ。新しい土地で仕事を見つけ、人生をやり直すつもりだった。

わたしは、重く感じられる体を起こしてソファから立ち上がった。

水を飲むためにキッチンの蛇口に顔を近づける。

ステンレスの蛇口には顔が歪んで映る。目が落ちくぼんでいるように見えるのも、そのせいだろう。

蛇口からそのまま水を飲み、ソファに戻って、くずれるように横になった。

頭がかゆい。

最後にシャワーを浴びたのはいつだっただろうか。

もしかしたら、ここに引っ越してから一度も浴室を使っていないかもしれない。


ボーン、ボーンという音で目が覚めた。午前二時だ。

最初に壁から出てきたのは、小さな男の子だった。

「ああ……」

思わず声が漏れた。

霊が現れている間は、体は動かないが、声を出すことはできたようだ。

男の子に続いて、ショートカットの女の子が一点を見つめながら歩いてきた。

首を絞められたのか、顔が鬱血《うっけつ》している。

「殺されたのね……」

目で追いながら声をかけた。

子供たちは一瞬立ち止まってから、冷蔵庫に入っていった。

間違いない。あの子たちだ。

ここに入居したとき、一枚の家族写真が残っていた。

冷蔵庫の側面にマグネットで貼ってあったのだ。冷蔵庫と壁との隙間《すきま》が狭かったので、気付かれずに一枚だけ残ったものらしかった。

平凡な顔立ちの両親と、小学校の高学年くらいのショートカットの女の子、腕白そうな男の子が仲良さげに寄り添っている写真だった。

不動産屋に連絡するべきか迷ったが、結局、その写真はゴミ箱に放り込んだ。

写真のことを考えていると、母親が壁から出てきた。

首が紫色に変色し、見開かれた目は血の色をしていた。

最後に壁から出てきた父親は、首から大量の血を流していた。三人を絞殺したあと、自分で喉《のど》を掻《か》っ切ったに違いない。手にはサバイバルナイフが握られていた。

よほど深く切ったのか、首が奇妙に傾《かたむ》いている。

借家が事故物件と告知されなかったのは、母親と子供たちが殺されたのが、家の中ではなかったからだろうか。

頭を揺らしながら父親が目の前を通ったとき、魚が腐ったような臭いがした。

「どうして子供たちまで道連れにしたの！　自分だけさっさと死ねばいいのに！」

わたしは、冷蔵庫に入ろうとしている父親に向かって、声を振りしぼるようにして叫んだ。

彼と別れることになってから、心の中で繰り返していた言葉と同じだった。

ピシッと家がきしむ音がした。

ぐらぐらと揺れていた父親の頭だけが、ぐるりとこちらを向いた。

＊＊＊

――オリさん、その後、霊径はどうですか？――

――最近、書き込みがないから心配しています。報告、楽しみにしていたんですよ。どんな霊が通ったか、また聞かせてくださいね――

――冷蔵庫はまだ動いていますか？　データが欲しいので教えてください――

――書くのを忘れてたけど、悪霊に話しかけちゃだめだよ。一緒に連れていかれるからね――

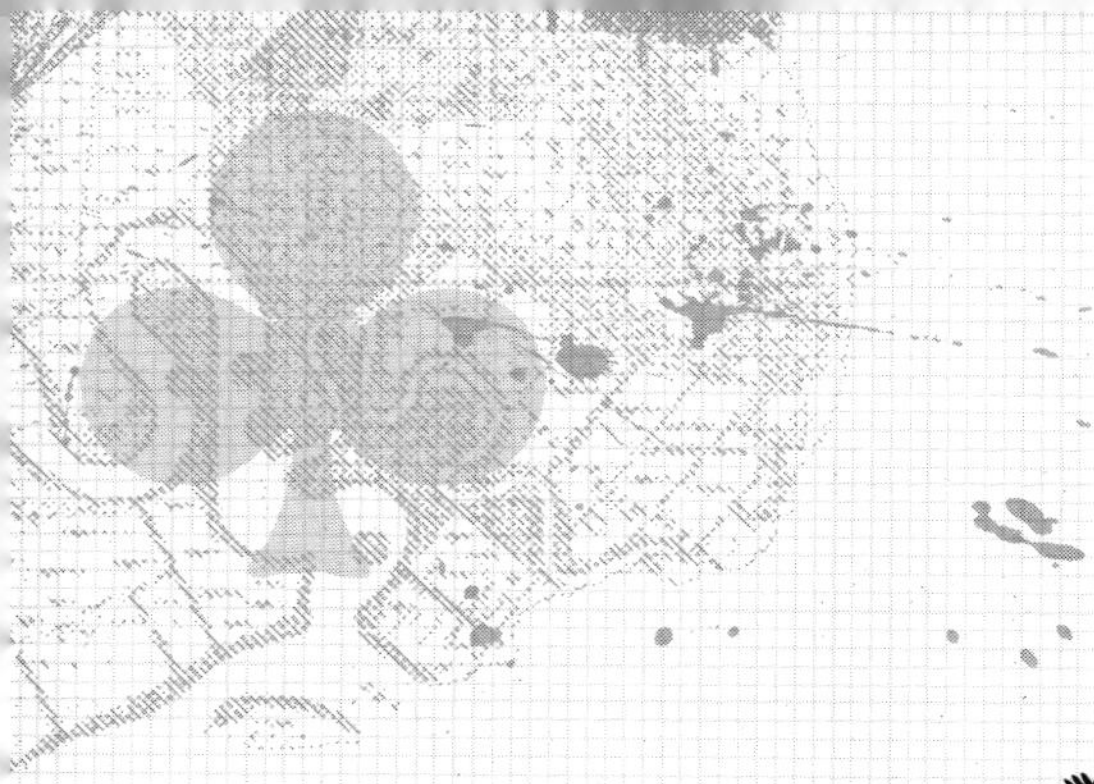

AREA♣

微睡《まどろ》みの森
井上雅彦
と・み・た
大崎 梢
デコイ
坂木 司
胡瓜を焼く
田辺青蛙
今朝早く、私の左目は旅立った。
矢崎存美

微睡《まどろ》みの森

井上雅彦

やっとの思いで二人がたどりついた時、森は微睡《まどろ》みから目醒《めざ》めたかのように、幾千幾万もの深緑色の葉をざわざわと揺らしていた。風が強くなったのだ。手招きするように揺れる樹木の隙間から、奥の小径も見てとれた。

「本当に、ここに入るの？」

女が言った。「なんだか……怖いわ」

「国道の路肩をとぼとぼ歩いてるよりも安全だ。森なら身を隠す場所がある」

男はそう言いながら、懐《ふところ》の拳銃を確認した。「やつらに見つかるよりは、ましだろ」

「いやよ。……それだけは絶対、いや」

女が震えあがった。「……でも、この森の中に、やつらがひそんでいたら……」

一瞬、男の決意も萎えそうになった。人の気配もない、こんな淋《さび》しい森に、やつらが先回りしているとは思えない。だが、もしも、ここでやつらと遭遇したら……。

風が吹いた。森の息吹だ。清浄な緑の大気。どこか、懐かしい匂い。

「いい香りだ」

彼は言った。「やつら独特の、あの――なんともいいようのない、おぞましい匂いは、混ざっていない」

「……わかったわ」

彼女は言った。「でも……もしも……もしもの時は……約束通り、あなたの銃で……」


――逃げ切れるだろうか……。

鬱蒼《うっそう》と繁る森の奥へ。彼女の手を引いて、苔むした土を踏みしめながら、彼は思った。

本当に、この森は安全だったのか……。

確かに、やつらが増殖を続けているのは主に人口密度の高い都市部であり（それは、やつらの食べ物から考えても納得できる）、やつらが、森に潜《ひそ》んでいる理由は考えづらい。とはいえ……ここに逃げ込むのが、本当に正しい選択だったかどうかは、わからない。

ただ、どういうわけか、森を見た時、心が安らいだ。緑の涼気は妙に落ち着く。自分を追いつめていたものは、やつらなんかではなく、都市の生活だったのか。……いや、そんな奇異なことをちらりとでも思ってしまう自分は、すでに毀《こわ》れかけているのだろうか。

——いったい、どうなっちまうんだろう。

彼は、思った。

——なんとか凌《しの》げたとしても、この先、俺たちは……この国は……いや……人類は……。

最初に、それがメディアで報じられたのは、大きな霊園を有する町だった。教会だったか、寺院だったか。たまたま同じ敷地内の保育所建設反対集会のニュース中継に、最初の異変が映し出された。

イタズラにしては度が過ぎるという視聴者の反応も、全国的なパニックになるには、さほどの時間もかからなかった。

『生ける屍の夜《ナイト・オブ・ザ・リヴィング・デッド》』などをはじめとする一連のホラー映画で繰り返し描《えが》かれてきた人類滅亡の恐怖が、これほど、現実感のあるものだったことを、彼は呆然としながら思い知った。悪夢のなかにいるようだった。都市機能の壊滅。食料の危機。ショッピングモールでの攻防。SNSで飛び交うデマ。情報の遮断……。

彼は、まだましなほうだった。銃を所持しているぶん、生き残るには有利。彼は警官だったのだ。だが、妻ひとり守るのが精一杯。空港のある北の町に向かう途中の国道で、カーナビが大きな樹林地帯を確認した次の瞬間——フロントグラスに亀裂が走り、やつらのひとりが落ちてきた。町を出る時、猿のように屋根に跳び移っていたのだろう。蛆《うじ》をばらまく死者。破れかけた皮膚を纏《まと》う髑髏《どくろ》。獣のように生肉を喰らう腐乱屍体……。

違った。どれとも、異なる。恐怖映画や怪奇小説の描いてきた化け物と、フロントグラスに貼りついたものとには、あまりにも大きな違いがあった。

ハンドルをきりそこね、車は道路脇の標識に激突。彼も彼女も衝突のダメージはなかったが、二度と消えないであろう傷が記憶に深く刻まれた。車輛正面で潰れてるやつの様子から、巷間ネットで言われているとどめの一発は必要なかっただろう。弾丸は節約しなくてはならない。

——回想は、そこまでだ。

音がした。

枯葉を踏む音。枝が、へしおれる音。

彼女が、彼の手を握った。なにか、いる。怯《おび》えた目が、そう訴えるまでもなく、彼は、彼女の手を取って走り出した。片手で拳銃を抜いている。栗鼠《りす》や狐、あるいは、鹿でも、熊でも、かまわない。やつらでさえなければ。

救いの目的地は、目の前に現れた。

一軒のログハウス。

疑いもなく、彼は樫《かし》の木のドアに手を掛けた。施錠されていない。ノックもせずに、ドアを開けた。次の瞬間——その彼の目が、恐怖に見開かれた。

突き出された長い銃口が、彼の眉間を貫かんばかりに狙っていた。

「やつらの種族《なかま》には見えないな」

猟銃の男が、そう言った。

「そっちもな」

彼は、そう言って、拳銃を収めた。「避難所とは、ありがたい。先客が五人もいるとは、心強いよ」

「信用できないわね」

先客の女が言った。「感染者なら、どうするつもりなの」

「俺たちは、どこも嚙まれていない」

彼は、自分と妻とを指し示した。「ヨダレの一滴だって垂らされていないさ」

「やつらは、なんでも嚙みやがる」

座っていた先客が言った。腕力の強そうなごつい男だ。「やつらは、餓えた鬼。文字通りの餓鬼だ。なんでもその歯で嚙みやがる。木でも金属でもガラスでも。町では電線やガス管まで嚙みきりやがったから、あの大火災が起きた。まるで、地獄のような――」

「地獄は満杯なのだ」

髪の長い若い男が謳《うた》うように言った。「ジョージ・A・ロメロ監督のあまりにも有名な映画『ゾンビ』のセリフですよ。地獄が満杯になったかのように、死者が甦《よみがえ》り、地上を席捲する。続編の『死霊のえじき』では生きた人間一人に対してゾンビ四〇万の比率になっている。この映画は、少子高齢化社会を風諭してるって言われていたけれど――」

浮世離れした口調だった。「今度の現象は、むしろ前向きに考えるべきでしょう。新しい時代を迎えるための自浄作用」

「どういう理屈だ？　やつらが増殖して、われわれが滅んだとしても、知能の無いやつらだけで新しい時代なんか築けるものか。積み木を崩すように、滅んでいくだけだ」

「大学が襲われたニュースを聞いたわ」

先客の女が言った。「図書館の蔵書が、片端からぐしゃぐしゃに食べられたって」

「古い本には、人間の匂いや皮脂が染みついているからか……先人の膨大な知識も、やつらには代替食でしかないのか……」

「それが、かれらなりの知識の吸収の仕方なのかもしれませんよ」

若い男が再び口を開いた。「思いだしてみてください。幼稚園の絵本には、たいてい噛み痕《あと》があったでしょう」

若い男の奇妙な理屈につられるように、女が言った。

「兄の息子たちを思いだしたわ。目を離したら、だいじな画集をかじってたの。犬だって、そんなことしないわよ。これだから嫌いだったのよ、そもそも、子育てなんてものは」

「やつらに知能があるとは思えないが……」

眼鏡を掛けた別の先客が脱線しかけた話を戻した。「やつらがさまざまな施設を襲うのは、目的があるようにさえ思える。本能的に、選択してるのだろうか。ショッピングモールなどもそうだが、畜産場や食品工場……」

「ケーキ工場も襲われた。やつら、思いのほか、美食家らしい」

「でも、やつらの本当の食い物は、生肉なんでしょう？」

女が言った。「それも、生きている人間の肉」

一瞬、沈黙が奔《はし》った。

拳銃を収めたまま、まだ戸口に立っている彼の横で、妻が身震いするのがわかった。

「それは、おそらくデマだと思う」

猟銃の男が言った。このログハウスの主人らしい。「意外かもしれないが、人肉喰いの根拠はないんだ。しかし、感染については真実のようだ。学者たちが調べた。やつらに嚙まれて、唾液が血液に入ると、体温が急激に低下し、短い昏睡のような症状が出る。その微睡みの期間を示す、なんとかいう専門用語があるんだが、その後に——変化が訪れる。やつらは、そうして増殖する」

「感染というのは、科学者の理屈ですよね」

髪の長い若い男が、またもや、口を挟んだ。「ウィルスのようなものの感染で、あんなことが起こりえますかね。それこそ絵空事だ。伝説の吸血鬼は、感染ではなく、呪いで増殖するのです。もちろん、かれらは吸血鬼ではないようですが、今回の現象も呪い。いや……むしろ、お伽噺《とぎばなし》の魔法とでも言ったほうが、しっくりいくでしょう」

「魔法？　呪文を唱えてるとでも？」

眼鏡の男が皮肉たっぷりに言った。「あの、耳をつんざくような、いやらしい声で」

「施設や工場を襲撃して、略奪するだけではなく――」

若い男が言った。「かれらは、なにかを創り出すような力があるような気がします」

「それが、魔法だとでも？」

「われわれは科学技術でさまざまなものを創り出した。ＡＩやミサイルやネット社会のようなオモチャを。かれらも、魔法で、自分たちのオモチャを創ろうとしているのかも」

「じゃあ、餓鬼どもは、どうして、俺たちを襲うんだい？」

ごつい男が、くってかかった。若い男は平然と言った。

「遊びたいだけじゃないですか。かれらは、われわれと」

憮然とした視線を浴びながら、若い男は、夢みるような目つきで話を続ける。「思いだしてみてください。われわれが、最も死に近かった時代。……自分がこの世に生を受ける以前の時代に、最も近かった子供のころを。そうすれば、かれらのことが――」

「待て」

ログハウスの主人が言った。そして、鼻をひくつかせた。「匂いがしないか？　やつらの匂い。あの……甘ったるい菓子のような、乳臭いクソのような……」

目の前に、ポトンと何かが落ちた。

一本のクレヨンだ。

固まったように、みんながそれを見つめている時に――妻が、最初に悲鳴をあげた。

震える指の先、明かり取りの天窓を、見あげた全員が、息を呑んだ。

窓の外に、何かが貼りついている。

青い蛾のように。

白い顔。小さな顔だ。人形のような顔。

彼は、怖気がした。フロントグラスに貼りついていたのと同じ顔。

しかも、ひとつだけじゃない。一見、あどけなくも見える幼い面立ちが、押し合いへし合いしながら、窓を覗こうとしている。

「やつらだ……」

彼が呆然と見あげた時――。

天窓のガラスが割れて、犇《ひし》めきあっていたものたちが、落ちてきた。

彼の目には、その瞬間が、スローモーションのようにはっきりと見えた。姿形は、幼児とかわることのないものたちの、おびただしい群れ。薄い衣《ころも》を翼のように翻《ひるがえ》し、あとからあとから、目の前に落ちてくる姿は、宗教画の天使にも、絵本の妖精にも見えた。しかし、地上に降り立ったあと、まっすぐにこちらを見据えた顔は――一時期ネットで騒がれたとおり――まるで小鬼《ゴブリン》だ。歯を剝《む》き、こちらに向かって、四つんばいになって走り寄る姿は、中型犬にも見えたし、中型犬ほどの大きさの蜘蛛《くも》のようにも見えた。乳歯を剝きだし、よだれを垂らしている。

「来るな、来るな、餓鬼ども」

ごつい男が、近寄る子供たちを躊躇《ちゅうちょ》なく蹴倒した。その姿は、妙に慣れているようにも見えた。だが、あれほど大量の子供たちにたかられてしまっては、蟻の大群に襲われたバッタも同じだった。

「これだから――これだから、嫌いだったのよ――そもそも、子供なんてものは――」

女もわめき声をあげていた。柱の上から、おしめをした座敷童《ざしきわらし》のような子供たちが次々に跳びついていた。UFO信奉者なら異星人《グレイ》にでも見まがうような、よちよち歩きのものたちは、眼鏡の男に近づいた。

「やめろ。声をあげるな。やかましい騒音を――」

かれらは、一斉に声をあげた。眼鏡のレンズが、粉々に粉砕した。

「小屋の裏に、ジープがある。そこまで逃げるんだ。運が良ければ――」

妻をかばって応戦しながら、彼の耳に入ったのは、小屋の主人の声と、一発の銃声。

どこをどう走り抜けたのか、わからない。

妻の手を引き、彼は、やっとの思いで、猟師の言っていたジープに乗り込んだ。差しっぱなしのキイを廻して発進させ、森の小径を走り出す。振り返りざまに見たログハウスの様相は一変していた。

確かに、魔法という言葉でなければ、説明がつかない。生クリームやチョコレートで、ごてごてに飾り付けられたデコレーション・ケーキ……あれは、まさしく、森の中のお菓子の家だ。まるで、お伽噺に登場するかのような……。

「ごめんなさい……あなた……」

助手席で、しなだれかかっている妻が呟いた。「本当は、欲しかったんでしょう……子供が……」

「なにを言い出すんだ」

「あたしは……想像できなかった。子供のいる明るい家庭が。だって……あたしの育った家は……」

「それ以上、言うな……」

それは自分も同じだ、と彼は思った。彼も、自分の子供時代を忘れたかった。早く大人になれればいい、と子供の頃からそればかり考えていたからだ。

「……ごめんなさい……あなた……」

妻の口調に、妙な緩慢さがあることに気づいたのは、その時だ。

「どうしたんだ？」

「あたし……嚙まれたの……」

血の気が引いた。

「まさか……そんなことが……」

「感染したわ……。あなた……約束したでしょ。……あたしが、感染したら……あたしが、やつらみたいになってしまう前に……あなたの拳銃で……とどめを……」

「待ってくれ……そんな……そんな」

「お願いよ」

妻はそう言って、目を閉じた。

微睡みの時間がきたのだ。

変化が起こるまでの、その僅《わず》かな、昏睡の時間。そう……彼も、たった今、思いだした。専門家の用語では〈トロイメライ〉……シューマンの組曲「子供の情景」から名付けられた〈微睡み〉の時間だ。

だとすれば……決行までの時間は、ごく僅かしか残されていない。

彼は、拳銃を取りだした。

ゆっくりと、妻の額に銃口を近づける。

引き金に指をかける。

妻の顔。撃てない。美しい妻の顔。

その妻の顔に、すでに変化は、現れていた。

魔法としか思えない。

瞬《また》くうちに、妻は、変貌した。

柔らかな肌の、人形のような三歳児が、すやすやと寝息をたてている。

——約束なんだ……。

彼は、震える手で、銃の照準を合わせた。

次の瞬間——幼女は、目を開けた。

澄みきった真っ直ぐな瞳が、彼を見た。

いけない。反射的に、指が引き金を引いた。

裂くような衝撃音とともに、銃口からは、眩《まばゆ》い花火のように色彩豊かな万国旗が噴《ふ》き出して、彼の手元にだらりとぶらさがった。

信じられずに自分の銃を凝視する彼の目の前で、女の子は、不揃いな乳歯の生えた口を開けて、うれしそうな笑顔を見せた。

男の悲鳴が谺《こだま》した。

しばらくして、鈴を転がすような子供たちの笑い声が、深い森の中に響き渡った。

と・み・た

大崎 梢

駅前のスーパーで改修工事が始まり、しばらくお休みになるそうだ。仕方がない。わたしはとなり駅にあるスーパーを利用することにした。アパートからぶらぶら歩いて二十分と少し。近くなのに、初めて訪れる店だ。

十月の下旬とあって四時過ぎには日が傾《かたむ》き、電柱の影が長く伸びている。空気もひんやりしてきたが、上着を着込んできたので寒くはない。住宅街を抜けて神社の角を曲がれば、色づき始めた木々の向こう、四角い建物の上に看板が見えてくる。オレンジ色の輪の中に、ひらがなの「と」。わたしの足はぴたりと止まった。

まさか、スーパー富田《とみた》？　前からここはそうだったっけ。ローカルながらも自社製品を出すくらいには大きなチェーン店だ。いつの間にか変わったのか。それとも最初からあの店だったのか。

どうしよう。道の真ん中で立ち尽くす。行きたくない。やめたい。でも、せっかくここまで来たのだ。引き返すのもためらわれ、おそるおそる建物に近づいた。

店の前まで来ると出入り口のデザインや設置されたベンチの類《たぐ》いなど、記憶にあるものよりずいぶん垢抜《あかぬ》けている。長い年月を経て、チェーン店そのもののリニューアルがあったようだ。

肩の力が抜け、中に入ってオレンジ色の籠を手に取った。内装も都会風。棚や柱がシックな焦《こ》げ茶色に統一され通路も広い。わたしは野菜コーナーでレタスやトマトを選び、角の冷蔵ケースではハムやベーコンの値段を見比べ、薄切りハムのパックを籠に入れる。インスタントコーヒーやヨーグルトも買わなくては。どこにあるだろう。初めて入るスーパーは物の置き場所がわからなくてまごつく。

きょろきょろしていると、タイムセールを謳《うた》ったポップが目に入った。夕方四時から始まる恒例の特売セールだ。文字の書き方やロゴマークは昔のままで、懐かしく思うと同時に胸が苦しくなった。試食販売の威勢のよい呼び声、じゅうじゅうと音を立てて焼かれるハンバーグの匂い、あの頃と少しも変わらない。今にも楊枝《ようじ》のささった一切れをひょいと差し出されそう。

目を丸くするのは幼い日の自分だ。湯気の立つそれを、受け取っていいのかどうか、迷って後ずさる。食べても買うことはできない。頼まれたお使いをするだけのお金しか、持たされていないから。

いい匂いに誘われ、今も手を伸ばしてしまいそうになったけれど、遠慮して踵《きびす》を返す。

「まこちゃん、いたいた。ねえ、キャンディ・ルルの棚見た？　今日はあったよ」

ふいに、懐かしい声が聞こえた気がした。「キャンディ・ルル」は女の子向けのアニメ番組で、キャラクターシールの入ったラムネ菓子は、たびたび品切れを起こす人気商品だった。見つけたと言って目を輝かせるのは、同じクラスの村田千尋《むらたちひろ》ちゃん。夕方のスーパーでよく一緒になった。

でももう、あの子はいない。

大人になったわたしは、ハンバーグから逃《のが》れるように通路に入った。ヨーグルトを探そう。インスタントコーヒーを探そう。早くここから出よう。幅広の中央通路に突き当たり、右に行ったり左に曲がったり、引き返したり。焦《あせ》るわたしをよそに、天井から陽気な歌が流れてくる。スーパー富田のオリジナルソングだ。おやさい、おにく、おさかな、いっぱいあるよ。まいにちきてね、まいにちしんせん、あなたをまつよ、と、み、た。

口ずさみながら歩いた通学路。背中のランドセル。放課後の約束。ごっこ遊び。みんなみんな、今はもうない。

ようやくインスタントコーヒーを見つけて籠に入れた。ヨーグルトはもういい。帰ろう。レジはどこ？　顔をあげたとき、中央通路を横切る親子連れが見えた。

三つ編みがかわいらしい女の子と、その子にやさしく話しかけるお母さん。

まさかと思う。そんな馬鹿な。

似ている親子連れなどたくさんいる。気にしているから錯覚してしまうだけ。それよりもレジだ。いったいどこ？　通路を進んで曲がって、また進んで。調味料、お米、お茶、文房具、歯磨き粉、ペットボトル、また調味料。同じところを馬鹿みたいにぐるぐる回る。そして角を曲がるたびに、ちがう通路に入るたびに、もしかして、見てしまうのではないかとドキドキする。

いるわけない。

いたらそれは幻。

千尋ちゃんは小学二年生の秋、池に落ちて亡くなった。

また調味料売り場。そこの、砂糖や塩の並んだ棚の前に、三つ編みを垂らした女の子がいた。見覚えのある赤いチェックのスカートをはいて、襟元にのぞくのは花柄のブラウス。ピンク色のパーカーを着込み、あの日と同じかっこうだ。三つ編みの先っちょが揺れ、棚を見つめていた横顔がゆっくりこちらを向く。

わたしはとっさに目を背《そむ》けた。早足で立ち去る。お刺身や切り身の並ぶ魚売り場に出たのだけれども、今度は千尋ちゃんのお母さんに出くわす。いつもにこにこ笑って、優しくて、お料理もお菓子作りも得意なお母さん。ロールケーキやシュークリームを作ってくれた。縫い物も上手で、千尋ちゃんの浴衣《ゆかた》をうらやましがると、わたしには巾着を縫ってくれた。まこちゃんがいてよかったわ。いいお友だちができてよかったわ。ずっと仲良くしていてね。そんな言葉をいつもいつもかけてくれた。

ごめんなさい。心の中であやまる。ほんとうにごめんなさい。何度も何度もあやまる。

千尋ちゃんはひとりっこだ。あのおばさんに子どもはひとりしかいない。だからすごくかわいがっていた。とてもだいじにしていた。それなのに。

気がつくと、わたしはお菓子売り場の近くにいた。クッキーやチョコレートの詰まった棚が左右に伸びている。ふらふらと足が勝手に前に出る。まさか、あるまい。昔懐かしいキャンディ・ルルのラムネ菓子。あれから何年経ったのか。アニメはとっくの昔に終了している。

棚の一角がからっぽになっていて、そこには「現在品切れ中　入荷待ち」という札が貼ってある。なんのお菓子だろう。今の時代も、子どもに人気のお菓子があるのだろうか。札の下に、品名の書かれたプレートが設置されている。身をかがめて思わずのぞき込んだそのとき、手に持っているお店の籠が引っ張られた。

振り向いて息をのむ。

「ちーちゃん」

少しぼさぼさの眉毛、黒目がちの垂れ目、ちょこんとした鼻、笑うと白い歯ののぞく口元。おっとりしているけれどユニークで、いつも面白いことを言って笑わせてくれて、手先が器用で折り紙が得意な女の子。わたしが風邪を引いて学校を休むと、折り紙付きのお手紙を毎日持ってきてくれた。

そのちーちゃんが、ほらあったよとラムネ菓子を差し出す。受け取れない。わたしはあなたの親切も好意も受け取れない。

だって、助けてあげられなかった。悲鳴と同時に駆け寄ったのに、水しぶきをあげるあなたのもとに近づこうとしたのに、泣きながら名前を呼んだだけ。夢中で声を張り上げただけ。ちーちゃん、ちーちゃん、ちーちゃん。冷たくて、こわくて、苦しくて。ごめんねごめんね。わたしがルルごっこをしようと誘ったから。変身ごっこにぴったりの草むらに誘ったから。そこに池があって、魚を見ようと言うちーちゃんを止めなかったから。

籠が揺さぶられた。強く激しく引っ張られる。目を見開くと、頭からつま先までびっしょり濡れそぼったちーちゃんがいて、死人のように顔が真っ白で、うつろな双眸《そうぼう》でわたしを見上げる。

たすけて。ひとりにしないで。こわいよ。死んじゃうよ。

まこちゃんもいっしょにきて。

籠から手を離し、わたしは夢中で足を動かした。あっちの棚にぶつかり、こっちのワゴンにぶつかり、よろけて倒れそうになり、店員さんにどうかしましたかと手を差し伸べられる。出口はどこですか。ここはどこですか。聞きたいのに、声が出ない。

たすけて。こわいよ。死んじゃうよ。

「あなた、どうしたの。しっかりして。声は聞こえる？」

誰かがわたしに寄り添い、包み込むように背中を撫《な》でさする。心まで抱きしめられるようだ。気が遠くなるほどいい匂いがする。なんの匂い？

「もう大丈夫よ。こわくないわ。さあ、少し落ち着きましょう」

声に導かれるように目を開けると、黒い着物に白っぽい頭巾をかぶった尼さんがいた。目尻の皺や頬のたるみからしてかなりお年を召している。わたしは体を折り曲げて、小柄なその人にすがりついていた。すみませんと言って手足に力を入れる。丸まっていた背中がなんとかまっすぐになる。

尼さんには連れの人がいた。ふつうの着物を着た女の人だ。尼さんに話しかけたあと、わたしの方に向き直った。

「これ、あなたのでしょう？　今ここで落としたんだと思うわ」

小さなトートバッグを胸の高さに持ち上げる。買物に出かけるとき、財布やハンカチを入れてきたバッグだ。すぐそこのワゴンにぶつかった拍子に、手から離れたらしい。

「落ちたはずみでお財布が飛び出したみたい。カードや運転免許証も床に散らばって。みんな集めたつもりだけれど、どうかしら。なくなっているものはない？」

「ありがとうございます」

受け取って頭を下げた。財布にカード類を入れ直す。指がふるえて時間がかかったが、ふたりは黙って見守ってくれた。そして尼さんに促《うなが》される。

「歩けるのなら、この店から出ましょうか。その方がいいでしょう？」

「出たいです。わたし、さっきからずっと、同じところをぐるぐるまわってしまって」

「大変だったわねえ。外でゆっくりお話を聞きましょう」


スーパーの外に出ると、ふたりはわたしをベンチの方に連れて行ってくれた。何があったのかと問われ、初めてこのスーパーに来たこと、子どもの頃のつらい出来事などを話した。

「あなたの様子がおかしかったから、思い切って声をかけたの。よかったわ。少しはお力になれるかもしれない。私は見ての通り、尼さんですもの」

穏やかに微笑《ほほえ》むその人と、ベンチに並んで座った。着物から漂《ただよ》うお香の匂いがわたしの心を静めてくれる。着物姿の女の人は尼さんの斜め後ろに立った。

「あなたの言ってる事故は覚えていますよ。住宅街の外れにある雑木林の中、子どもたちは『かめ池』と呼んでいたそうね。今では埋め立てられ、すっかり様変わりしてしまったわ。雑木林も草むらももうないの。造成された土地の半分に地域センターが建ち、半分に家やアパートが建った。知ってるかしら」

　そうだったのかとぼんやり思う。知っていたような、知らなかったような。尼さんがわたしの手を優しく包み込む。温かい手だ。

「あなたの名前は？　私は杉本香寿《すぎもとこうじゅ》というのよ」

　連れの女の人は「こうじゅさま」と呼んでいた。わたしもそうお呼びしたい。おうかがいをたてるとにっこり微笑んでくださった。

「わたしは……熊沢《くまざわ》まこです」

「まこちゃんね。そして、お友だちの名前は村田千尋ちゃん」

「はい」

　香寿さまは小首を傾《かし》げ、わたしの顔をのぞきこむ。

「さっきも言ったように、私はかめ池で起きた事故をよく覚えているの。しばらく経ってから、じっさいに足を運んだこともあるのよ。だからこれも何かのご縁でしょう。熊沢まこちゃん、あなたはひとつ、大きな思い違いをしているわ」

「おもいちがい？」

「村田千尋ちゃんは亡くなっていないの」

え？

「池の底には倒木や大岩が沈んでたりするそうよ。たまたまそこに足が引っかかったらしい。騒ぎに気付いた大人が池から助け出し、緊急搬送をしたら、病院で一命を取り留めたの」

「ちーちゃん、死んでない？」

香寿さまがうなずくのを見て、わたしは目を見張る。にわかには信じられない。でも嘘とも思えない。ほんとうならば、あの優しいお母さんは泣かずにすんだ。かわいがっていた子どもとずっと一緒にいられたのだ。

「よかった。ああ、よかった」

涙がぽろぽろこぼれる。差し出されたハンカチでわたしは何度も頰《ほお》をぬぐった。

「あなたは優しい子ね。友だちを助けられなかったことが、一番の心残りだったのね」

「はい。苦しんでいるちーちゃんの顔が、目に焼き付いて離れなくて」

「かわいそうに。どんなにつらかったでしょう。友だちを思うあなたの気持ちが奇跡を起こしたのかもしれないわ。でももう、気に病《や》むことは何もない」

ハンカチを握りしめるわたしの手に、香寿さまは再び自分の手を重ねた。

「あなたの名前は熊沢まこちゃん。けれどお財布にあった免許証には湯本江利子《ゆもとえりこ》とあったの。住所からすると、住まいは埋め立て地にできたアパートかしら。何かの悩みを抱え、心が弱くなっていたのね。あなたを宿してしまい、だんだんあなたの人格が強くなってきた」

湯本江利子。香寿さまの口からその名前を聞き、ぼんやりと浮かぶものがあった。目をつり上げて怒鳴り散らすお客さん。あれを持って来いこれを持って来いと命令するばかりの先輩。場所はデパートの食器売り場だ。そこで働いているから。くたくたになっての帰り道。ひとりぼっちのアパートの部屋。

でもそこで四コマ漫画みたいな絵を描いて、ときどきは嬉しそうに笑っていた。

「まこちゃん、あなたの心残りは、すべてではないかもしれないけど、ひとつ解決したでしょう。ならばそろそろ離れてあげましょう」

香寿さまが立ち上がる。つられてわたしもベンチから降りる。振り向くと、茶色のジャケットを着た女の人がベンチの背にもたれかかり眠っていた。

目が覚めたら、インスタントコーヒーとヨーグルトを買って帰ってね。

スーパー富田の出入り口へと目を向ける。暗くなってきたけど、入るお客さんと出るお客さんでにぎわっている。

ちーちゃんも、どこかのお店でお母さんと買物をしてるだろうか。よかったね。今でもふたりは仲良しなんだろうね。わたしは四人きょうだいだったから、ひとりくらいいなくなってもお母さんは寂しくないよ。それとも少しは悲しんでくれたかな。今でも思い出してくれるときがあるかな。

「まこちゃん、行きましょう」

香寿さまが手招きする。となりに並んで手をつなぐ。あれ不思議。さっきまで香寿さまを小さいと思っていたのに、今はわたしの方が背が低い。

「どこに行くんですか」

「どこへでも。あなたはもう、自由にどこにでも行けるのよ」

へえ。そうなんだ。せっかくだから歌でもうたいながら歩いて行こうかな。

おやさい、おにく、おさかな、いっぱいあるよ。まいにちきてね、まいにちしんせん、あなたをまつよ……。

あれ。この続きはなんだったっけ。お香のいい匂いに包まれて、わたしはふわふわ浮いていく。

デコイ

坂木 司

マイコは口元のだらしない美人だ。

鼻呼吸が苦手なのか、いつも少し口が開いている。流行《はや》りの赤い口紅が塗られた、ぽってりとした肉厚の唇。そしてそれに呼応するように、バッグの口も常に開いている。胸元のボタンも留め忘れていることが多いし、とにかく全体的にだらしがなく『開いている』。

これでブサイクだったら、ただのだらしのない女だっただろう。でもマイコは元の素材が良いおかげで、それらすべてが得な方向に作用している。

「あ、やだ」

サンダルの紐《ひも》を直そうとしてかがむと、バッグから物がざらざらとこぼれ落ちてくる。

「もう、またあ？」

「リサ、ごめ～ん」

スマホに財布に手帳。化粧品ポーチの口も開いていたらしく、アイライナーやビューラーまでバラバラに散らばっていた。それからバッグの底に落ちたまま忘れ去られていた小銭やのど飴。同じように忘れられていた前の色のグロスやリップ。中でも一番目立つのは、銀行の封筒に入ったままの合宿費。

私がおつきの者のようにそれらを拾っていると、隣で同じように人がかがむ気配がした。

「はい、これ」

古いリップグロスを持ったその人物はすっと立ち上がると、私ではなくマイコに向かってそれを差し出す。

「あ、ありがとうございます……！」

マイコはぱあっと嬉しそうな笑みを浮かべると、リップグロスを胸元でぎゅっと握りしめる。

ボタンをかけ違えて、すき間からレースのキャミが見えている胸元。そこに、存在すら忘れていた古いリップグロスを、親の形見くらいの勢いで握りしめる。

「これ、探してたんです――本当にありがとうございます！」

「いや、そんな。ちょっと拾っただけで」

その人は、男。でも別にイケメンとかじゃなくて、普通の会社員風の男性。なのでマイコの行動に、ちょっとやられ気味。

「ううん、でも本当に助かりました。ありがとうございます！」

マイコがぺこりと頭を下げると、またバッグが傾《かたむ》いて中から物が溢《あふ》れ出す。

「あ、またやっちゃった」

マイコが笑いながらかがむと、胸の谷間が見える。そこからさりげなく目をそらしながら、男性も「手伝うよ」とかがみこむ。

繁華街の雑踏の中、かがみこんでくすくす笑うマイコと、それを微笑《ほほえ》ましく見つめる男性。完全に恋愛ドラマのはじまりのシーンだ。それも限りなくベタな。

ただひとつ違うところがあるとすれば、マイコにとってはこれが、一日の中で数回起きる「当たり前」の風景だというところ。

「ありがとうございました」

立ち上がって笑顔で会釈《えしやく》するマイコに、男性ははっと我に返った表情を浮かべる。

「あの」

「それじゃ、失礼しまーす」

名前とかインスタのアドレスとか、聞きたかったのかもしれない。あるいはそこそこ落ち着いて見えたから、そうしたかったけど口に出せなかったとか。でもそれがどういう気持ちだったにせよ、マイコと関わりたいんだと態度が示していた。

でもマイコにとってこれは日常茶飯事《さはんじ》。

「リサ、ごめんね。おまたせ」

私にくるりと向き直ると、にっこりと笑う。

「いいよ、いつものことだし」

女友達と歩き出すマイコを、あえて追いかけてくる男は少ない。今の男性もそうらしく、路上に立ち尽くしたままこっちを呆然と見ていた。

「ホント、マイコはいつも隙だらけなんだから。もっと気をつけなよ？」

お決まりの台詞《せりふ》。表面的だけど、一応言っておく。

「知らない人に呼び止められて、話聞いたらダメだからね。詐欺《さぎ》とかのカモになっちゃう」

「うん、ごめんね？」

きょろんと顔を覗《のぞ》き込まれる。アイメイクがぼやけてるせいで大きく見える目。ぽってりとした唇。そこから見える小さな白い歯。

「ホント、隙だらけ。マイコは私がいないと本当にダメなんだから」

「うん。感謝してるよ〜。リサってあたしの防波堤だもん。リサがいなかったらあたし、きっとすごく困ってたと思う！」

よくわかってるじゃん。私が言うと、リサはえへへと笑って腕に抱きついてくる。それに押されてよろよろしてしまい、人の流れから外れた。

そしたら、言ってるそばから怪しげなおばさんに呼び止められる。

「あ、ちょっとそこのあなた」

「え？　あたしですか？」

私は無視していたのに、マイコが返事をしてしまう。まったくもってカモ体質。こういうのは、気づかなかったフリをして行っちゃう方がいいって、いつも言ってるのに。

「よくない相が出てるわよ。女友達に気をつけなさい」

「え。女友達――」

マイコがきょとんとした顔で私を見つめた。

「行こう」

占い師か宗教の人かはわからないけど、気持ち悪い。私はマイコの手を引っ張って、また雑踏の流れに戻る。

「ねえ、今日明日が本当に危ないわよ。充分に気をつけて」

そう言って足を止めさせ、話を聞かせてお金をとるんだろう。都会には、あの手この手で人からお金をむしり取る怪物が潜んでいる。

「光るものには、気をつけて！」

少し離れたのに、まだ言ってる。しつこいな。

「光るものって、宝石とかかな？」

マイコは呑気《のんき》に首を傾《かし》げる。

「パワーストーンとか買わせたいんだよ。たぶん。じゃなきゃ宗教系」

「リサはそういうの、詳《くわ》しいよねえ」

さっすが頼りになる！　無邪気な笑顔のマイコを見つめ返して、つくづく思う。美人は得だ。友達の私ですら、この笑顔に少しなごむ。

繁華街から大きな駅に着き、そこから各駅停車で数駅。徒歩十五分ほどでマイコの住むワンルームマンションに着く。

部屋に着くまでにも、また色々引っかかった。マイコは歩くのがのろい上に、声をかけられれば基本的に笑顔で振り返る。だからポケットティッシュや試供品がバッグに山ほど溜まっていく。もちろん、ゆるい美人だから繁華街ではキャバクラやＡＶの勧誘も数えきれない。そして私はそれらの人に向かって「急ぎますから」「今いいです」などと言い放ちながら、マイコの背中を押すのだ。

別に一緒に住んでいるわけでもないのに同じ道を辿《たど》るのは、先週マイコがぽつりとつぶやいたからだ。

「なんか最近、男の人につけられてるみたいなんだよね」

マイコが男に後を追われるのは、珍しいことではない。胸元のだらしなさに引きつけられるように、痴漢や変質者があちこちで湧いて出る。そんなマイコがあえて口に出すには、理由があった。

「なんか、ケイゴ先輩に似てた……」

ケイゴ先輩というのは、私たちが所属する大学のサークルの先輩だ。入部した瞬間からマイコのことが気になっていたのは知っていたけど、なんでいきなりストーカー的なことを。

似てる別人かもしれないし。そう思った私は、マイコと行動を共にすることでその人物を観察することにした。本当にケイゴ先輩だったとしたら、警察に通報するより前にできることがあるはずだ。

「ねえ、今の」

夕暮れの中。陰に沈むマンションのゴミ置き場。そこに人影が見えた。

「リサから見て、どうだった？　ケイゴ先輩だった？」

その人物は私たちに気がついたらしく、さっと移動してしまう。

「うーん、よくわからないな。顔が陰になってたし、帽子もかぶってたし」

似たような背格好の男の人なんて、たくさんいる。着ている物もありがちなTシャツにパンツだし、特定は難しい。

でも、マイコの帰りを見張っているのは確かなようだ。

部屋に入ると、マイコはランドリーバスケットの前に立つ。そして試供品やティッシュをわさわさと取り出しては、そのカゴに放り込んでいく。

「リサ、ここから好きなの使ってね」

「てか今日、泊まる前提？」

「だって怖いんだもん。リサ、今日はバイト入れてないでしょ？　いっつも夜はバイト行っちゃうから、寂しいよ。たまにはゆっくりしようよ」

はいはい。私は大げさにうなずいてみせる。

「あのさ、夜にバイト入れてるのは合宿が近いからだよ。何日か休んじゃうから、その埋め合わせに今先に出てるだけ」

「そっか。ていうかリサ、集金係だったよね。大変じゃない？」

「受け取ってまとめておくだけだから、そうでもないよ」

ところで私、バイトのシフト教えたっけ。頭の隅《すみ》を不穏な影がよぎる。

「リサ、先にシャワー入っていいよ」

「ありがと」

カゴを探って、私はシャワーに役立ちそうなものを取り出す。まずはシャンプーとコンディショナー、それに化粧品があった。できればコットンが欲しいと思ってさらに探ると、ハイブランドのオーデコロンが出てきた。こういうのは、私は絶対にもらえない。

もらえるのはちゃんと買ってくれそうなお金を持った見かけの人か、ブランドのイメージに合う美人。

珍しいので、もらっておくことにした。どうせタダの物なんだし。

そのまま探っていると、カゴの隣に薄いプラスチックのケースが何個も重なっているのが見えた。きらりと光ったのでつまみ上げてみると、小さな金のチップがケースの中心に入っている。これはパチンコの景品で、現金に交換できるやつだ。

どうせろくでもない男が、マイコに渡して気をひこうとしたんだろう。でもきっと、マイコにはこれが何なのかすらわからない。だから試供品カゴの隣に置いてあるんだろうし。

甘やかされてのんびり育ったマイコ。すごいお金持ちの家ではないと思うけど、生活や進学に疑問を持たないのはたぶんそこそこリッチ。どこもかしこもゆるくても人間不信にならないのは、周囲に愛されていたから。

私と違って。

でもまあ、みんな違ってみんないい。だからこそ私はマイコとつきあっている。

シャワーに入っていつもより高級なシャンプーを使い、ボトルじゃ買えないブランドの化粧水をつけて、コロンで仕上げ。そうすると、ちょっとだけ自分が綺麗になったような気がする。つまり、清潔感はお金で買える。逆を返せば、こざっぱりした綺麗さはお金がなければ成立しないってことでもある。

「じゃあこうたーい」

マイコがシャワーに入っている間に、軽く部屋を片付ける。だらしないマイコは、いつも服を脱ぎっぱなしにする。洗濯もたまにしかしない。しょうがないので、着たんじゃないかという服をまとめて軽くたたむ。すると、ポケットからまた物がざらざらこぼれてくる。飴、ガチャガチャで出たようなマスコット、小銭、ライブのチケットの半券。中にはアドレスや電話番号の記されたメモなんかも。

「ホント、しょうがないなあ」

お母さんのような気分で、私はそれらを片付ける。

「おまたせ。今日はさ、あたしが料理するね！」

マイコは普段、ほとんど料理をしない。けれどたまに気まぐれで食材を買っては腐らせている。

「珍しいね」

「こないだ、お母さんが冷麺のセット送ってくれたんだあ」

ふうん。私の母は、そもそも何も送ってはくれない。

「麺を茹でるだけなんだ。スープも水で作れるしね」

さすが、娘のことをわかってる。

次の瞬間、マイコが「あっ」と声を上げた。

「どうしたの」

「キムチと卵、忘れちゃった～！」

ゆで卵とキムチ載せればいいだけ、って書いてあったのに！　マイコはレンジの前で頭を抱える。

「まあ、なくても食べられるとは思うけど……」

「でも冷麺だよ？　おうどんとかならいいけど、素《す》冷麺って～」

「それは――」

結構、味気ないかも。

「買って帰ろうと思ってたのに、あのヘンな奴のせいで忘れちゃってた！」

麺、もうお湯に入れちゃったのに。マイコが厚い唇を、もの言いたげにゆっくりと開く。

「リサ、そこのコンビニで買ってきてくれない？」

「え？」

だって変質者がそこにいるかもしれないのに？　私は耳を疑った。

「いいじゃない。コンビニの場所、知ってるよね？　たったワンブロックだよ」

「でも――」

服は着ている。でももう暗くなってるし。私が言うと、マイコはにこりと笑った。

「ポケットに、小銭があるでしょ？」

「なに……」

「換金できる金のプレートもあるし、お金は充分足りてるよね？」

知られてた。私はポケットの中のお金をぐっと握りしめる。

「あのね、この際だから言うけど、あたし、あちこちゆるいけど頭のネジはゆるんでないのね。でないと大学、入れてないでしょ」

菜箸《さいばし》を握った手で、マイコは自分の頭をとんとんとつつく。

「でもリサは、あちこち固いくせに詰めが甘いっていうか、ゆるいよね。道であたしが落とした小銭拾って、試供品入れの側《そば》の金のプレート、ポケットに入れて、洗濯物から落ちた小銭また拾ってさ。あと、合宿費の封筒から千円札抜いたでしょ」

全部見られてた。私の身体《からだ》がわなわなと震えだす。

「バイトかけ持ちして、貧乏なんだなあと思ってたから黙ってたの。これくらい、盗《と》られても困らなかったし」

「なんで……」

じゃあなんで、今言ったの。私のつぶやきに、マイコは白い歯を見せて笑った。

「今、外に出てほしかったから」

「はあ？」

「この親切が、わからないかなあ」

まったくわからない。私が立ち尽くしていると、マイコは私のバッグをとってきて胸元に押しつけた。

「外にいるのは、ケイゴ先輩だよ」

「ええ?」

「リサ、ケイゴ先輩のこと、好きなんでしょ?」

なんでそれを。真っ赤になった私の顔を見て、マイコはけらけらと笑う。

「リサってさ、なんでも顔に出るんだよ。欲しい欲しいって」

浅ましいっていうか、笑っちゃう。マイコはボタンのずれた部屋着で歌うように言った。

「それが面白かったから、一緒にいただけ」

「面白かった……?」

恥ずかしさと憎しみで、頭が沸騰しそうになる。

「うん。面白かった。あたしさ、こんな見た目でしょ? だからさ、寄って来るんだよね。庇護欲かきたてられた偉そうな女。『私がいなきゃマイコは』って超うざいけど、男の防波堤には便利だからつきまとわせてあげてる。たいてい過保護が行き過ぎて支配欲になって、うざくなって捨てるんだけど」

防波堤って、そういう意味だったのか。

「あたし、よくカモにされやすそうって言われるんだけど、違うよ? デコイなの」

「でこ――？」

「デ・コ・イ。カモ猟で使うおとりのカモの人形のこと」

可哀相《かわいそう》な子供を見るような目で、マイコが私を見る。

「おとりの隣にいる、獲物をあぶり出すの」

「獲物」

つまり私がそうだと。

「ゆるいあたし、カモになりそうなあたしに見せる態度や行動。それが獲物。リサは、見事なカモだったよ。そのカモっぷりに免じて、ケイゴ先輩に会わせてあげる」

「でも」

ケイゴ先輩はマイコのことが好きなんじゃないの。そう言い返すと、マイコは首を横に振った。

「残念だけど、違うみたい」

ということは今日、私を追ってケイゴ先輩はここにいたってこと？

「盗み癖のことは言わないであげる。あと、カフェって嘘ついてパチンコ屋でバイトしてることも」

だから出てって？　そう言われて、私はがくりと肩を落とした。

「遊びは終わり。あたしはサークルやめるから安心してつきあってね」

じゃ、ばいばい。パタンとドアを閉められて、私は呆然としたままよろよろと歩き出す。日はすっかり落ちて、薄暗い道。マンションから出て少し行ったところの暗がりに、ケイゴ先輩が立っていた。

「ケイゴ先輩――」

マイコは、私のしていたことをケイゴ先輩に告げ口しているのだろうか。もしそうでなければ、ケイゴ先輩の胸に飛び込んでわんわん泣いてしまいたい。

「リサ、待ってたんだ」

優しいケイゴ先輩。サークルでも人気者で、男子の仲間が多い、人望のある人。そんな人が、私のことを。

「先輩、私」

知られたくない。知っていてほしくない。どう言えばうまくいくのかわからないまま見上げると、ケイゴ先輩が私の肩をぐっと摑《つか》んだ。

「リサ」

「あ――」

「合宿費、使い込んだって本当か？」

私は、撃たれた。

胡瓜を焼く

田辺青蛙

乾いた幽霊を夏に焼くと、時々小さなクルクルシタ物が灰の中に残っていることがある。

今朝焼いた幽霊は、小指の先ほどの大きさのクルクルシタ物を残してくれた。

クルクルシタ物は日に当てると、水に浸かった砂糖のようにほろりと溶けてしまうので、直《す》ぐに漆で固めた黒い和紙袋に仕舞い込まなくてはならない。

「兄さん、クルクルシタ物をまた見つけたの？」

「うん。今度こそ、上手くいくかも知れない」

幽霊が残したクルクルシタ物は、常に持ち歩いていると鬼を寄せることがあるという。

鬼は人の望みを叶えるというので、僕は本当に出会うことがあれば食い殺して貰《もら》いたいという願いを伝えるつもりでいる。

鬼に血を啜られ、肉を食い千切られて、卑猥な言葉をありったけ耳に囁《ささや》かれながら、苦痛と自身の血肉に塗《まみ》れて死んでいくのだ。

「おいお前、何ぼけっとしてんだよ」

こつんと兄に頭を小突かれた。

「息が荒いぞ。お前、もしかしてまた鬼に喰われる妄想で興奮してたのか？　本当に変態だなあ」

「いいじゃないか兄さん。なあ、そのクルクルシタ物をくれよ。兄さんは昔鬼を寄せて斬ったことがあるんだろう？」

兄は七つの時に、クルクルシタ物を手に持って山へ入った。そうすると影のように黒く薄っぺらい鬼に出会ったらしい。兄は一度で良いから鬼を斬ってみたいと思っていたので、これ幸いと腰に下げていた小刀の刃に巻き付けていた組みひもを解《ほど》いて、切りつけた。すると鬼は「あっ」と声だけを残して煙のように失《う》せてしまったという。

「まあな。でも手ごたえがてんで無かったし、強い鬼じゃないから全く自慢出来やしない。鬼斬りを自称している連中は皆、倒した鬼の角《つの》やら牙やらを自慢げに家に飾っているだろう。そういうのを見せると女にもてるんだ」

兄は早速、クルクルシタ物を黒和紙袋に包み、自分の胸ポケットに仕舞い込もうとしている。

「ずるいよ兄さん。前もその前も兄さんが自分の物にしていたじゃないか。今度ばっかりは僕に下さいよ。ねえ、兄さん後生だから」

兄は顎《あご》の下に手を当て、少し考えてから言った。

「あのさ、鬼が出てきたら、お前が襲われて喰われるのをしばらく見ていてやる。その後に俺がそいつを斬っていいか？　それなら二人分の望みが一匹の鬼で叶うことになるだろう？」

僕は兄の素晴らしい提案に強く何度も頷《うなず》いた。利口な兄を持っていて本当に良かったと思う。

「じゃ、これはお前が持っていろよ。今日はババちゃんが来るから早く帰るぞ」

「分かった」

ババちゃんは、月に一度か二度家にやって来て、部屋の掃除や、ご飯を作ってくれたりする。

ババちゃんは僕や兄さんの本当のお婆ちゃんではないんだけれど、本人がそう思い込んでいるので、僕らは孫のフリをし続けている。ある日突然家に上がり込み「ババちゃん疲れちゃったよ。ほら、小遣いだ。今月は少なくってすまないねえ。じゃ、ご飯作ってやろう」と言って、その時からずっとババちゃんは僕らのお婆ちゃんということになっている。本当の孫や家族がどこにいるのかは知らない。一度帰るところを尾《つ》けてみたことがあるのだけれど、巻かれてしまった。ババちゃんは色々と謎が多い。だけれど作る食事が美味《うま》いし、僕たち兄弟の家の中には盗《と》られて特に困るようなものはないので、気にしないで家に迎えいれている。

僕がもし、盗られて困る物があるとすれば、このクルクルシタ物だろう。鼻を寄せて嗅ぐと酸《す》い香りがした。幽霊を焼いた灰は朱華《はねず》色をして、微《かす》かに柑橘に似た臭いを感じることが多いので、香が少し移ったのかも知れない。

翌朝、クルクルシタ物を入れた袋を持って、鬼がよく出るという噂の野原へ行った。風で草木がザッと鳴るたびに鬼が出て来たかと振り返ってしまった。

一度草の間から野兎《のうさぎ》が飛び出て来た時は、食われやすいように胸元を開けながら振り返ってしまった程だった。

「鬼よう、おい、鬼よう。美味しい人間がいるぞー。俺は鉄砲も刀も持っていない。肌も張りがあるし尻も太腿《ふともも》も柔らかくて美味いぞー」

鬼がこちらを窺ってやしないかと、相手の食欲を湧かせるようなことを何度喚《わめ》いても何も起こらず、胸がはち切れんばかりに期待しながら野原にいたが、夕方になる頃には気持ちは落胆に変わっていた。

鬼の姿も形も全《まった》く見えず、気配すら無くクルクルシタ物は黒和紙袋の中で随分小さくなっているのが上から触って分かった。

「明日、また来てみるかな。このクルクルシタ物は減りが早いなあ。これじゃ一週間も保ちやしないや」

小石を蹴飛ばしながら、悔しさと悲しさと侘しさが綯交ぜになった気持ちを抱えて帰路をとぼとぼと歩いていると、足元から声が聞こえた。

「お待ちください。お待ちください」

小豆《あずき》に手足と唐黍《とうきび》の毛をくっ付けたような生き物が草履《ぞうり》の前で飛び跳ねている。

「なんだ？」

「あたくし鬼の黄枯茶《きがらちゃ》」と申します。

「えっ？」

「あ、声がそちらまで届きませんでしたでしょうか？　あたくし成りは小さくっても声は大きい者には負けないと思っていたのですが、いけませんねえ。すみません。摘みあげていただけますか？　そうすればお声が聞こえやすいと思うんですが、いかがでしょうか？」

「聞こえているよ。お前、鬼、なのか？」

「ええそうです」

小指の先ほどしかない鬼に何を頼めと言うのだろう。

「鬼は、人の望みを叶えることがあるというがそれは本当か？」

「種によりますがね。あたくしは貴方様《あなた》がご存じの通り望を叶える鬼でございますよ。他人様の望みを成就させる修行を得てやっと一人前になれるんです」

「そうか、で今までに誰かの望みを叶えたことがあるのか？」

「貴方様が初でございますよ。で、何をして貰いたいですか？」

「すまないが、ちょっと親指を強く嚙んでみてくれないか？」

「ようございますよ」

わたしの肉を食い千切ってみろと言ってみたかったが、歯を立てられても蚊にさえ劣る感触を皮膚に鈍く感じるくらいだった。

「食らいついてみましたが、どうです？　満足していただけましたか？」

「いいや全然だ、全く話にならない。お前じゃ僕の望みは到底成就させることは出来やしないよ」

「すみませんねえ。でも、望みを叶えるまで、あたくしは鬼界へ帰る事が出来ないんです」

小豆大の鬼はとても申し訳なさそうに言う。

雨が空から降りはじめた。家の外にはまだ焼かれる前の幽霊の入った箱が積まれっぱなしになっている。早く戻って防雨布を被《かぶ》せないと皆ダメになってしまう。

雨に濡れながら家に戻ると、防雨布は既に被せてあり玄関を上がって部屋に戻ると、兄が寝ころんだ姿勢で貸本を読んでいた。

「昨日山を見ていたから今夜は雨になると予想していたんだ。お前が出て行った後に布を被せておいたんだぞ。で、鬼は出たか？　悲鳴が野原から聞こえて来たら、刀を持って直ぐに駆けつける気だったんだが、風に乗って聞こえて来たのはお前の声ばかりでな、しかも尻が美味いだのなんだの。聞いているこっちが恥ずかしくなってしまったよ」

「兄さん、鬼には出会えました」

「なら、なんでお前は血に濡れていなければ、歯の痕も肉に付いていないいんだ？　俺が切った影の鬼のような奴だったのか？　それとも鬼に生きたまま喰われたいと言っていたのは嘘だったのか？」

「いいえ、違います。嘘ではありません。僕が出会ったのはこんな奴だったからです」

足の親指の上にちょこんと座ったままの小さな鬼を見せると兄も、がっかりした表情を浮かべ、これじゃ切る甲斐は全くないなとババちゃんが作ってくれた飯を食いに台所へと立ち去ってしまった。

「貴方様は、鬼に喰われるのが夢だったのですね」

「ああそうだよ」

「ずっと、そんな望みをお持ちなのでしょうか？」

「そうさ、でも鬼には中々出会えないからね。代わりに兄さんに嚙んで食べられる真似事をして貰ったことがあったけれど、あれは駄目だったなあ。

やはり鬼でなくっちゃ、かえって欲求不満が募るばかりだったよ。だいたい兄さんは醜男《しこお》で、しかも人間と来ている。イヤイヤながらに自分に似た顔の男に嚙まれて興奮する程、僕は変じゃないからね。

どうせ喰われるなら女の鬼がいいや。でも男だって構わないんだよ。腕が丸太んぼうみたいに太くって足の脛毛が濃い鬼にズヅゥっと血を啜られるのを想像しただけで、もうほら、こんな風になっている」

まだ皮の剝けきっていない、いきり立った陰茎を軽く擦りながら鬼に見せつけてやった。

「しまってくださいよう。そんな物を間近で見たくはありません」

「なあ、知り合いにそういう鬼はいないのか？　歯や牙が鋭くって肉を柔らかい土のようにえぐってくれそうな奴はいないのか？」

「いませんねえ。あたくしの知り合いは皆小柄なんです」

みるみる陰茎が萎れ、小さく縮んでいった。

「そんなにしょげることはありません。鬼は義理堅いんですよ。きっと必ず貴方様の願いを成就させてみせます」

「本当かよ」

「本当でございますよ」

だが、この言葉は口だけだったようだ。

例えばぴょんぴょんと蚤《のみ》のように家の中で跳び回る鬼が、願いだけでなく修行の為に用事を言いつけてくれと言ってきたので、お茶を淹《い》れてくれないかと頼んでみた。だが茶匙を持ち上げるのさえやっとで、湯呑を持ち上げることさえも出来なかった。

これでは、願いどころか、些細な頼み事すら果たせなさそうだ。

役に立たない鬼は、焼いた胡瓜《きゅうり》を好んで食べた。

庭の胡瓜は皮が固く、兄弟で食べ飽きていたので、餌としてやる分には別に困りはしなかったが、役立たずに食べさせているという不条理さが苛立ちを掻き立てた。

「あたくしめは火を通した物しか食べることが出来ません。そうですね、夏ならば胡瓜を秋ならば柿を、冬ならば獣の毛を一つまみ程焼いてくれればお腹一杯になります」

兄は、連れて来たのはお前だろうと言って鬼の餌やりはしようとしないし、鬼が家にいることについて、さして関心や興味すら抱いていないようだった。

「ほら、よく焼いた胡瓜だぞ」

餌と水を鬼の前に置いてから布団の中に入る。

ここ最近、幽霊を焼いてもクルクルシタ物が出てこない。

もう直ぐ夏も終わるので、幽霊焼きの仕事も減ってしまう。鬼は秋の終わり頃には冬眠に入るので、早く見つけてしまいたいのに、どうにもならない。

喰われたい欲求は日に日に熱くなっていくというのにだ。

夜半過ぎ、臍の斜め横辺りに痛みを感じて目覚めた。

さほど強くはないが、ずぐずぐと痛む。

布団を捲り上げて月明りの下で、痛む辺りを見てみると小鬼が嚙みついていた。

「おい」

呼びかけると、小鬼が顔を上げた。

口元に何か光る物がついている。

鬼は小さな手で口元の光る物を抜いて、僕に見せてくれた。

「待ち針を折った物を歯に付けて嚙んでみました。どうです心地よかったですか？」

「まあね、少しばっかりだけど。ちゃんと痛かったよ」

鬼が満面に笑みを浮かべた。どうやらよほどうれしかったらしい。

「焼いた胡瓜でも食えよ。ちゃぶ台の上に残っているし、何だったらご褒美に新しく庭で捥《も》いだのを焼いてやってもいいぞ」

「ありがとうございます」

その夜から小さな鬼は、チクチクと針で僕に痛みを齎《もたら》してくれた。望んでいたものと違う種の痛みではあったが、何故かそう嫌ではなく最初に来た時よりも鬼と僕との関係は甘美なものへと変化しつつあった。

だが、その甘さを増し始めた共同生活は突然終わりを迎えた。

部屋を掃除していたババちゃんがうっかり間違えて小鬼を踏んでしまったのだ。

畳には、小豆をゆでた時に出る汁と同じ色の体液が流れてこびりついていた。

僕はひしゃげた小鬼の姿を見て泣いたが、兄はまだいたのかという風体で、ババちゃんは鬼は瓶《びん》に入れて焼いた胡瓜でも備え続けていればそのうち元に戻りますよとヘラヘラと笑みを浮かべて言っていた。

藁にも縋《すが》る気持ちで体液と共にべったりと畳に張り付いていた小さな鬼を、ペリペリとピンセットで剝がし、瓶に入れて蠟封をして、仏壇の前に置いて毎日焼いた胡瓜を備えた。

でも、鬼は全く元に戻る気配はなく、日々瓶の中で乾いてより小さく縮んでいっているように見えた。

秋も半《なか》ばの夜、寝返りを打つと布団の中に誰かいた。

白く柔らかそうな女の小振りな乳房が見えた。村のどこかの女が忍んできたのかと思い、抱き寄せようとしたら首を摑《つか》まれた。

息が出来ない程、強い力だ。

すぅっと気が遠くなりそうになったところで、相手は手を首から離して顔をこちらに向けた。

長い、黒髪の女の鬼だった。体の大きさは僕より一回り程大きく手には鋭い爪が付いている。

女の鬼は、手を振り下ろし爪先で僕の肉を抉った。

傷跡が燃える炎に包まれているように熱い。どんな女に抱きすくめられたとしても、こんなに感じることは出来ないだろう。

流れ落ちる血はぬるぬるとしていて濡れているのに、なお熱く、強く傷む。

鬼は僕の体を軽々と持ち上げると、ドンっと障子を突き破って庭に投げ捨てた。

砂交じりの土を擦り付け、皮膚を剝き、唾液を吐きかける。水を浴びせられたと思ったら、女の鬼の小尿だった。女陰を丸出しで笑いながら私の顔目がけて用を足している。

いいじゃないか。そうだそうだ、こういうのをずっと、ずっと幼い頃から切に求めていたのだ。

長年晒されていた乾きが癒されていく。これほど満たされて幸福を感じたことはない。女の鬼が何者であるか、どこから来たのか、あの小鬼と関係があるとかどうでもよい、むしろそんなことを考えて、少しでもこの苦痛を味わう時間を損ねたくはなかった。

指の骨を折り、耳を手で千切り、背中に馬乗りになり髪を毟《むし》られた。もっとだ、もっと……と声を上げたところで目が覚めた。

僕は汗まみれで布団の中で射精していた。

体がほてっていて熱い。まだ興奮が全身に広がるように残っている。

「なんだ、夢か」

カタンと乾いた音がしたので振り返ると、仏壇の前に置いてあった瓶の蠟封が取れていて瓶の中身が空になっていた。

べとべとした精液塗れの猿股を穿いたまま、小さな鬼をそこら中探し回ったが見つからなかった。

翌朝、ババちゃんが家にやって来ると僕の顔を見るなりこういった。

「おやまあ、顔に薄く出ていますよ。夢の香を入れましたか？」

「何の話？」

ババちゃんはよく訳のわからないことを言っていることが多いので、何か話しかけられても大抵無視しているのだが、何故か今日は思わず問い返してしまった。

「夢の香は望む夢を見られる物でございますよ。大変珍しいもので地獄に咲く花を煎じて作るとも、鬼の脂を煮詰めて作るともいわれているがちゃんとした作り方は分かっていないんです。香を使って夢を見ると、ほら、お顔に薄く朝顔のような痣が出るんです」

後で鏡を見てみたけれど、そんな痣らしきものは顔に見当たらなかったし、兄にはババちゃんのボケを真に受けてどうするんだと笑われてしまった。

僕は、小さな鬼が「夢の香」とやらを使ってあの夢を見せてくれたのだと思っている。

日々夢での体験は薄れていき、あの時の狂わしい興奮ももう殆ど思い出すことが出来なくなっている。今年の幽霊焼きは終わり、また次の夏になるまで箱は運ばれてこない。まだ庭には胡瓜が成っているので、焼いては毎日瓶の前に備えている。

小さい鬼の入っていない空の瓶を見る度に、なんだか悪いことをしてしまったような心持ちになって、自分の望みをあんなに叶えて欲しいと鬼に無理強いするんじゃなかったと後悔ばかりしている。

今朝早く、私の左目は旅立った。

矢崎存美

　今朝早く、私の左目が家出をした。

　ごめんなさい。私はあなたではなく、他の、もっとふさわしい人の左目になります。探さないでください。

　という簡単な書き置きを残して。

　目なのにどうやって書き置きしたのだ、というツッコミは右目がしゃべり始めたことですっ飛ぶ。

「見え方は変わりましたか？」

　混乱の極みではあるが、そうだな、まずはそれを調べないといけない。が、

「……あれ？」

　特に変わりはなかった。

私はどうやら、左目があっても見えていないも同然だったらしい。右目があれば充分だったのだ。

そりゃ左目が家出をしても無理はないな、と思う。存在していても無視されていると同じだったのだから。

「探さないでください」と言われたけれど、さすがに左目に対する自分の仕打ちを反省した私は、右目と相談して、心当たりのところを訪ね歩くことにした。眼科、メガネ店——それくらいしかないのだけれど。

眼科へ行ったら、左目のことを訊《き》くより先に視力を測られた。

「あらっ。左目の視力が出ないですね！」

当たり前だ、左目は家出したんだから。

「右目が疲れやすくなるかもしれませんね。気をつけてください」

右目のことを大切にしてあげないと、と思う。

眼科医の診察がようやく始まり、私は、

「左目が家出してしまったんです。行き先、わかりませんか？」

とたずねる。

「眼科医ですけど、そこまではわかりませんよ〜」

それもそうだな。

「私の左目が訪ねてはきませんでしたか？」

「来ていないと思います。仮に来ていたとしても、それがあなたの左目だと私にはわかりかねると思うのですが。左目が自分で名乗れば別ですけど」

「右目はしゃべれるみたいなんですが」

「左目もしゃべれますよ」

と右目が言う。知らなかった……。

「それならなおさら、しゃべる眼球は来なかったので、私にはわかりません。ていうか、眼球は一つも来てないです」

納得の答えが出てしまった。

「疲れ目に効く目薬出しておきますね」

そう言われて、診察は終わる。

次はメガネ店へ行った。リーズナブルなメガネが短時間で作れるチェーン店だ。

しかし、ここでも左目の行方はわからない。

「新しいメガネを作りますか？」

そんなことを訊かれる。

「左目が帰ってくるまで待ちます」

「そうですか。右目に合わせたメガネをお作りするのもよろしいかと思うのですが」

そう言われてちょっと心が揺れたが、そんなことが知れたら左目が帰ってきた時に何を言われるか。

「やめておきます」

「モノクルもございますが」

「モノクルって何⁉」

思わずタメ口でたずねる。

「昔の貴族の人がつけるような単眼のメガネというか、レンズです」

ああー……やっと頭に浮かぶ。が、それって左目云々《うんぬん》より、ほっぺたが疲れそうだから、やだなあ。それに、ジーパンにネルシャツとかじゃ絶対に似合わないだろ、それ。ひげ生《は》やさないといけないような気もする。

「けっこうです」

「またいつでもどうぞ」

まったくお気楽というか、人ごとだな、と思いながら帰ってくる。まあ、ほんとに人ごとなんだけど。

結局手がかりはなしだ。右目に心当たりを訊いても、それ以上は出てこなかった。

「思いついたら、言ってね」

とは言ったが、常日頃右目としゃべるような習慣が私にはなかったし、暮らすのに何も支障がなかったので、特にしゃべることもなくそのまま一年がたってしまった。

そしたらある日、突然左目が戻ってきた。

いなくなってから、朝起きると必ず左目が帰ってきたか確認していたので、すぐにわかった。それをしてなかったら、きっとまた左目は知らないうちに家出をしていただろう。

「どうして戻ってきたの？」

左目は答えない。すると、右目が言う。

「外で人が待ってるって」

「何？　どういうこと？」

左目も右目も何も言わない。出ればわかるってことか？

私が家から出ると、玄関のところに一人の男性が立っていた。背が高く、私より少し年上のようだ。

「あんたの左目、返しに来たよ」

ぶっきらぼうに言われる。私はそれに対してお礼を言うべきか、文句を言うべきか迷う。

「あんた、今までよく平気だったな」

私は首を傾《かし》げた。何を言われたのかわからない。

「この一年の間、その左目は何人か渡り歩いたようだよ」

「えっ、最初の人は？」

私はこの男性になのか左目に訊いているのかわからないまま質問を口にする。

「とっくに捨てられたのさ」

捨てられた！　家出をされた方としては複雑な気分だが、それはひどい。

「でも、ほしい人はいくらでもいるから、すぐに引き取り手はあったようだよ」

「あなたはよくご存知ですね」

「みんなその左目に聞いたからな」

私はまだ聞いていないけれど。

「でも、どの人にもすぐ捨てられてしまったんだと」

「どうして……？」

「それでもう一度言うけど、あんた今までよく平気だったな」

「……どういうこと？」

男性は私をじっとのぞきこんだ。

「わからないんだったら、それでいいんだよ」

「いや、よくないですよ！」

わからないなんて気持ち悪い。

「この左目は、今まであんたに無視されたから家出したって言ってたけど」

「そうみたいですね。家出をされても気づかなかったくらいですから」

「そうか。そういうことなら、あんたの居場所はこの人しかいないだろ？」

この場合の「あんた」は私ではなく左目だった。

「どういうことなんですか？」

私は食い下がった。

「あんたの左目は、変わってるよ」

「どう変わってるんです？」

「それがわからない方が幸せなんだよ。独《ひと》り者みたいだけど、食うに困ってるわけでもなさそうだし、身体《からだ》も健康そうだ。自分は今幸せだと思うか？」

左目も帰ってきたので、特に不満もなかった。

「はい、それなりに」

正直に言う。

「欲もなさそうな顔してるよ」

なんとなく失礼な気もしたが、彼もまた正直なことを言っているように聞こえた。

「じゃあ、そのままでいいんじゃね？　俺はこれで。確かに左目は返したからな」

わけもわからぬまま、左目は私の元へ戻ってきた。

左目は少ししょげがちで、突然勝手に涙を流すことはあるが、それ以外は今までと変わらない。

つまり、やっぱり私の左目は見えていないのだ。でも、全然支障がない。

私が寝ている間に、右目が左目と話したらしい。くわしいことも聞いたらしいが、やはり私には教えてくれない。

「左目が他の人に見せたものはなんだったんだろう？」

私の独り言のような質問に、右目は言う。

「見なくてもいいものもあるんですよ」

「でも、この一年で見た人はいたんだよね？　何人くらい？」

「十人くらいだそうです」

多いのか少ないのかわからない。子供が家出をして、十人のところを転々としたというなら多いような気がするが、目だし。

「その十人はどうなったの？」

右目も左目も黙る。

「十人目の人って、左目連れてきてくれた人だよね？　あの人はどうして平気だったの？」

「あの人は、一度しか見ていないみたいです」

一度だけ何かを見て、それで戻したというわけ？

「他の人は、それができなかったの？」

無言。できないってどうして⁉

「私は、今までどおり無視するしかできないけど、左目はそれでいいの？」

とたずねると、小さな声で「いい」と言った。

私は確かに左目を無視しているけれど、それはもしかして他に理由があって見られないのかもしれない。そんな人のところにいたくないから、左目は家出をしたのか。

「左目にふさわしい人がいたら、家出をしてもいいよ」

それにも左目は答えなかった。家出をしたからといって、私には何も支障がないとわかったからかもしれない。

結局、左目も右目も、何も教えてはくれなかった。残念だけれど、なんとなく怖いから、私はそれ以上追及しない。

それから一ヶ月ほど普通の生活が続いた。特に何も起こらず、左目の涙もめったに出なくなったある日、それは起こった。

駅の階段を降りていた時、後ろから突き飛ばされたのだ。

ただ、手すりをつかもうとした瞬間に突き飛ばされたので、身体が横に飛び、なんとか手すりにすがって落ちずにすんだ。足が滑ってお尻など打ったけれど。

突き飛ばした相手はまだいるのか!? と思って振り向くと、それは左目を連れてきてくれたあの男だった。

「左目、寄こせ!」

私に襲いかかろうとした男は、駅員や周囲の人に取り押さえられる。ぎゃーぎゃー叫びながら、その人は事務室へ連れていかれ、その後警察に連行されていった。私は事情を訊かれただけで、すぐに解放された。

ごまかすのもいやなので、正直に答えたが、警察官も、

「接点はそれだけですか?」

と驚く。

家に帰ると、左目が震えているのがわかった。

「一度だけなのに……」

めったにしゃべらない左目が、そう言った。

一度左目が見せてくれるものを見てみたい、と思ったこともあったけれど、もう全然見たくなくなった。ヤバイ。うちの左目ヤバイよー。はっ！

「邪眼だね！」

「……そうとでも思っていてください」

右目があきれたように言う。左目はまだ震えていたが、なんかちょっとプッと吹き出したみたいに感じた。

以来、左目は家出することもなく、ずっと私の左目だ。特になんということのない毎日を過ごしている。たまに「左目をくれ」という人が来ることもあるが、断っている。

AREA◆

母校
芦沢 央
鴨
北野勇作
つい……
柄刀 一
グリーフケア
新津きよみ
命賭けて
丸山政也

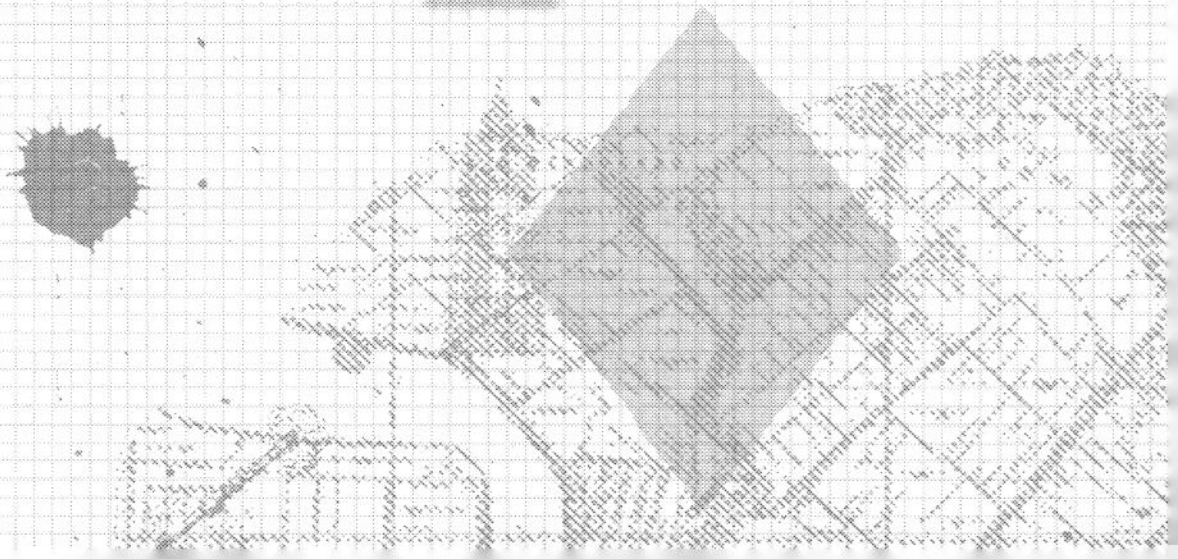

母校

芦沢央

本当にねえ、立派になって。三度目にかけられた同じ言葉に、おかげ様で、と微笑《ほほえ》みを返しながら、そうだ自己紹介では在学中のときの担任は森野《もりの》先生だったと言った方が場が温《あたた》まるかもしれない、と尋一《ひろかず》は考えていた。

今は森野先生のクラスは何年生なんですか、と問いかけ、どの学年だと答えられても、うわ、大変だ、と驚いてみせる——自分の表情や生徒たちが示すだろう反応を思い描く。別に森野でなくても構わないのだが、当時から厳しいと有名だった森野の名前を出せば見も知らぬ後輩たちも親近感を抱きやすいはずだ。

その、昔は眉を吊り上げてばかりいた森野は、尋一を応接室へ恭《うやうや》しく通しながら眉尻を下げた。

「篠田《しのだ》くんは、この学校の生徒だった頃から高校生だとは思えないくらいしっかりしていたでしょう。きっと大物になるって思ってたのよ」

「大物って、ただの売れない俳優ですよ」

尋一は苦笑するが、森野は謙遜だと受け取ったのか「何言ってるの、立派なものじゃない。だってこの辺の地方局じゃなくて全国区のテレビに出てるんでしょう」と言葉を重ねてくる。全国区って、とまた苦笑しそうになったが、さらにフォローらしきことを言われるのも面倒なので「ありがとうございます」と会釈をすると、森野は「そういうところ」と人さし指を立てた。

「褒められたときにそうやって素直にお礼が言えるのがスマートよねえ」

一応また褒められたのだから、話の流れとしてはここでも礼のようなものを口にすべきなのだろうとは思うものの、今度は言う気になれなかった。素直って。唇の端が微《かす》かに歪んでしまう。

「じゃあ、また後で校長先生も挨拶に来るから。他に会いたい人はいる？」

「いえ」

特にいません、と続けかけて、「森野先生に会えたので」と言い換えた。森野は「あら」と目をしばたたかせ、満更でもなさそうな顔をしながら「もう、清宮《きよみや》先生も会田《あいだ》先生も今日篠田くんに会えるのを楽しみにしてたのよ」と軽く咎《とが》めてみせる。清宮、会田。尋一は卒業以来、十八年ぶりに聞く名前を口の中で転がしてから、「清宮先生、会田先生！　うわ、懐かしいな」と声を弾《はず》ませた。

「まだこの学校にいらっしゃるんですね」

「そうよ、後で連れてくるわね」

森野がウインクでもしそうな口調で言って部屋を出て行く。尋一は足音が離れていくのを聞きながら深くため息をついた。

母校で講演会をしてほしいという今回の依頼を受けるかどうか迷いながら結局受けたのは、どうせその日は他に仕事はないんだし少しでも顔を売ってこいよとマネージャーに言われたからでもあったが、高校時代にそれほど嫌な記憶がないからでもあった。勉強はそれなりにできたから授業にも試験にもストレスは感じなかったし、クラスの中心人物と同じバレーボール部で親しくしていたこともあって人間関係で苦労した覚えもない。

だが、それは同時に在学中の記憶すべてが希薄だということでもあった。森野、清宮、会田の三人が担任だったことは覚えているものの、それぞれとの当時のエピソードを話せと言われたら何も出てこない。教師に対してだけではなく、クラスメイトの多くに対してもそうなのだ。顔を合わせれば何となく見覚えがあるなというのはわかるし、名前を聞けば、ああ、いたいたと思い当たるのだが、たとえばあだ名は上手く思い出せないし、おまえあのときこんなことをしていたよな、と言われても心底他人の話のようにしか思えない。自分でも薄情なことだと思うが、普段仕事でとてもではないが覚えきれないほどたくさんの人と会っていることもあり、日常的に会わない人間のことはどんどん忘れていってしまうのだ。

今日出かける前に一応卒業アルバムは見返してきたものの、これからそつなく対応しなければならないと考えると少し憂鬱《ゆううつ》になった。

とは言え、今そんなことをぐじぐじと考えていても仕方ない。尋一は革張りのソファに浅く腰かけると、トートバッグの中からクリアファイルを取り出した。事前に知らされていた質問項目と用意してきた回答に目を通し、改めてシミュレーションを行う。

それは、仕事でもバラエティ番組やトーク番組の本番前には必ず踏む手順だった。そもそも人前で話すのはあまり得意ではない。ドラマではよく喋《しゃべ》る役回りが多いから誤解されがちだが、それはあくまでも演技として決まったセリフを喋っているからなのだ。アドリブで話せと言われると、それだけで慌ててしまって、何か面白いことを言わなければと思うあまりに余計なことを言ってしまったりする。今日の講演は「この学校で学んだことが今の仕事にどう生かされているか」という当たり障《さわ》りのないテーマであり、テレビで放送されることもないとはいえ、イメージが命の商売である以上、不用意な発言は避けたい。

三分ほどでシミュレーションを終え、さて、誰か来る前にトイレにでも行っておくかと顔を上げかけたとき、ふいに頭上から「すみません」というか細い声が聞こえた。ぎょっとして思わず身を引くと、「あ、すみません」と目の前に立っていた男子生徒が同じように身を引く。

「あの、驚かせてしまってすみません」

もう一度謝られて、そんなに集中していただろうかと恥ずかしくなった。いや、と答える声が微かにかすれて、小さく咳払いをする。それにしてもいつの間に入ってきたのだろう。森野はドアを閉めていかなかったのだろうか。

「すみません、僕は今回の講演会の司会役で……」

男子生徒は伏し目がちに言いながら、両手に持ったプリントの端を握りしめた。

「えっと、今日の質問項目をお渡ししようと……」

消え入りそうな語尾に耳を澄ませるが、どうやら最後まで言うつもりはないらしい。

尋一は仕事柄もっと腹に力を込めてはっきり喋れと言いたくなりながらも、その端に皺が寄ったプリントを受け取った。森野から事前にメールで受け取ってはいるが、実行委員としての仕事をしにきたのであればさせてやればいい。

男子生徒が立ち去らないので「ありがとう」と片手を挙げてみせたが、それでも男子生徒は動こうとしない。物言いたげな目を尋一の手元に向けているので、一応は目を通すふりをしてやるか、とプリントに視線を落とした瞬間だった。

尋一は、呼吸を止めた。

——何だ、これは。

意味がわからず、目を疑う。何だこれは、ともう一度思った。プリントの冒頭には、

〈本日の議題：いじめ問題について〉と書かれている。

「これは……森野先生から事前に聞いていた議題と違うようだけど」

何とか平静を装って尋ねると、男子生徒は「え？」と目を大きく見開いた。

「でも、もうこの議題で告知してしまっていて……」

「とりあえず急いで森野先生を呼んできてくれないか」

尋一は有無を言わさぬ口調で言い放つ。男子生徒は「あ、はい！」と声を裏返らせて

部屋を飛び出して行った。尋一は眉根をきつく寄せる。

――いじめ問題について？　もうこの議題で告知してしまっている？

胸ポケットからスマートフォンを引き抜き、メールアプリのアイコンを連打して立ち上げる。すばやく過去の履歴を遡り、森野からのメールを開くと、そこにはやはり〈この学校で学んだことが今の仕事にどう生かされているかについて、ざっくばらんにお話しいただけたら〉というフレーズがあった。

尋一は詰めていた息を吐き出し、親指の爪を噛む。一体、誰のミスでこんなことになったのか。

――いや、問題はそんなことではない。

既に〈いじめ問題〉の方の議題で告知されてしまっているということは、このままでは自分はいじめ問題についての講演をしなければならないということなのだ。スマートフォンの画面から光が消え、反射的に電源ボタンを押すと〈十三時八分〉という数字が表示される。

――あと二十二分。

その間に、話す内容を考えなければならない。いや、これから校長や清宮、会田が来るわけだから、そんな時間もないだろう。そうなれば、ほとんどぶっつけ本番で話さなければならなくなる。――このデリケートな問題について、しかも最も当事者に近いであろう高校生たちの前で。

心拍数が急速に上がり始めるのがわかった。まずい、と思い、自分がそう思ったのだと認識した途端に、自分が他でもないこの母校において、いじめ問題について話すということの意味が迫ってくる。

――高島《たかしま》。

浮かんだのは、高二の夏休み明けに自殺した元クラスメイトの名前だった。

高一の頃からいじめられていて、高二でもいじめっ子と同じクラスになってしまって不登校になってしまった元クラスメイト。尋一自身はもちろんいじめには加担していないし、そもそも彼が同じクラスに登校してきていた期間はひと月足らずだったから、ほとんど接点はなかった。だが、当時の新聞には〈いじめを苦に自殺〉という見出しの記事が載っており、調べようと思えば尋一が自殺した高島と同じクラスだったことはわかるはずだ。

今回の講演内容は校内報や同窓会報に掲載され、ＷＥＢ上でも読めるようになる。

――たとえばもし、今回の講演が引き金になって、高島の件が取り沙汰されることになったりしたら。

尋一自身は関わりのない話とはいえ、誰もがそう理解してくれるものだろうか。

と、そこで開いたままだったドアからノックの音が響いた。振り返りながら席を立つと、先ほどの男子生徒の傍らには若い女性がいて、「この子の担任の中川《なかがわ》です」と名乗った。

「何か問題がありましたでしょうか」

不安そうではあるものの状況がわかっていないような態度に、事情も伝えずに連れてきたのかと苛立《いらだ》ちが募る。

「問題というか、先ほど渡されたプリントを見たら予め聞いていた議題と違うんですよ」

「え！」

中川が両手で口元を押さえた。

「そんな……」

「いや、そんな……じゃなくてね。僕だって、事前に聞いていた議題で話す内容を考えてきているわけですから、当日直前になって他のお題でと言われても困るんですよ」

「そうですよね。本当に申し訳ありません」

尋一が語調を強めて言うと、中川は身を縮めて男子生徒の肩に手を載せる。男子生徒もハッとしたように「申し訳ありません」と頭を下げた。「別に謝ってほしいわけじゃないんですけど」と返すが、中川も男子生徒も再び「申し訳ありません」と言うだけで埒《らち》が明かない。

「とりあえず、森野先生を連れてきていただけますか」

尋一はため息交じりに言って、テーブルの上にプリントを投げた。

「何にしても、僕としてはこんな急な話にはお応えできないので、予定通り当初の議題でお話しさせてもらいます」

「でも、もう告知してしまっていますし……」

「告知が誤りだったとアナウンスしてもらうしかないでしょう」

誤りだったとアナウンスしたところで、なぜ当日になって議題を変更したのかと考える人間もいるかもしれないが、それはもう仕方がない。

「何にしても、僕に当初の議題で依頼をしてこられたのは森野先生ですから、森野先生とお話しします」

「森野先生は今席を外されていて……」

「だったら校内放送で呼んでください」

どうにも気が回らない中川の言葉をほとんど遮《さえぎ》るようにして言うと、中川はびくりと肩を揺らして踵《きびす》を返しかけたが、なぜかそのまま部屋を出ずに踏みとどまった。うかがうような目線を尋一に向けてくる。

「あの、今日は何とかこのお題でお願いできませんでしょうか？」

「は？」

尋一はもはや取り繕《つくろ》う心の余裕もなく、声を尖らせた。

「だからこんな急な話にはお応えできないって言ってるじゃないですか。僕は今日のためにきちんと準備してきたんですよ」

「それはそうだと思うんですけど……でも、この子も今日のために準備してきたんです。きちんと司会ができるよう、篠田さんがどんな話をされるか、いろいろパターンを考えて、それを深く掘り下げられるような質問も用意して」

中川はそこで一度言葉を止め、意を決したように尋一を正面から見つめる。

「もし急にお題を変えたりしたら、この子の努力が無駄になってしまいます。それに、別のお題では上手く司会ができないかもしれません。今日はこの子にとっても、いい経験を積む教育的機会なんです。篠田さんはプロでしょう？　ここは、この子の面目《めんぼく》を考えてやってくれませんか？」

言い募るような声音に、ひどい眩暈《めまい》がした。一体、何を言っているのだろう。たしかにこの男子生徒にとっては経験を積む機会なのかもしれない。だが、努力が無駄になるのは自分だって同じだし、司会よりも講演する本人の方が断然お題を変えられたら困るのは自明のはずだ。プロだからこそ、不用意な発言をしたら命取りになりかねないということが、どうしてわからないのか。

尋一が言葉を失っていると、中川はもう一押しだと思ったのか、どこか自分に酔ったような口調で「この子は、この学校の大事な生徒なんです」と続けた。尋一は「僕だってこの学校の大事な卒業生じゃないんですか」と言い返したが、言いながら自分の言葉の馬鹿馬鹿しさが嫌になったせいで、反論するというより嘆くような口調になってしまう。すると中川は話がついたと思ったらしく、「ありがとうございます！」と感極まったような声を出した。

「いや、僕は……」

「ほら、あなたもちゃんとお礼を言って」

「ありがとうございます」

——これは、何の茶番なのか。

呆然としている間に、中川と男子生徒がそそくさと部屋を出て行く。応接室には男子生徒が置いていったプリントと尋一だけが残された。

その後、応接室に順番に現れた校長や元担任たちとどんな話をしたのか、尋一はまったく覚えていない。上の空で応対しながらひたすら講演会で話す内容について考えていたからだ。

先ほどのような流れで一度引き受ける形になってしまった以上、改めて覆《くつがえ》すのが大人げないのはたしかだった。このまま無理に自分の希望を通そうとすれば、準備を台無しにされた男子生徒が腹いせに今回の経緯をインターネット上で暴露しないとも限らない。そうなれば、高校生が準備してきたことを台無しにしてまで自分の用意したものを使わないと話せないのか、と思われるだろうし、あるいは、そこまでしていじめ問題に触れたくないというのは何かあるのではないかと勘ぐられることもあるかもしれない。

——いじめ問題について。

脳裏《のうり》で、そんなフレーズばかりが何度も反響する。早く考えなければ。早く内容をまとめなければ。焦るほどに思考が空回りし、どうすればいいのかわからなくなる。

「篠田さん、そろそろお時間です」

心臓が、どくんと大きく跳ねた。

——そんな。

視界が暗く狭くなっていく。話すことなど何も決まっていない。どう考えてもまともな話などできるわけがない。そもそも一時間も持たせられない。まずい、ダメだ、落ち着け。

「足元にお気をつけください」

舞台袖から見る舞台は、ひどく明るい。

まず何を話せばいい。自己紹介？　森野先生が担任で——あれは、何年生の頃だったか。さっきまでは覚えていたはずのことさえもわからなくなっていることに気づいて、パニックに陥《おちい》りそうになる。一体どうしたんだ。これまでテレビの生放送だって何度も経験してきたはずじゃないか。あの取り返しのつかなさに比べたら、こんなことは何でもない。そう自分に言い聞かせるのに、呼吸が浅くなっていく。

「それでは、本日お話しいただく、本校の卒業生で俳優の篠田尋一さんです！」

何だこれは、何でこんなに怖いんだ。そう、怖い。嫌だ、逃げ出したい。叫ぶように思うのに、足が自分のものではないかのように動いていく。出ちゃいけない。やっぱりやめよう。そうだ、体調不良だとでも言って中止にしてもらって——痛いほどの光と音が一斉に正面から飛んできて、見えない壁にぶつかったように身体が動かなくなる。

「篠田さん、本日はお忙しい中本当にありがとうございます。簡単な自己紹介をお願いできますか」

「あ、はい」

腕が、マイクスタンドへと伸びる。マイクを外すのに手間取っているふりをしてその間に落ち着こうと考えながら、手が勝手にマイクをつかんで電源を入れている。

「どうも、篠田尋一です。本日はよろしくお願いします」

頭を下げ、拍手を受ける。違う、こんなんじゃなくて、もっといろいろ話すことを用意してきたはずだ。職業について、在学中にどんな生徒だったか。ああ、そうだ。森野が担任だったことを話すんじゃなかったか。

「それでは、早速ですが、今日の議題についてお話しいただきたいと思います」

司会の声が妙にくぐもって聞こえる。待ってくれ。せめて自己紹介で時間を稼がないと――

「篠田さんは本校を一九九九年にご卒業後、M大学の文学部に進まれ――」

篠田がほとんど喋らなかった分をフォローするつもりなのか、司会がプロフィールを紹介し始めた。何だ、さっきはあんなにおどおどしていたのに、そんなに度胸が据わっているのか――焦点が上手く定まらない目を司会へと向けた瞬間だった。

「……え？」

喉《のど》からかすれた声が漏れた。

そこにいたのは、先ほどの男子生徒ではなかった。いや、そもそも生徒ですらない。見覚えはない顔ではあるが、どう見ても教師だ。

「――ということで、本日は、この学校で学んだことが今の仕事にどう生かされているかについて、ざっくばらんにお話しいただけたらと思います」

――議題が、元に戻っている。

ガンッ、と後頭部を思いきり何かで叩かれたような痛みと衝撃が走った。

ふいに、思い出してしまう。

――高島。

二の腕の肌が一斉に粟立《あわだ》った。そんな馬鹿な。だが、思い出してみれば、そうだとしか思えない。そして中川――そうだあの教師は、当時の担任だった。高島の自殺後、そのまま教職をやめてしまった教師。

だが、どうして自分のところに出てきたりするのか。自分は何も関係ない。高島とは、何の関わりもなかったはずだ――

「篠田さん?」

関係ないはずだ、と思う。だけど、言いきることができない。だって、自分は高島の顔がわからなかった。そのくらい覚えていなかった。だとすれば、覚えていないだけで何かしていたという可能性もあり得るのではないか。

「篠田さん?」

ダメだ、今はとにかく、講演をしなければならない。元々用意してきた原稿。学生時代のエピソードと絡めた今の仕事の話。特に嫌な記憶もない学生時代だったはずだ。勉強はそれなりにできたから授業にも試験にもストレスは感じなかったし、クラスの中心人物と同じバレーボール部で親しくしていたこともあって人間関係で苦労した覚えもない——本当に？

喉がひどく渇《かわ》く。口を開く。早く何か言わなければならない。

なのに、どうしても言葉が出てこない。

鴨

北野勇作

プラットホームに降りたのは私ひとりで、無人駅というわけでもなさそうなのに、なぜか駅員の姿はない。いや、駅員だけではなく、まるで人影がない。

古い石造りの駅舎。その構内の空気は、もうずっと前から静止したままのように冷え切っている。壁も低い天井も石。なんだか洞窟の中にでもいるような気になる。

そんな駅舎を抜けると、いきなり視界がひらけた。

正面には小高い丘があって、その上には教会のものらしき丸屋根の建物と尖塔が見えている。たぶんあのあたりが町の中心だろう。

とりあえず、そちらに向かって歩いていく。

駅前の通りの左右には石造りの古そうな家が並んでいるが、あいかわらず人の姿はない。

通りは水路にぶつかって、そこでT字になっている。

助走をつければなんとか飛び越せるか、というくらいの幅だが、流れは速くて水量もかなりある。

流れに歪んで見える水底には、鮮やかな黄緑色の水草が揺れている。

こわこわこわこわ、と声をあげながら何十羽もの鴨が一列になって水路を進んでいく。流れとは逆方向。まるで訓練されているかのようなきれいな列だ。等間隔で、どの鴨もまっすぐ前を向いている。まったく乱れがない。軍隊の行進を思わせる。

そんな鴨の列に続くように水路沿いを歩いていくと、小さな石の橋があった。

橋を渡る、つまり、鴨の列の上を直角に横切ることになる。茶色に白の混ざった羽毛と黄色い嘴《くちばし》が、足の下を通り過ぎていった。色が地味なのは、繁殖期ではないからか。

そのまま道なりに丘の上の尖塔を目指して歩く。

しばらくして、また水路にぶつかった。

水路に沿って行く。丘の上へ行くには、この水路も越えなければならないだろうが、今度はなかなか橋が見当たらない。

水路の向こう岸に道はなく、石の壁が続いているだけだ。だいぶ歩いたところでようやく、その水路の下を潜る地下道らしきものを見つけた。

水路の下を抜けるだけではなく、それはけっこう長いトンネルで、途中でなんども折れ曲がっていたりする。

石段を上がって地下から出ると、そこは狭い路地だ。両側は石の壁で、けっこう高い。すると、また水路にぶつかった。どうやらこの水路は町のいたるところにはりめぐらされているらしい。枝分かれしたり合流したり地下に潜ったり水路と水路が立体交差しているところまである。

とにかく歩いているとすぐに水路にぶつかるから、なかなか思う方向に進めない。それでもなんとか見当をつけて進む。

ようやく、すこし開けたところに出た。

丘の上に丸屋根と尖塔が見える。

なんだか違和感があったのは、その並びが左右逆になっているからだと気づく。

どうやら、最初に駅前から見上げたのと逆の方向から見ているらしい。つまり、丘のふもとをぐるりと半周してしまった、ということか。道がわからないなりに、丘の上を目指して歩いているつもりだったのだが、まあこれだけ入り組んでいては無理もないか。

それでなくても方向音痴なのだ。

それでは、と自分の頼りない方向感覚に頼ることを諦め、ひたすら高い方へ高い方へと行ってみることにする。

もし水路にぶつかれば、その水の流れを見て、水路に沿って上流の方向に歩く。これなら、間違いなく丘を上っていくことになるはずだ。

我ながらいい方法だと自画自賛しているところに、また水路が現れた。最初に駅前で見たときと同じように、鴨が行列になって水の流れに逆《さか》らって進んでいる。

こわこわこわこわと鳴きながら泳いでいる鴨の列に加わるようにして水路沿いを同じ方向に歩いていった。水中でぱたぱたと動く黄色い水掻きを見ながら。

そんなふうにして流れと逆方向に、ずいぶんと歩いたはずだ。もうそろそろ丘のてっぺんに着いてもいいだろう。そう思えるくらいには――。

ところが、高い石の塀の角を折れた私の前に唐突に出現したのは、なんとあの石造りの大きな駅舎なのである。

結局、振り出しに戻ってしまったのだ。あまりのことに、しばしその場に立ちつくした。

たしかに駅から出て最初に水路につきあたって右に折れたその場所だった。右に折れたその道と反対側から、つまり駅から見て左から出てきたことからしても、丘のふもとに沿ってぐるりと町を一周――いや、距離からすれば何周かしているのかもしれないが――したことは間違いない。

いや、しかし、である。

そんなおかしなことがあるだろうか。

水路にぶつかるたびに、その流れを見て上へ上へと進んでいったはずなのだ。水路が目に入らなかったのはほんのわずかな間だけなのに。

これはいったいどういうことか。たとえば、水門によって水面の高さが変えられて――。頭の中でそんなもっともらしい理由をひねり出してみたりもするのだが、実際に上へ上へと歩いたその感覚がくっきりと残っている身体《からだ》は納得しようとはしない。

首をかしげながら駅へと戻ってみて、そこで初めて、駅舎の外壁にこの町全体の地図らしきものがあるのに気がついた。駅舎を出たときに気がつかなかったのが不思議なほど大きくて立派な案内図だ。

地図であると同時にそれはこの町の細密《さいみつ》な絵でもある。そこに描かれているのは、町中の通りや路地、そこに並ぶ建物やその間に巡らされている水路。中でも水路は克明で、水色の矢印で流れの方向までわかるようになっている。

では、さっきの道筋をこの図でたどってみれば、どこでどう勘違いしてここに戻ってきてしまったのかがわかるのではないか。

そう思って、絵の中にある駅舎から自分が歩いたであろう道を探す。

まず、駅からこの道を歩いて水路にぶつかる。流れに逆らって泳いでいる鴨についていったことは憶えている。つまりここで、すでに上へと向かっているのか。そんなことを思いながら絵の中にある水路沿いの道を目でたどっていく。

絵の中の水路にも鴨がいる。

絵の中の鴨も、やっぱり流れに逆らって泳いでいる。鴨というのはそういうものなのだろうか。そんな習性があるのかも。

一列になって水路を行く鴨たちの黄色い脚の裏を見ながらついていく。

橋を渡り、道なりに進んでいくとまた水路だ。そこにも鴨がいた。やっぱり流れに逆らって進んでいる。その後ろをついていく。

絵の中にあるあの丸屋根と尖塔。

それはたしかに町の中心、つまりこの丘のてっぺんにある。

絵の中の道をたどっていく私の視線は、そこに近づきそうになり、遠ざかり、そしてまた近づいたかと思うと逆のほうに回り込んでしまう。

もしかしたら、この鴨たちもそうなのか。そんな気がした。この鴨たちも水路の流れを逆へ逆へといくことで、町の中心を目指しているのでは。

水路に沿って歩く私には、そんな鴨たちの黄色い水掻きがよく見える。

こわこわこわこわ、と鴨が鳴いている。

ぱたぱぱたぱ、ぱたぱぱたぱ、と水の中で単調な動きを続ける水掻き。

水掻きの裏。作り物のような鮮やかな黄色。

まるで今、それを見ながら歩いているような気がする。そして、そんなことを思っていたら、同じことになった。

水の流れと逆に、つまり、上へ上へ、丘の上に向かっていたはずなのに、また振り出し。駅舎の前に戻ってきてしまったのだ。

そこで初めて駅の石壁に描かれたこの町の地図を兼ねた絵を見つけ、いったいこれはどうなっているのか、と絵を見つめている。

そう。

まるで他人とは思えないそんな男の後ろ姿までもが、ここには描かれているではないか。

そしてその男の後ろに、もうひとり。

絵を見つめている男に話しかけようとしているらしき男の姿が――。

こんなのあったかな。

そう思った。

ねっ、不思議でしょう。

すぐ耳の後ろから聞こえたそんな声に驚いて振り向くと、男が立っていた。

いや、不思議ってほどじゃないかな。こんな騙《だま》し絵なんて、昔からよくありますから ね。永久に落ち続ける滝とか、いつまでも登り続けられる階段とか、あのたぐいのやつ。でもまあしかし――。

男は笑う。

実際にそんな絵の通り、町を作ってしまった、というのはちょっと珍しいんじゃないかなあ。

それがなんだか妙に懐かしい笑顔だったので、旅先で古い知りあいに偶然出会ったような気分になって、それでこう返した。

だけど、そんなトリックは絵だからこそ成り立つものでしょう。実際に作っても、その通りにはならないんじゃないですか。

するとと男は驚いたように目を見開き、あたりを見まわして声を潜《ひそ》めて言った。

こりゃまたするどいですな。その通りですよ。絵だからこそ使えるトリック、まさに絵空事ってやつです。でも、それと同じように、本物だからこそ使えるトリックってのもありますから。

はあ、そんなもんですか。

曖昧《あいまい》な返事をした。じっと見つめられているから、知らん顔というわけにもいかない。たとえば、あの水路にいる鴨ね。あれを利用する。ほら、行列になってますよね。あの鴨たち、常に流れに逆らって泳いでなかったですか。あの水路にいるどの鴨も。

ああ、そう言えば、とうなずく。

でしょう。流れに逆らって、つまり低いところから高いところへ、上へ上へと進んでいるように見えます。ところがそうじゃないんだな。いやいやいや、あなたの言いたいことはわかりますよ、うん。たしかに、鴨たちは流れに逆らって泳いでた。こわこわこわこわ、なんて鳴きながら。そうですね。でも、それは錯覚ってやつなんです。

男はしたり顔で続ける。

そう、つまりそれこそが思い込みによる錯覚ってやつでしてね。いや、水路の流れと逆の向きに進んでるっていうことは間違いないんだ。ただ、その流れってやつがですね、あの水路の何箇所かでは、低いところから高いところに、つまり下から上に向かって流れてるんですよ。ええっと、たとえば、ここと、それからここと、ここも、だな。

男は絵の上の水路を指差す。

だけど、鴨は常に流れに逆らってるから、見てるほうは、あっちが上流だ、と最初にそう思い込んで、それであっさり騙されてしまうわけです。

いや、でも、水は高いほうから低いほうへ流れるでしょう。どうやって低いほうから高いほうに流すんですか。

まるでその質問を待っていたかのように、男は即答した。

鴨ですよ。

鴨?

そう、鴨です。

男は絵の中の水路を指差す。そこには鴨も描かれている。その鴨の脚を指差す。

この鴨の脚の動きが、水の流れを作り出しているんです。高低差から自然に生まれる流れ、それ以上の強さの流れをね。

そう言って男はひとりうなずくのだ。

だってね、あれだけの数の鴨が常に水路にいて、いっせいに同じ方向に脚を動かしてあの水掻きで水を後ろに蹴り出しているんですよ。少々の高低差なんてものともせずに、水は鴨が進むのと逆の方向に流れます。作用反作用の法則ですね。御存知ですよね、作用反作用の法則。

まあそのくらいは、とつぶやいた。

もちろん、そのためには、全ての水路に配置した鴨を制御する必要があります。時計の歯車のように正確にね。

でも、いったいなんのために？

そりゃもちろん、敵をあざむくためですよ。この方法を使えばある地点を目指している敵を堂々めぐりさせるだけでなく、こちらの思い通りの地点に誘導することも可能です。

ああ、敵。

はい。敵、です。侵入してくる敵に常に備えておく必要がありますから。

まあ理論上は可能かもしれませんが、しかし現実にはどうなんでしょうか。たとえば、鴨の動きなんてものは、橋の上から投げられたパン屑《くず》程度でも乱れてしまうでしょう？　あまりに誇らしげな男の口調に、つい何か言いたくなって、実際にそう口に出してしまったのだ。

現実的なシステムとはとても思えませんけどね。

しかしそんな反論は男にとってむしろ歓迎すべきものだったようだ。それでさらに勢いを得たようになって男は続ける。

もちろんもちろん、もちろんですともっ。

男の声が大きくなる。

もちろんそういったノイズは極力排除せねばなりません。ですから、このシステムを構成する部品は、厳選されたものでなければならない。寸分の狂いもなく正確に作られている必要がある。たとえば――。

男は指差す。

あの鴨たち、ね。よく見てください。どれも同じです。見分けがつかない。見かけだけではありませんよ。羽毛、筋肉、骨、神経、遺伝情報の配列にいたるまで、すべて同じです。そうでなければいけないんです。当然です。電子はどれも同じでなければならない、というのと同じです。電子にばらつきや個性などというものがあっては、電子回路は正常に機能しませんからね。これは鴨と水路によって作られた一種の回路なのだから、そうでなければならない。ええ、だから、そうしました。そして、もちろん、それは鴨だけではない。あらゆる誤差をシステムが許容するであろう範囲内にとどめる必要があることは言うまでもありません。

しかしそんなことは——。

そう言いかけたが、それは男によって引き継がれてしまう。

現実的ではない、そう仰《おつしや》る。その通りです。認めましょう。現実的ではない。あくまでもこれは現実を理想化したモデルに過ぎない。しかし言いかえればですよ、現実でさえなければ、構築可能なわけだ。つまり、現実を構成する要素のすべてを、この均一な鴨、他の鴨と区別のつかない鴨、入れ換え可能な鴨、どの鴨なのか確定不可能な鴨に置き換えてしまえばいいのです。いやいや、わかりますよ。

男は大袈裟に首を振り、こちらの意見を代弁する。

それは生き物に対してあまりに非人道的な行為だと仰りたいのですね。そうです。否定しません。しかし、考えてください。これは戦争なのです。勝利するためには、鴨どころか、人間を人間でないものに置き換えてしまうことだってやむを得ないでしょう。そう、たとえばこんなふうに——。

男の顔が歪んだ。

いや、歪んだ、というより、弛《ゆる》んだ、というべきだろうか。

繋《つな》がっていたもの。

全体の構造を作っていた部品のその繋がりが弛み、それによって生まれた隙間からひとつひとつの部品がいっせいに顔を覗かせた。そのひとつひとつの部品は——。

鴨だ。

たくさんの鴨が寄木細工《よせぎざいく》のように組み合わさって、この男はできている。

男の顔にあいた隙間から何羽分かの鴨の翼や脚や水掻きや首が、鴨本来の動きを見せた。

そう。

たしかにそんなふうに見えたのだ。だがそれも一瞬のこと。すぐにもとの隙間のない状態に戻って、男は続けた。

とまあ、これもそういう技術のひとつですよ。私はここにこうしている、と同時に、どこにでもいるどれも同じ鴨たちがとり得る無数の状態のひとつでしかない。そうですね、成人男子をこの鴨に換算すると平均六十六羽というところでしょうか。つまりまあこんな具合にしたことで、敵はこの町を、たくさんの鴨がとる無数の状態の重ね合わせとしか認識できなくなった。言いかえれば、現実として確定することができないのです。そうすることによって、攻めてきた敵を攪乱する。それが我々の選んだ戦略でした。そして必然的にこの効果は敵だけではなく、この町と相互作用するあらゆる観測者にまで波及します。

ああ、なんとなくこの男の言いたいことがわかってきた。今さらわかっても仕方がないが。

そうです。それはもう、仕方がない。だって、これは戦争なのですよ。戦争というのは仕方のないものです。もちろん、あなただって例外じゃありません。もはや他人事《ひとごと》じゃないのですからね。

言いたいことをすべて言い終えたからか、男は頭の先からばらけ始める。ばらけたところから鴨になって四方へと飛び散っていく。

ばたばたばたばたと洗濯物が強風にはためくような音だけが耳の奥に残された。

もう男はいない。

男がいた痕跡すらない。

目の前には駅舎の石壁がある。

壁には絵があって、その絵の中にも駅の壁がある。

その絵の前で男が二人、向かい合って話している。

その二人の男の顔はまったく同じだ。入れ換えてもわからない。支障はない。交換可能。

きっとこれを描いた者は、そんな描き分けの必要をおぼえなかったのだろう。水路の鴨がどれも同じでいいように。

それとも、注文主の要求だろうか。どれも同じでなければならない、という。

いや、そんなことより気になるのは、さっきから身体のあちこちが、ばさばさがさがさと鳴っていることで——。

なんだかそれは、たくさんの鳥の羽が激しく擦れあっているような、ひどく耳障《みみざわ》りな音なのだ。

つい……

柄刀一

1

今夜は車椅子の調子がよくないのか、キュルキュル、キシキシと耳障《みみざわ》りな音が続く。他に聞こえるのは自分の足音。辺りを満たす濃い闇の中、なぜだか虫の声さえ絶えている。

「そのシルエットは本当に、首を吊っている人だったんですか？」

こんな時刻にこんな場所でしなければならない話題がこれ。鹿野真理江《かのまりえ》は心底、踵《きびす》を返したい思いだった。

「天井からぶら下がっていたのは、間違いなく人間だった。事がおさまった後、確認できている。あれは人形ではないし、俺の錯覚や見間違いでもない」

そう答えたのは車椅子の上の青年、熊谷斗志八《くまがいとしや》だ。仕事の上での付き合いは長いので、真理江は介護者であり友人といえる間柄でもあるか、と思っているが、この男は未だに得体が知れない。レザースーツに付けられている南京錠《なんきん》や玩具の手錠は、アクセサリーなのだろうか？　茶色いエコファーのバンダナを斜めにかぶっていて、危うく眼帯になりかけている。ここにも一ヶ所、様々なバッヂが集中して取り付けられていた。パラリンピックに出場する外国人選手でも、ここまで派手なのはいないだろう。

風体《ふうてい》だけが特殊なのではなく、皮肉屋なのか高慢なのか、常に舌鋒鋭く、人呼んで〝車椅子の熊《くま》ん蜂《ばち》〟だ。

そんな彼に、「納涼気分を味わわせてやろうか」と言われ、「お化け屋敷程度では眠くなりますからあしからず」と強がったのが間違いだった。一週間ほど前に彼が目撃した、やり切れない事件の発端の場所に連れて来られてしまった。

車の走れる道から少し入っただけで、荒れ土《つち》を見せる土地の上で木々は森を形成するかのように重なり合う。時刻はもうすぐ九時だ。

「どうしてその夜、一人でこんな場所へ来たのです？」

「今は、それは関係ない」

怪しい。興味の対象がひねくれているから、なにを目的に出歩いているか判《わか》らないところがある。彼の居室があり、真理江の職場でもある〝旭山《あさひやま》公園通り育英センター〟からこれほど遠くまで来るとは……。

車椅子を止めるように言った〝熊ん蜂〟が、ドライバーグローブをしている左手で横のほうを指差した。

「ほら。ここから見たんだよ」

塀のように少し盛りあがっている土地の一ヶ所、二、三メートルが崩れている場所だった。二十メートルほど先に幾分ひらけた場所があり、よく目を凝《こ》らすとそこに、焼け残っている黒い柱など、燃え落ちた建物の残骸が見えた。

「小さな建物ですね」

「小屋だな」

そう応じて、〝熊ん蜂〟は間取りなどをざっと説明した。六畳の和室の一間きり。トイレ以外は、もう水も出ない小さな台所と、コンロ台。押し入れもない。カーテンさえ……。

「どうしてポツンと、あの建物だけが?」

「原野《げんや》商法ってのがあったんだ、昭和《しょうわ》の昔に。使い道のない土地——ここがそうだが、そこに希望的で広大な未来を幻視させて資金を募る。詐欺《さぎ》まがいのやり方さ」

「あの小屋が、その時なにか……？」

「いや、その次の世代だ。二束三文の土地をつかまされた人たちの子供がそれを相続していたりする。その土地を高額で取り引きしてやると持ちかける、第二世代攻撃。あの小屋はその拠点。休憩所であり道具置き場。でもここでの二度めのその悪徳商法は中途で頓挫して、あの小屋だけが残った」

長い年月、完全に忘れ去られていた小屋。

真理江の網膜は、黒々と蹲《うずくま》る小さな建物を映した。そこに一ヶ所、四角い窓。〝熊ん蜂〟の話では、その窓の向こうで、こそこそと動き回る懐中電灯の明かりが時々闇を払っていたらしい。そして、その明かりが影絵のように切り出したのだ、首を吊っているらしい人間のシルエットを。二度、三度と。

「それで、殺された野山《のやま》ヨキというばあさんの父親が、ここでの第二世代攻撃の親玉だった」

「……まるで、その時の被害者が、時間の淵《ふち》を越えて復讐したかのようですね。でも、事件の真相はそうじゃない。骨肉の争いだったんですよね？」

2

あの小屋で見つかった、殺害されていた老女野山ヨキは八十一歳。斗志八の話や報道からすると、彼女は小柄で細身だったけれど、莫大な資産を生み出す大きな事業体への指揮棒を活発に振るっていたらしい。子供は六人いた。

「殺害犯は、四男坊《よんなんぼう》だったのよね？」

小屋の焼け跡を一旦《いったん》行きすぎる方向へ、真理江は車椅子を押している。かすかな下り傾斜だ。

「動機は金だ」〝熊ん蜂〟は吐き捨てるように言う。「くだらなすぎて立ちあがりそうになるな。経済的に窒息しそうだった四男坊が、遺産と一部の指揮権を早急《さっきゅう》に奪おうとした。遺体は十ヶ所以上刺され、死因は失血死。おまけに首もロープで絞められていた。女帝には生き返る力があると犯人が怯《おび》えたかのように、ロープはギュッと縛られ、結ばれていた」

「でもそれだと、首吊り自殺に偽装しようとしたということではないような……」

「違うな。刺し傷がなかったとしても無理な話だ。野山ヨキが殺害されたのが八月九日の午前九時。俺がここで首吊りシルエットを見たのが、その夜の十時頃。首絞めの痕跡は死体にがっちりと固定してしまっていて、素人がそれを首吊りに偽装できるはずもない」

では、どうして……？

斗志八の話では、首吊りシルエットをあえて見せるような凝ったトリックが弄《ろう》されていたわけではないという。斗志八がそれを目撃したのは、本当に偶然なのだ。犯人はここで誰の目からも隠れて、小屋の中での工作に集中していただけ。

「おい。気配を消すな。怖いじゃないか」

「け、消してなんていないですよ！　そっちこそ怖いこと言わないでください」

「この車椅子を押しているのは、本当に鹿野真理江の実体なんだろうな？」

「そうですよ！」

「あんたの背中を誰かが押していないか？」

「だから、やめなさいって！」

車椅子の前方が急傾斜になっている。そこから細い道は折り返して小屋へと続く。

「これでは、車椅子は一人では操作できませんね」

「だから俺は人を呼びに引き返した」

折悪しく、スマホもバッテリー切れになったという。夜間に民家に飛び込んでも向こうが警戒するかもしれないのでコンビニまで車で向かった。熊谷斗志八の車は、足での操作が必要ではない特殊仕様だ。

どうにか警察が駆けつけた時には、小屋は焼け落ちるところで、犯人は姿を消していた。

「遺体ごと、現場を燃やそうとしたってことですか?」

キコキコと車輪を鳴らし、小屋へ近付く雑草まみれの道を進んでいる。

「色々な点が微妙に違う。あの小屋の天井の梁《はり》には、道具をぶら下げやすいように幾つかフックが下がっていた。犯人はそこに、遺体の首を絞めていたロープをかけやがったんだ。そして俺が警察を呼びに離れている間に、遺体をおろし、小屋に火をつけたのは間違いない。でも、凶器のナイフと一緒に、遺体はわざわざ玄関の土間に置かれていた。狭いから、土間に出されていたのは上半身だけだが、なるべく火災による遺体の損傷を避けようとしたんだ。損傷が激しいと、死亡推定時刻に幅ができ、せっかくのアリバイ工作が無駄になってしまうからな」

　ちょうど、小屋の焼け跡に着いた。十メートルほど右手で、小屋は、もの悲しい骨組みだけを残して黒く燃え尽きている。背景は、夜空を凝縮したような、森の濃密な闇。ここに殺人者はいた。なぜか、母親の遺体を無駄なほど荒々しく扱う奴。建物に火をつけ……。

　こんな場所にいていいのだろうか？

　首筋や脇腹を、闇が撫でていく……。

「明日、この焼け残りは撤去される」と、〝熊ん蜂〟は言った。

3

「アリバイ工作……」

　真理江の呟きに応えて〝熊ん蜂〟は、

「犯人の計画はこうさ。奴の会社で解体を引き受けていた古い家屋には、六畳の和室があった。そこの畳の古びた様子が、この小屋の畳に近かった。解体作業を中止させていたその家に、犯人は母親を呼び出し、ロープで首を絞めて気絶させ、ナイフで刺した。畳の上に血が飛び散る。首をさらに絞めてロープでくくったのは、とどめの意味と、しばらくは遺体のそばから離れていなければならないから、やはり万が一でも息を吹き返してほしくなかったからのようだ。犯人はそれから何食わぬ顔で一日を過ごす」

「そうか。そして、夜になって動いたのね」

「遺体を、本当の現場の畳ごと、会社の作業車に積んだ。それらは、人目を避けてこの小屋まで運ばれた。六枚の畳をすっかり取り替えれば、ここが刺殺現場になる」

「血の飛び散った生々しい跡が再現されるから」

「そうだ。ここが殺人現場で、殺害時刻が朝の九時なら、その時刻にここから遥かに離れた場所にいた犯人にはアリバイができる。それにあんたもさっき言ったが、ここが現場であれば、動機の目くらましにも多少はなる。ところが、畳の入れ替えを実際やってみようとしたら大きな問題が生じた」

そうか。確かに。計画どおりにいけば、この小屋の中は犯人にとって大事な偽装証拠になる。それなのに彼は、そこに自《みずか》ら火をつけた。なぜ……?

「敷き詰められた畳ってのは、長い年月の間に癖《くせ》がつく」そう〝熊ん蜂〟は続けた。

「だから、張り替える畳業者だって、どの畳がどこにあったのかナンバーを振る。この小屋の中に、解体作業場から持って来た畳を敷こうとした犯人は、きちんと敷き詰められないことに愕然《がくぜん》としたわけさ」

「はあ……。無理やり押し込むこともできないぐらいなんですか？」

「こっちが入ればあっちが入らない、といった感じだろう。それにだ、六枚をとにかく敷き詰めればいいってもんじゃない。血液の飛沫痕《ひまつこん》のとおりに敷かれていなけりゃならないんだ」

「そうか」

自分の計画に首を絞められている。

「そんな風には、どうしても入らなかったのさ。汗まみれで努力して、犯人は窮地に追い込まれた。畳がでこぼこしていたら、警察の注目を集めるだけだ。そして誰かが気づくだろう」

「畳ごと入れ替えのトリックに」

「このトリックを実行できるのは、古い六畳間を管理下に置いている者だ。四男坊がすぐに浮上する」

静かすぎる闇の中、真理江はふっと、建物の意地のようなものを感じてしまった。人の思惑で建てられ、勝手に見捨てられ、何年も何年も、ただ風雨にさらされた。時間に凝固された。そこに、他からの異物など受け入れる余地はない。歯を食いしばって排除したのだ。

「追い詰められ、犯人は背に腹はかえられなくなった。だから、畳を灰にして床の違和感は消そうとした。せっかくの血液飛沫痕の工作は消えてしまうがね。火をつけた理由はもう一つあった。作業中、犯人はくるぶしを怪我して、血を畳や壁に残してしまったんだ」

畳が嚙みついたに違いない。実際その傷が、犯人追及の一つの目安になったと聞く。決定的に犯人を追い詰めたのは、熊谷斗志八の目撃情報だ。犯人があの晩のあの時刻、ここにいたことは確実になった。この時間帯にアリバイがないのは、容疑者たちの中で四男坊だけだったのだ。

アリバイ工作は反転して、真犯人の首を差し出した。

「自分の血痕は、しっかり焼却しなけりゃな」

犯行当時はもちろん、それが最善策だったろう。

その一方、遺体は少しでも燃焼からは守ろうとした。小屋の畳は持ち帰り、解体作業の中で処分する。

でも……。

「その計画にしても、窮余の修正手段にしても、遺体を首吊り状態にする必要がありますか？」

「首吊りは関係ない。ただ、床にいてほしくなかっただけさ」

「――えっ？」

「犯人は畳をすべて入れ替えようとしていた。この間《かん》、運び込んだ遺体をどうするか？死後十二時間以上経って、遺体は死後硬直の真っ最中だ。蛇口の突き出ている狭い台所に載せるのも厄介だ。押し入れもない。まあ、こういうやり方は考えられる。遺体を寝かせた畳はそのままにしておき、他の畳を入れ替えていく。しかし、畳がうまくおさまらないことに気がついた犯人は、焦《あせ》り、打開策を見つけようと必死になる。床全面をすっきり広々とさせ、細部まで、試せることはまとめて試したくなる。畳を立てかけておく場所もいる。この間、遺体を、床以外のどこかへ置いておきたかったわけだ」

聞こえ始めた虫の音《ね》が、寒気のざわつきとなってふくらはぎから這いのぼってくる。

真理江の口はようやく動いた。

「作業の邪魔になる間、犯人は、母親の遺体を天井のフックに引っかけたのですか……」

「つい、な」

グリーフケア

新津きよみ

「わたしは、去年の春、夫を亡くしました」

と、最初の女性が切り出して、圭子《けいこ》はドキッとした。講座名からして、明るい話題が出るとは想像していなかったが、はなから配偶者を亡くした女性の体験談が語られるとは。しかも、圭子よりふたまわりは年下に見える女性だ。おそらくまだ四十歳前後だろう。

「夫は、出張先の福岡《ふくおか》で心臓発作を起こして亡くなりました。その日予定されていたレセプションの集合時間に現れなかった夫を心配して、ホテルの部屋に様子を見に行った同僚が見つけたのです。同僚が見たかぎりでは、前の晩、夫に変わった様子は見られなかったそうです。連絡を受けたわたしは、東京から急いで駆けつけたのですが、間に合いませんでした。意識のないまま病院に運ばれて、そのまま逝《い》ってしまいました。亡くなってしばらくは、雑事に追われて立ち止まる暇がなかったのかもしれません。半年ほどたって、落ち着いただろう、とまわりにも思われたころからでしょうか。買い物に入ったスーパーで、陳列棚に並んだカップラーメンを見たとき、突然涙があふれて止まらなくなって。それは夫が好きだった銘柄で、結婚してからも『たまに食べたくなるんだ』と、休日のお昼などによく食べていたものでした。遺品の整理もまだなので、夫のワイシャツやネクタイ、靴下などが目に入るたびに、しんみりして涙が出ます。外出先でもいきなり悲しみがわいてきて、こらえられなくなって、その場にしゃがみこむことさえあるのです。わたしたち夫婦には子供がいなかったから、お互いが頼りでした。周囲からは『仲のいいご夫婦ですね』と、羨《うらや》ましがられていたものです。どうしてこんなに早く夫を連れて行ったのだろう、と神様を恨みました。そろそろ悲しみから立ち直って、次の一歩を、と頭では考えるのですが、心と身体《からだ》がついていかなくて。わたしの年齢で夫に先立たれた女性は少ないのか、心のうちを話したくとも話し相手が見つからずに寂しい思いをしていました。そんなときに見つけたのが、この講座でした。大切な人を亡くし、大きな悲嘆に襲われている人たちの集まりで、そうした人たちをサポートする術を教えてくれる、そういう講座ととらえてまいりました。よろしくお願いします。

……すみません、突然、また涙が出てきてしまって……」

ハンカチで目頭《めがしら》を押さえた女性は、声を詰まらせながら席に座った。

圭子は、軽いため息をついた。教室内に張り詰めた空気が満ちている。蒸し暑さを感じ、ハンカチを取り出して首筋の汗を拭《ぬぐ》った。まだ四月の四週目に入ったところで、大型連休前だというのに、まるで真夏のように朝から気温が上昇している。冷房が効いているのだろうか、と室内に設置されているエアコンへと目をやると、弱い風が吹き出ている。

——場違いなところにきてしまったかしら。

圭子は、ちょっとばかり後悔していた。市が主催しているカルチャーセンターの講座の一つに「グリーフケアを学ぶ」というのを見つけて、十二年連れ添ったペットとお別れした圭子は、軽い気持ちで申し込んだ。受講条件に「親しい人を亡くした方」とあり、ダメモトで愛犬ロロとの別れを書いて応募したら、なぜか受講資格を得られてしまったのだ。全四回の講座の初回は体調が悪くて出席できず、今回が二回目。その二回目は、死別経験者が自《みずか》ら体験談を語る場になっているらしい。

グリーフケアという言葉は、それまで知らなかった。グリーフは悲嘆と訳され、死別で起きる人間の反応には、怒り、事実の否認、後悔や自責の念などがあり、ときには不眠や食欲不振といった身体の不調に表れることもあるという。死別を経験した者がその事実を受け入れ、環境の変化に適応するまでの過程を、医療従事者や心理士などの専門家が支援する。

「では、ほかにどなたか？」

臨床心理士という肩書きの女性講師が聞いて、圭子の隣で手を上げた女性を指さした。

「夫を亡くしてから、三年がたちました」

そう語り始めたのは、圭子と同世代の六十代半ばに見える女性だった。

「夫の遺品も少しずつ整理して、自分でも気持ちの整理がついたと思っていましたが、ここにきて、新たな悲しみがわいてきたのです。わたしには娘が二人いますが、長女は夫が亡くなる少し前に結婚していました。そして、次女もこの春、学生時代から交際していた相手とめでたく結ばれたのです。派手な結婚式は挙げませんでしたが、娘がきちんと遺影の父親に報告していた姿に目頭が熱くなりました。わたしももちろん母親ですから、娘たちの幸せを望まないはずがありません。ですが、不思議な感情がわたしの中に芽生《めば》えたのです。娘たちはどちらも夫婦仲がとてもよくて、一緒にいてもベタベタしていて目にあまるほどです。でも、あまりにもベタベタ、イチャイチャしすぎて、目障《めざわ》りなのです。『伴侶を亡くしたわたしへのあてつけなの？　あなたたち、お父さんのことはもうどうでもいいの？　思い出したりはしないの？』と、つい嫌みを言ってしまいそうになります。こんな複雑な感情が起きるとは意外でした。外へ行っても、わたしと同世代の夫婦や、それより上の老夫婦が手をつないで歩いている姿を見たりしたら、何だか胸が苦しくなって、たまらない寂しさや悔しさに苛《さいな》まれるのです。ああ、街にはこんなにカップルがあふれている。それなのに、なぜわたしは一人なの？　レストランに入れば夫婦連れが目につき、映画館に入れば夫婦割引で並んで観ている夫婦が羨ましい。つがいのオシドリを見ただけで嫉妬《しっと》がこみあげる。街中のあちこちで見られるそんな幸せそうな光景に、ひどく傷ついてしまうのです。なんて心の狭い人間なのだろう、と自己嫌悪に陥《おちい》ってしまいます」

「そのお気持ちはよくわかります。傷つくといえば」

と、七十代に見える女性が手を上げ、座ったまま言葉を重ねた。「無神経なことを言う人が多すぎます。わたしも去年主人を八十歳で亡くしましたけど、『いちおう平均寿命まで生きたのだから充分じゃない』と言われて傷つきました。主人は元気だったんです。頭もはっきりしていたし、足腰も丈夫で農作業もしていました。それでも、脳出血で倒れてそのまま逝ってしまったんです。『ぽっくり逝ってくれてよかったじゃない』

なんて言った人もいました。『寝たきり状態が長引いて、老々介護にならなくてよかったね』とも」

「わたしも言われました」

と、五十代くらいの女性があとを引き取るように続けた。教室内は八割が女性だ。

「夫は会社の健康診断で胃がんが見つかり、進行が早くてわずか三か月の闘病で亡くなりました。夫が組んでいた住宅ローンは、死亡時の生命保険金で完済された形ですが、『それだけでもよかったわね』とか、『あなたもまだ若いわ。いい人見つけて再婚したら？』とか、用事があってちょっとおしゃれをして出かけると、『もう立ち直ったみたいね。顔色が明るくてよかった』と言われたり、逆に、『ご主人が亡くなったのに、よく出歩けるわね』なんて言われたり……」

まわりの女性たちが大きくうなずいた。

――この人たちに比べたら、わたしは幸せなのかもしれない。

圭子は、重苦しい空気の中で、ささやかな幸せを実感していた。一緒に住んではいないが、同い年の夫は死なずにちゃんと生きている。定年退職後に、「必要とされるのなら、まだ仕事がしたい」と言って、カンボジアに行ってしまった。独立行政法人で長年水資源開発や下水道工事にかかわる仕事に携わってきた夫は、圭子にはよくわからないが、特殊な技術や知識を蓄えているらしく、「ぜひ現場で指導してほしい」と海外の会社から要請があり、それに応えて単身で赴任したのだった。「六十を過ぎた妻を連れて行くわけにはいかない。おまえは好きにすればいい」と、寛大な言葉を残した上で。圭子にしても、子育てもとうに終えて、夫や自分の両親も見送ったいま、慣れない環境で新しい生活をするつもりはなかった。

「わたしは、妻に先立たれました」

と、今度は、数少ない男性の一人が語り始めて、圭子は胸をつかれた。夫に先立たれた妻よりその逆のほうが、なぜかわびしく切実に感じられる。額がだいぶ後退し、乏しくなった髪の毛には白い部分が目立つから、七十歳前後だろうか。

「快活で、友達の多い妻でした。三人の子育ても一生懸命してくれて、文句も言わずにわたしの両親も看取《みと》ってくれたので、定年退職したら、妻の好きなところへ旅行しようと思っていた矢先でした。子宮がんが見つかって手術したのですが、時すでに遅く、だんだんと弱っていって。結局、どこへも連れて行ってやることはできませんでした。それでも、旅行雑誌を持って行くと、ベッドの上で嬉しそうにページを開いていました。

その姿がまぶたに焼きついています。妻を失った寂しさは、子供たちや孫たちの存在で埋め合わせることはできません。妻は妻。替えがきかないのです。そういう率直な気持ちを誰にも伝えることができず、いまはじめてみなさんに伝えることができて、何だか少しだけ晴れ晴れとしたような気分になっています。こういう場を設けていただいてよかったです。ありがとうございました」

「そうですね。みなさん、伴侶を亡くされた寂しさには共通するものがあるかと思います。胸のうちを吐き出すことで、少しでも心と身体が軽くなればいいですよね」

講師の臨床心理士が無難にまとめて、「人だけではありませんね。家族のようにかわいがっていたペットが死んでしまったときも、同じように悲嘆に暮れることがあります。この中にはそういう悲しみを体験した方もおられるのでは」と言葉を切ると、教室内を見回した。

――いえいえ、いいんです、わたしの話なんて。

圭子は及び腰になって、心の中であわてて辞退した。夫や妻を亡くすという大きな喪失感を味わった人たちのあとでは、小型犬一匹に死なれた自分の体験談は貧弱に映ってしまう。

とはいえ、愛犬ロロが死んだときは、家族を失ったように悲しんだのは事実だった。夫が海外に行き、家に一人になってロロだけが話し相手だったからだ。

「ロロ、今日の空は真っ青だね」「一緒にご飯にしようね、ロロ」「ロロ、この番組おもしろいね」「散歩に行こうね、ロロ」などと、朝から晩まで話しかけていた。

そのロロを失って、しばらくは心に穴があいたようになり、テレビを観ながらぼんやりしている時間が増えた。大げさかもしれないが、生きる張り合いを失ったのだ。これではいけないと思い、生活のリズムを整えるために、朝から用事を作ることにした。

朝起きて軽く朝食をとったあとに、車を運転してカルチャーセンターの入ったビルへ行く。複合商業施設として建設された敷地内には、レストランも映画館もスーパーもある。そこの大型駐車場に車をとめて、まずは大好きなコーヒーを一杯飲むためにカフェに入る。本を読みながらゆっくり過ごし、時間がきたらその日受講する教室へと向かう。終わったあとはレストランで仲間とランチやティータイムを楽しんだり、映画を観たり、気の合う仲間がいなければ、スーパーで買い物をしてそのまま車で帰る。

そうした生活のリズムが身についたと思ったころに、それを乱す者が現れた。結婚して実家の近くに住み始めた娘だった。仕事が生きがいの娘で、「わたし、結婚なんてしない。子供なんてほしくない」と言っていたのに、三十五歳になってバタバタと結婚を決め、同時に妊娠もした。子供が生まれると、「お母さん、わたし、子供を保育園に預けてずっと仕事を続けるつもりだから、育児を手伝ってね。よろしく」と強引に押しつけてきた。

孫がかわいくないわけではないが、子育てや老親の介護を終えてようやく得られた自由な時間を奪われたくない気持ちは強い。「残業になりそうだから、わたしのかわりに迎えに行って」とか、「あの子熱を出したみたい。わたしも彼も仕事で抜け出せないから、お母さん行って」などと、しょっちゅう助っ人をお願いする電話がかかってくる。息子の妻が病気のときに子供たちを預かってあげたり、彼女の両親の都合が悪いときに行事に参加してあげたりしたときは、まだ五十代だったから体力もあった。しかし、六十代も半ばで前期高齢者ともなると、体力は衰え始めるし、記憶力の低下も始まる。

嫁はまだ遠慮があるけれども、娘となると遠慮も何もない。母親に複数の頼みごとをしておいてこちらが一つ忘れると、「お母さん、どうしたの？　お父さんの監視の目がなくなって、気持ちがたるんでいない？　ロロが死んでから何だかボオッとしてない？　伸びきったゴムみたいになってない？　最近、うっかりが多くなってるよ。しっかりしてちょうだい」と、きつい言葉で諭《さと》されてしまう。

「ペットを失った悲しみからなかなか立ち直れない。そういうケースもあります。それは、ペットロス症候群と呼ばれていますが」

誰も名乗りを上げない状況を見て、臨床心理士が言い、「今日は、体験談を語り合うグループセッションの場です。ほかには……」と発言を促すと、「はい」と一人の男性が手を上げ、立ち上がった。

「わたしは、子供を亡くしました」

男性がそう語り出した瞬間、教室内がざわついた。まだ三十代に見える男性である。亡くした子供というのは幼子《おさなご》だろう。圭子の胸は、押し潰されそうになった。

「悪いのは、自分です。ぼくがいけなかったんです」

わたしから自分へ、自分からぼくへと主語を切り替えて、男性は何かに取りつかれたような表情で話し続ける。

「はじめての子でした。妻とぼくは同じ職場で、同じシステムエンジニアの仕事に就《つ》いていました。子供が生まれて、妻は育児休暇をとっていました。でも、彼女に任せっ放しというわけにはいきません。彼女が疲れているのがわかったし、仕事を中断して焦っているのもわかっていたので、できるだけ彼女に協力しようと思っていました。ああ、協力なんて言葉はおかしいですよね。二人の子供です。育児に関して夫が妻に協力する、そういうお手伝い感覚はおかしいとぼくは思います。ふだんからそういう考えを社会に訴えていたつもりでした。イクメンと呼ばれるような夫、父親をめざしていたのかもしれません。あの日も残業続きで、ひどく疲れているのは自分でもわかっていました。それでも、それがいつもの自分の仕事、役割だから、やらねばならない、いや、やりたいと思って、息子をお風呂に入れました。ようやく首がすわるようになった四か月のわが子を、脱衣所で妻の手から渡されて。真冬でした。お湯はほどよい温度で気持ちよくて、息子もお餅のような柔らかい肌を上気させて、目を細めてぼくの腕に抱かれていました。あまりに気持ちよくて、温かくて、知らぬ間にうとうとしてしまったんです。どのくらい時間がたったのか……妻の悲鳴で目が覚めて……気がついたら、ぼくは眠ってしまっていて……腕の中にあるはずの息子の顔がなくて……なぜか湯面が見えていて……息子の小さな身体はお湯の中に沈んでいました。心臓が飛び出そうになって、ぼくは息子の小さな身体を抱え上げ、裸のままお風呂から飛び出して、タオルでくるむと、必死に息子の小さな身体をさすりました。目を覚ませ、お湯を吐き出せ、と祈りながら。そして、車に乗せると近くの病院まで走らせて、夜間の救急外来に駆け込んで、『先生、助けてください。息子に息をさせてください』と、必死に頼み込みました。でも、息子はとうに息を引き取っていたんです。ぼくのせいです。ぼくが悪かったんです。いえ、妻はぼくを責めはしませんでした。自分が悪かったのだと言っています。あなたが疲れていたのに気づかなくて、子供を無理やり押しつけた自分がいけないのだと。いつもと違うことに気づいていたのに、すぐに行動を起こさなかった自分がいけないのだと。いつもと違う？　そうです、妻は異変に気づいていたと言います。少したって、静かすぎるお風呂場の様子に気づいたのだそうです。ええ、ぼくはいつも息子を抱いて入浴するとき、歌を歌っていました。あの日はよりによって子守唄を。小さいころ、母によく歌ってもらっていた子守唄を。でも、その声が途中からぷつりとやんで聞こえなくなって。そのときすぐに様子を見に行っていれば、あの子は助かったかもしれないのに、そうしなかった自分が悪い。妻はそう言うのです。でも、違います。ぼくがいけない。ぼくがあの子を殺したんです。いままで、誰にも言わないようにしてきました。だけど、もうぼくの心がもちません。だから、今日ここで告白します。あの子は、息子はぼくを許してくれるでしょうか。こんな愚《おろ》かな父親を。みなさん、すみません。ごめんなさい」

告白し終えると、男性は脱力したように着席した。肩を落とし、泣いている。

「本当に痛ましい事故でしたね」

と、臨床心理士は、文字どおり悲痛な声で言った。「つらいのに、苦しいのに、お話ししてくださってありがとうございました。それでは……」

講師の話は続いていたが、圭子の耳にはもはや入ってこなくなっていた。

——いつもと違う？

さっき男性が使ったそのフレーズが頭に引っかかっている。そう、わたしも今日、いつもと違う行動をとったのだった、と思い出した途端、妙な胸騒ぎを覚えた。

けさ、圭子は車を出してここに向かう前に娘の家に立ち寄った。出勤前のぎりぎりの時間だとは思ったが、知人からたくさん送られてきたイチゴを届けたかったのだ。「保育園に預けに行くところなの。持ち帰りの仕事をしてたらこんな時間に」と、娘はあわただしくしていた。「そう、じゃあ」とイチゴのパックを渡し、玄関先で挨拶《あいさつ》して去ろうとしたとき、急に尿意を覚えた。年齢のせいか、このごろやけにトイレが近いのだ。

「トイレ貸してね」と娘の家に上がり、用を済ませてまた外に出た。

そのとき、娘が何か言ったように思ったが、気持ちはいつもの朝の一杯のコーヒーとその後の新しい講座「グリーフケア」に向いていて、よく聞き取れなかった。

しかし、「……をお願いね」という言葉は耳に残っている。そして、トイレから出たときに、表で車のドアがバタンと閉まる音も。エンジンはかけたままにしていた。もしかしたら、あの音は、後部座席のチャイルドシートに子供を座らせたあとに閉めた音だったのではないか。五か月になる孫娘を引き取りに何度も保育園に通っているから、圭子の車にはチャイルドシートが設置されたままになっている。寝ている孫娘をチャイルドシートに座らせたこともあれば、運転中に眠ってしまったこともある。泣き声を上げなければ、運転席の後ろのその小さな存在を忘れそうになることさえある。

——お母さん、保育園まで優衣《ゆい》をお願いね。

娘があのとき放った言葉は、それだったのではないのか。

心臓のまわりがひりひりと痛み出した。膀胱《ぼうこう》が縮んだ。娘の家を出てここにきて、駐車場に車をとめて、後ろも見ずにまっすぐカフェの入ったビルまで突き進んで、ゆっくりコーヒーを飲んで、それから受講するためにこの教室に入った。

もう二時間以上はたっている。

受講中は切っていたスマホの電源を入れる。夥《おびただ》しい数の着信がある。娘からと保育園からのものだ。

上げかけた悲鳴が喉《のど》に張りついた。

転がるように教室を飛び出すと、今夏の猛暑を予感させるようなじんわり湿った熱気が、圭子の全身にまつわりついた。

命賭けて

丸山政也

いきつけのカフェの一角に併設されたギャラリーで、北欧陶磁器の展示販売会が行われていた。三十代前半と思しき細面《ほそおもて》の女性が、年配の女性客に熱心なそぶりで説明している。

私も陶磁器に興味があったものだから、端のほうから順に見ていると、少し経った頃、

「こういったものはお好きですか」

そう背後から問われ、やにわに振り返ると、先ほど客に説明していた女性が真後ろに立っていた。

「――え、ええ。北欧ものはそこまで詳しくありませんが、僕も好きでいくつか持っています」

そう答えると、あらそうですか、と女性は微笑《ほほえ》んだ。それを皮切りに昨今のヴィンテージ陶磁器の流行や相場の話題になり、それから自然とお互いの仕事の話に移った。

私は物書きで主に怪談――それも実際にあったとされる怪奇譚を取材して書いていま

す、と告げると、「あら、こわい」といいながらも、俄かに興味を覚えたようだった。

「実は私もあるんです、怖い話。——というよりは、不思議な話といったほうがいいかもしれませんけれど」

そういうので、ぜひ話を訊《き》かせてはもらえませんか、と打診してみた。

すると、小さな顎《あご》に手を当てて、しばらく考えているふうだったが、

「この話は身内の恥を晒《さら》すようなものですから、これまでひとに話したことはありませんでした。ですので、私のことだと特定できないようにしていただきたいのですが」

「その点は大丈夫です、ご安心ください」

そう私がいうと、安堵したように笑みを浮かべ、近くのテーブル席に座って、ゆっくりとした口調で女性は話し始めた。


この出来事は、私が中学二年生のときまで遡ってお話ししなければなりません。ですから、今からちょうど二十年前のことになります。

二年生になったとき、それまで担任だった先生が病気で学校をお辞めになったので、

他の学校から赴任してきた先生が新しく私たちのクラスの担任になりました。大学を出てからいくらも経っていないような若い男性教師で、背が高く、日本人離れした彫りの深い顔立ちをしていました。

多くの女子生徒は、ジミーだとかマイケルだとか、外国人風のニックネームを付けて、陰でからかっていましたが、先生に恋心を抱いている生徒も少なからずいたようでした。十歳差ぐらいですからね。社会に出れば、それくらいの歳の差カップルはいくらでもいますから、ごく自然なことだと思います。

新学期が始まって早々に家庭訪問があり、母と一緒に自宅で先生が来るのを待っていました。

チャイムが鳴り、母がドアを開けたのですが、お邪魔します、と先生が玄関をくぐるときに頭をしたたかドア枠に打ちつけまして、先生大丈夫ですか、と三人でひとしきり笑ったのを覚えています。

そんなふうにして家庭訪問は終わりましたが、その頃を境に母がなんとなく変わっていくのを私は感じていました。メイクも違いましたし、外出着はもちろん、家の中で着るものさえ、以前とはまったく異なって、変に若作りといいますか、もっと有り体《あてい》にいうと華美になりました。干してある下着も、です。それに以前は食料品の買出しぐらいしか出歩かなかったのに、外出が頻繁になりました。そんな母の変化を父は気づいているのかいないのか、あまり興味がない様子でした。次第に夕飯も手抜き気味になり、なんだかんだと理由をつけての夜の外出が多くなりました。

それである晩、私はこっそり後を尾《つ》けてみたのです。すると、愕《おどろ》いたことに担任の先生の自宅――学校の近くに建つ平屋の教員住宅なのですが、そこに入っていくではありませんか。なにか私が問題をやらかして母が呼ばれたのかと一瞬思いましたが、そんなはずがありません。そして私はひとつの答えに行き着きました。いえ、とっくにわかっていたのかもしれません。知っていたのに非難もせず、そのまま放置していた気がするのです。

しかし、現場を直接見たことで心臓がばくばくしてしまって、とにかく家に帰りました。父はテレビを観ながらビールを呑んでいましたが、今、母がどこにいて誰となにをしているのかということは、ひと言も告げることができませんでした。

その翌朝のことです。

いつものように母は朝食の準備をしていましたが、なんといいますか、これまで見たことのないような強張《こわば》った表情でした。夫婦喧嘩でもしたのだろうかと思いましたが、父は普段と変わらず、軽口をいってひとりで笑ったり、食事をしながら新聞をひろげたり、いたってマイペースな様子です。どうしたのだろう、とは思いましたが、学校に行く時間になりましたので、食事もそこそこに家を出ました。

それが、母を見た最後でした。

その日、部活が終わって自宅に帰ると、食卓テーブルの上に一枚のメモが置いてありました。そこには「ごめんなさいね」と、たったそのひと言だけが書かれていました。記名もありません。

蠅帳《はいちょう》の中には夕餉《ゆうげ》の仕度ができていて、いつになく手の込んだ豪勢な料理が並んでいました。父や私の大好物ばかりです。それを見て、母がもうこの家には帰らないことを私は悟りました。父が帰宅後に一緒に食事をとりましたが、なにも感じていないのか、テレビを観ながら美味《おい》しそうに食べていました。

やはり母はその夜、帰ってはきませんでした。朝になって、さすがの父も不安を感じたようで、母さんどこに行ったか知っているか、と訊かれましたが、きっと先生の家よ、とは、いうことができませんでした。

それから学校に行くと、担任は病気で休みということでしたが、先生たちの様子も妙ですし、職員室がただならない雰囲気でした。なにげなく前を通ってみますと、何人かの教師が眉間に皺を寄せながら真剣な顔で話しています。なにをしゃべっているのだろうと、ドアに耳を当てて聞いてみると、「——かけおち」という言葉が耳に飛び込んできました。

その言葉はドラマや小説で知ってはいましたが、現実で聞くことなど初めてでしたから、なにか空想の世界にいるような、そんな変な気持ちになりました。そしてやはり、その「かけおち」がなにを指しているのか、誰と誰が駆け落ちしたのか、私はすでに知っている気がしました。その日、先生たちは私の姿を見ると、なにか問いたげな、そんなふうにも見えましたが、誰もなにもいってはきませんでした。

部活には出ずに帰宅すると、父はすでに家におりました。どうやら会社には行かなかったようで、一日中、母を捜していたのかと思いましたが、学校から連絡がいったようで、事のすべてを父は知っていました。

父によると、私の担任と母がふたりで示し合わせて駆け落ちしたというのでした。担任は辞表と一連のことを書き綴った詫び文を校長宛に提出しているようで、母を連れてどこに行ったのか、まったくもって不明であると学校側からいわれたそうです。警察に相談もできるようでしたが、駆け落ちは家出の一種で、本人の意思で家を出た場合には一般家出人として処理され、積極的には捜索してくれないとのことでした。

「捜したところで無駄さ。こうなったら、もうおしまいなんだよ。夫婦といっても所詮は他人なんだ」

父はそういって、肩を落として放心したように笑っていたのが、私は忘れられません。

それ以降、父は会社も休みがちになり、挙動がおかしくなってきましたので、心配した叔父《おじ》が病院に連れていくと、うつ病と診断されました。

その頃、私は高校生になっていましたが、進学は早々にあきらめて、中退して家計を支えようと、そんなことを考えていた矢先、父は自殺しました。欄間《らんま》にベルトを引っ掛けて首を吊ったのです。発見したのは私でしたが、通報することよりなにより、父を、とっくに冷たくなっている父の躯を、私は何度も何度も叩いていました。莫迦《ばか》じゃないの、莫迦じゃないの、と泣きじゃくりながら。

怨みました、母を。駆け落ちしたときは、不思議とそれほど怒りは覚えなかったのに、父が死んだことで枷《かせ》が外れたように色々な想いが一気に溢《あふ》れ出て、自分では抑えきれないほどの強い殺意を抱きました。眼の前にもし母がいたのなら、私はこの手で殺していたかもしれません。でも実際には、一度駆け落ちしたふたりは私の前に姿を現すことはありませんでしたから、それも叶いませんでした。

親戚の援助を受けながらなんとか高校を卒業し、地元の百貨店に就職が決まりました。受付の仕事です。そこで知り合った今の夫と十九歳のときに結婚し、翌年に出産しました。女の子で、涼子《りょうこ》という名前です。その子も今年の春に中学一年生になりましたが、私が通っていた同じ中学校に進学しました。

もちろん当時の先生は誰ひとりとしておりませんから、昔のことで娘が学校で居心地が悪くなることはないはずです。私も母の話は一切しませんから、娘はなにも知らずに学校に通っているのです。ところが最近になって、娘がこんなことをいいました。

「学校にね、幽霊が出るんだって。吉田《よしだ》さんと牧野《まきの》さんが放課後に廊下を歩いているのを見たっていってた。中年の男のひとだから先生かと思ったら見たことのない顔で、誰かのお父さんかなって話してたら、突然消えちゃったんだって。すぐ眼の前で。それに部活の先輩も同じ男のひとを見たっていってたし、本当らしいよ」

なにいってるのよ、と返した後、その男のひとはすごく背が高く、人気俳優のＭさんを少し老けさせた感じというのを聞いて、私は心臓が飛び上がるほど愕きました。

母と駆け落ちした私の担任とそっくりだったからです。あれから二十年が経ちますが、そのまま歳を重ねたら、その俳優さんによく似ているだろうと、たしかに思われるのです。それにすごく背が高いというのも同じですから、殆ど間違いないように感じられました。でも幽霊ってどういうことでしょう。もし、それが本当なら、その幽霊が先生であるならば、すでに亡くなっていることになります。

では、母は？　あのひとは生きているのでしょうか。私が殺してやりたいほど憎んだ女は今頃どうしているのだろう。パートナーが死んだところで、いまさら私の前に姿を現すとは思えませんが、その後の人生をあのひとはどう過ごしたのか、興味がなかったといえば嘘になります。

この眼で、その男の幽霊とやらを見てみたい。

私が見れば、それが先生であるかどうか、はっきり判るのですから。一度そう思いますと、いてもたってもいられなくなりました。理由もなく学校に行くわけにもまいりません。ですので、授業参観や保護者の集まりのようなときは、欠かさず出席しましたし、ひとけがなくなった放課後にこっそり校舎の中に忍び入って、先生の姿を捜したこ

よ
ともありました。でも、そんなことをしたって、都合よく出てくるわけがありませんよね。

教員住宅はとっくに取り壊されて、分譲の新しい家が建っていました。その辺りも度々歩いてみましたが、先生の幽霊など一度も見ることはできませんでした。やはり単なる噂話だったのかと、少し落胆した気持ちになりました。

しかし、そんなある日のことです。

家で洗濯物を畳んでいると、ふっと、なにかの匂いを鼻先に感じました。香水のような、どこかで嗅いだ覚えのある匂いです。なんだったろうと、しばらく考えていましたが、二十年前、母が外出するときにつけていた香水の匂いであることを思い出しました。ゲランの夜間飛行でしたか、たしかにその香りです。……ああ、ご存知ですか、まさしくあの匂いでした。すぐに後ろを振り返りましたが、玄関の鍵は掛けていますし、もちろん私以外、誰もおりません。

すると、そのときです。

リビングの窓から見えている椛《もみじ》の木のすぐ脇に、男のひとが立っているではありませんか。我が家の敷地の中ですから、一瞬泥棒かと怯えましたが、よく見ると、それは紛《まぎ》れもなく私の父でした。死んだ父が、無表情で立っているのです。

洋服を畳む手が小さく震えました。父は私のいる部屋のほうを向いていますが、どこを見ているのか判らない不思議な表情をしていて、自殺したあの日と同じ洋服を着ているのです。

導かれるように私は立ち上がり、窓を開け放ちました。その瞬間、煙が空に立ち昇るように、父の姿はかき消えてしまったのです。しばらく窓辺に立ち尽くしながら、今起きた出来事などをゆっくりと反芻《はんすう》していました。

母のつけていた香水の匂い。死んだ父の幻影。そして、学校に現れるという先生の幽霊の話――。

そのとき、三人はすでに全員死んでいるのだと、私は確信しました。

普通に生きていれば、皆まだ四十代から五十代ほどですから、死んでしまうには早いのですが、もし先生が亡くなっているのなら、当然、母も死んでいるに違いないと、なぜかそんなふうに思ったのです。

ふたりをあの世へと葬ったもの。――それは父ではなかったでしょうか。

優しく穏やかだった父には、家族も知らない一面があって、実は母の不義をとっくに見抜いていたのではないか。うつ病を患いながらも、嫉妬の炎に身を焦《こ》がして、ふたりに復讐しようと強く誓ったのではないか。しかし、居所の判らないふたりに直接手を下すことはできません。ですから――。

　死んでふたりを取り殺してやる。

　そんなふうに父は考えたのではないでしょうか。自らの命を賭《と》して、ふたりを呪った。私にはそんな気がしてならないのです。

　どのような方法でふたりを呪い殺したのか、私にはまったくわかりません。しかし、怨嗟の焔《ほのお》に巻かれながら、うすら嗤《わら》いを浮かべる父の姿を、ありありと、私は感じることができるのです。


「これが私の身に起きた出来事です。どうです、ちょっと不思議な話だと思いませんか？」

「――不思議な話、ですか……」

　どう感想を述べたらよいのか、すっかり困惑してしまった私は、とりあえず話の礼をいうと、手ごろなコーヒーカップを一客だけ買い求め、店を後にした。

自宅に帰ると、早速新しいカップでコーヒーを飲んでみようと湯を沸かした。いつも決まったところにオーダーしているグアテマラ産の豆を挽き、ハンドドリップする。ふくよかで芳醇な香りがキッチンに漂《ただよ》った。

白肌の磁器と濃褐色の対比がなんとも美しい。

――と、そんなことを思った刹那《せつな》、耳元で、

「そう、いのちをかけて……」

と、女の声が聞こえた気がした。先ほどの話が、よほど頭に残っていたのだろうか。

カップに唇をつけ、少し口に含んだ瞬間、激しく咳き込みながら、私はそれをシンクに吐き出していた。なぜなら――。

あの女性の母がつけていたというゲランの夜間飛行そのものの味が、口腔全体に広がったからである。

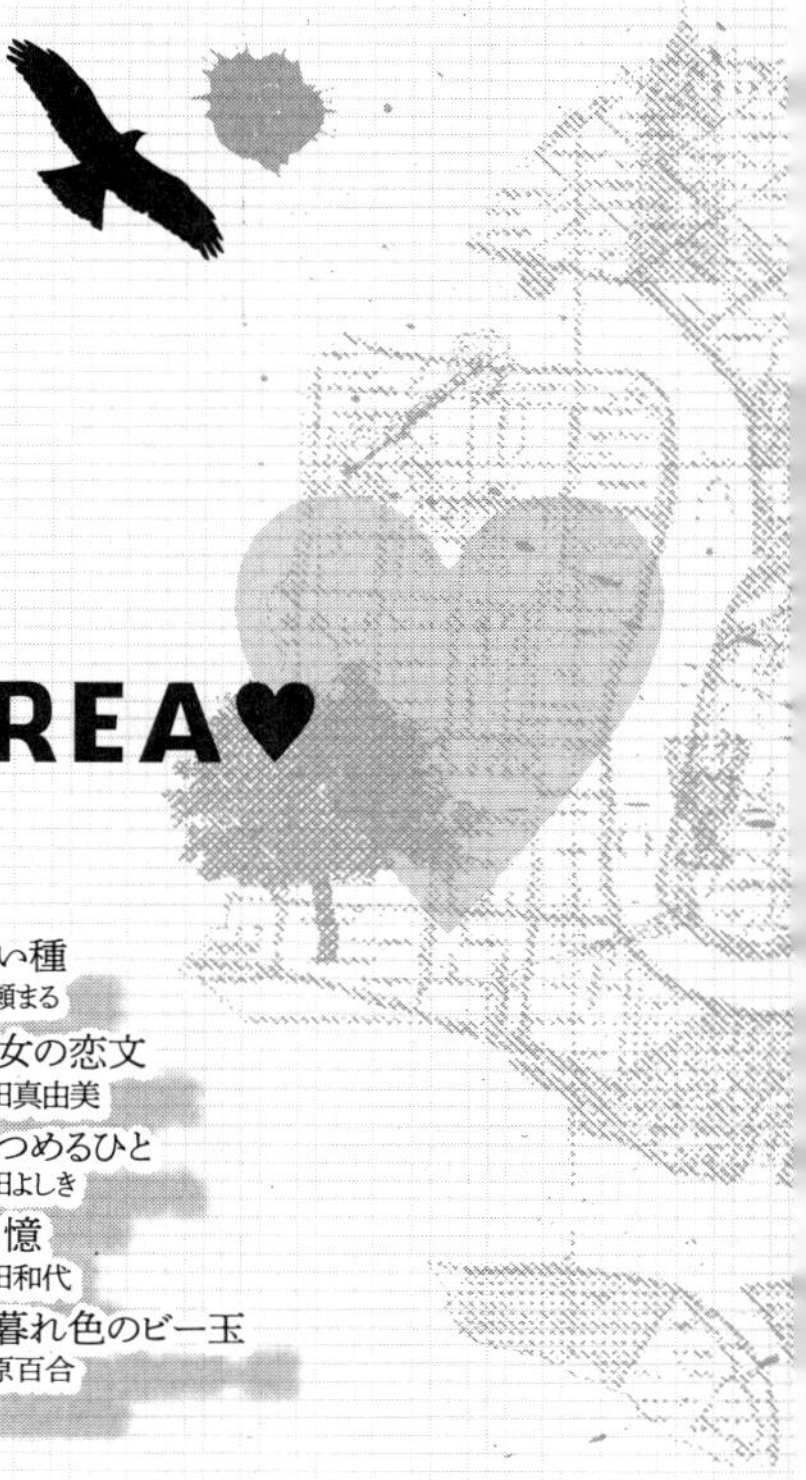

AREA♥

甘い種
彩瀬まる

聖女の恋文
篠田真由美

見つめるひと
柴田よしき

記 憶
福田和代

夕暮れ色のビー玉
光原百合

甘い種

彩瀬まる

気がつくと、舌の上に甘いものがのっていた。

ダイシさんのお話を聞きながら、ごくん、と飲み下す。ダイシさんは私よりも一回りほど年上の男性で、とても賢そうな落ち着いたしゃべり方をする。それなのに話す内容はわかりやすく、するすると耳に染みていくからすごい。

「それで、琴美《ことみ》さんが専門学校に行きたいと言ったら、お父様に反対されたと」

「はい……まあ、私にデザイナーの才能なんてあるわけないし、反対されて当然といえば当然なんですけど」

「そんなことはないですよ。今日着ているお洋服も、色の合わせ方がとても素敵だ」

そっと微笑《ほほえ》んで、ダイシさんは黒目がちの目をしばたたかせる。ダイシさんはけっしてかっこいいカテゴリの人ではない。髪型はキノコみたいでちょっとダサいし、手入れのされていない眉毛は繋《つな》がっているし、全体的に雨に降られて困っている大型犬みたいなもさっとした感じがある。だけど、なんとなく目がきれいだ。純粋で、優しい感じがする。

「きっとお父様には服飾業界で働くご友人が身近にいなくて、想像しにくかったのでしょう。どんな人にも、想像できる範囲……枠、というものがあります。そしてたまたまあなたの希望がお父様の枠から外れていたため、お父様は戸惑い、否定するしかなかったのです」

「……私、父さんは私のこと馬鹿にしてるんだって、そればっかり……」

「いいえ、これはけっしてあなたの才能がどうだとか、ましてやお父様の愛情がどうだとか、そんな話じゃない。ただ、巡り合わせが悪かっただけのことです」

こんな風にダイシさんは私の中の、今まで家族や友人の誰とも話せなかったこと、うまく説明できなくて辛かったことをさらりとすくい取り、これはこういうことだと次々に説明してくれた。説明されると、頭がすっきりした。私が悪いのか、他の人が悪いのか、わからなくていらいらしていたことがふわっとほどけ、世界の仕組みがわかった気がした。

グラスの中で乾き始めていた桃のパフェの残りを慌てて口に運ぶ。甘い。大好物なのに、半分食べたところで忘れてしまうほどお話に夢中になっていた。

ダイシさんによると、この世の多くのことは、巡り合わせに支配されているらしい。そして、その人の元に良い巡り合わせが来るか、悪い巡り合わせが来るかは、その人にどれだけ「無私」の心があるかにかかっているという。

「むし？」

「手元にあるもの――お金だったり、人との関係だったり、能力だったり、いわゆる財産ですね。それを、自分一人の欲望を満たすために使うのではなく、全体の、多くの人々が幸せになるために捧げる心です」

「なんだか、すごい」

「無私の心を持つこと。可能な限り、多くの人の幸福に自分の力を捧げること。それができる人が、本当に立派な人なのです」

それからダイシさんは歴史上の偉人をたくさん挙げて、その人たちの功績と、彼らが胸に秘めた輝く星のような無私の心について説明してくれた。圧制と闘った人、偏見に負けずに研究を続けた人、勇気を持って社会の過《あやま》ちを糾弾した人、そして、苦労の末に彼らが勝ち取った栄光について。

「僕もそんな風にありたいと思っています。それで、この団体を作ったんです。恵まれない子供たちが安心して大人になれるようサポートしています」

「すごく、あの、素敵なことだと思います。えっと……わ、私も、お手伝いできますか？」

「嬉しいです、ありがとう。琴美さんが来てくれたら、また幸せになる子供が増えます」

にっこりと笑って手を握られる。ダイシさんの手は力強くて、熱かった。頭の芯がじんと痺《しび》れる感じの熱さだった。


次の日会社に行ったら、まるで目玉を誰かと取り替えたみたいに、目に映るなにもかもがくだらなく見えて驚いた。

奥のソファでずっと新聞を読んでいる沢村《さわむら》部長も、私がフロアに入るなり逃げるように自分の席から立ち上がる今泉《いまいずみ》さんも、目を合わせない他の社員も、誰も声をかけてこない。そのくせ私のデスクにはちゃっかりと、取引先から寄せられた製品に関するお申し出のメールがわざわざプリントアウトしてのせられている。本当はそれぞれの担当者が対応するはずだったのに、いつのまにか確認や返答に手間がかかる案件は全て私に回されるようになった。おかげでまったく自分の仕事が進まず、ずるずると遅くまで残る日が続いている。もちろん残業は付けさせてもらえない。

いつのまにか、じゃない。

正確には今泉さんの一件があってからだ。

すごく、不思議だった。昨日まで私は必死になって周囲を説得し、必要ならば押しつけられる仕事もこなし、沢村部長に直談判までして、この会社における私の居場所を、正しさを、守ろうと躍起《やっき》になっていた。

もう、どうでもいい。このオフィスには無私の心なんかかけらもない。本当に価値のあるものなんか、一つも。

ふつり、と体の内側で芽吹くものがあった。お腹の下の方が熱く、怒りと、勇気のようなものが一緒に湧く。

一歩足を引いて、くだらないオフィスから背を向けた。緊張で肌がびりびりする。さらに歩き出せたのは、輝くもののありかをすでに知っていたからだ。

仕事を辞めることを伝えたら、父は眉をひそめて「だめだ」と首を振った。

「辞めてどうする気だ。明日、朝一番に行ってオフィスの掃除をしろ。そして沢村君に謝ってこい。俺からも電話しておいてやる」

嫌すぎて黙っていると、彼は声に怒りを滲《にじ》ませた。

「だいたい、お前にも迂闊《うかつ》なところがあったからこんなにややこしいことになったんだろうが！　異動先を手配してもらえただけ良いと思いなさい」

「……なんで今泉さんが据え置きで、被害に遭った私が飛ばされないといけないの……おかしいよ……そのせいで、まるで私の方が嘘をついてるみたいに思われてる」

「あのなあ、今泉は海外企業と大口の取引中だ。専門性が高く、あいつ以外は務まらない。そんな人間を動かすわけにはいかないだろう」

うちの親会社に勤める父は、社内事情に通じている。私の就職にも、父から付き合いの深い沢村部長への口利きがあった。

ふと、食器を洗う水音が耳に入った。私と父親が口論をするたび、母親はずっと台所にこもって出てこなくなる。

「……営業中に自分の部下をアパートに連れ込んで胸を触ってくるような人なのに？」

「あのなあ……」

はあ、と父は苦々しく溜め息をついた。

「それはお前も悪い。どうして結婚前の娘が、独身男のアパートなんかについていくんだ」

「大事な資料を忘れたって言われたから！　そうじゃなきゃ行くわけない！」

「そういう慎《つつし》みのなさが迂闊だって言ってるんだ！　結局、公になって今泉も注意を受けたんだから、この件はもう終わりだ。長引けばお前の評判も落ちる。つべこべ言わずにとにかく明日、沢村君にちゃんと謝罪しろ。いいな？」

どうしてダイシさんの言葉はあれほどなめらかに染みてくるのに、父の言葉は投げつけられたガラス片のように、皮膚を引《ひ》っ掻《か》いてばらばらと床に散らばるばかりなのだろう。どうして私が、今泉さんをろくに叱りもせず、仕事の押しつけも放置している沢村部長なんかに謝らなきゃいけないのか。さっぱり、これっぽっちも、わからない。

枠、というダイシさんの言葉がよみがえった。そうか、父さんはここまでなんだ。ここから先を、わかってもらいたいと願ったって無駄なんだ。

無駄だった。無駄だった。無駄だった。会社の人たちの誤解を解《と》きたいと思っていた。父さんや母さんとわかり合いたいと思っていた。そんなものは無駄だった。この人たちは、無私の心を持っていない。輝くものを、持っていない。

なにかを一つ諦めるたび、ダイシさんからもらった言葉が、世界が、大きくなっていく。怒りや悲しみを吸い上げ、体の内側の柔らかい肉や粘膜をぞぞっとくすぐり、枝葉を伸ばして茂っていく。

翌日、私は荷物と貴重品をまとめ、かねてから誘われていたダイシさんが運営する団体の活動員が寝泊まりするアパートにもぐり込んだ。

家出に最後まで反対したのは、手芸仲間の泰葉《やすは》だった。近所のビーズやアクセサリー、生地《きじ》などが売られている雑貨屋でよく顔を合わせ、十個買ったら三十パーセント引き、のキャンペーンで協力したのをきっかけに仲良くなった。外資系でエンジニアをしているらしい。学校や会社では決して仲良くならなかっただろう、気が強くて口の悪い美人だ。

団体のアパートには持ち込める私物の量が限られていたため、好きだと言っていた手作りのスカーフやシュシュを渡そうと彼女の部屋を訪ねた。仕事上がりで化粧を落とした泰葉はビールをあおりながら私の話を聞き、長さが半分しかない眉をキツく寄せて

「なんかヤな感じ」と呟いた。

うまく、伝わらなかったのだろうか。要するにこういうことを目指している団体なんだと、ダイシさんのように歴史上の偉人の例を挙げて説明する。すると、ますます泰葉の眉間のしわは深まった。

「そういう歴史の人がどうこうって例に出してくる時点でうさんくさいよ。だいたい偉人なんて、基本的にうまくいった人たちばっかりじゃない」

「だから、その人たちは無私の心を持ってたから、いい巡り合わせが来てうまくいったの」

「琴美って前からそんなしゃべり方だっけ……」

飲み終わったビールの缶を親指でぺきぺきとへこませ、泰葉は首を左右に揺らす。

「職場で性犯罪の被害に遭ったのは、本当に気の毒だよ。加害者にちゃんと罰《ばつ》を与えて欲しいし、被害を訴えてなお、琴美が同じオフィスで働かされてること自体ひどいって思う。——でもそれと、そのダイシさん？　って人の言ってることを、あんまりごっちゃにしない方がいいよ」

「どういうこと？」

「たとえば……んー、その、無私の心？　をもって活動している人たちが、きっと今も世界中にたくさんいるわけでしょう？　権利を主張したり、差別をなくそうとしたり、この世をよくしようと、頑張ってる人が」

「すごいよね。ダイシさんに言われるまで、そんな生き方があるなんて考えたこともなかった」

うっとりと相づちを打つ。泰葉は苦いものでも嚙んだように顔をしかめた。

「そういう人たちの全員が、活動をやり遂げて歴史に名を残すわけじゃない。なかには逮捕されたり、殺されたりする人もいる。琴美に降りかかったのと同じ、理不尽だよ。私たちはそういう気持ち悪くて説明のつかない世界に住んでいて、端っこから、ぐちゃぐちゃに絡《から》まったほっそいネックレスをほぐすみたいに、問題を一つずつ解いていくしかない。――そうでしょ？」

「でも、間違っているのは、無私の心を持っている私たちじゃない。気持ち悪くて説明のつかない世界の方よ」

「間違ってる……うーん」

「もっと団体が大きくなって、みんながダイシさんのお話を聞けばいいのに。そしたらきっと、すっきりしたいい世の中になるよ」

泰葉の顔は最後まで晴れなかった。

賢いはずの泰葉でも、私たちの話についてこられないのか、と残念になる。

賢いはずの泰葉でも、ついてこられないような特別な世界に接しているんだ、と嬉しくなる。

「間違ってるっていくら口で切り捨てても、この世界で生きていかなきゃならないことは変わらないのに」

「もういいよ。泰葉に伝わるのはここまでなんだ」

「琴美!」

絡まれるのが面倒になり、持ってきた小物を置いて泰葉の部屋を出た。たたん、たたん、とリズムを取ってマンションの外階段を下り、駅へと向かう道すがら、真ん中に噴水が設置された市民公園の入り口に差しかかった。

まだ春が浅い頃、ここで泰葉とピクニックをした。私が、蠟梅《ろうばい》の花が凝った作りものみたいで好きだと言ったら、うちの近所に咲いてるよ、と誘ってくれたのだ。

私は、泰葉といるときはいつも少し無理をしていた。彼女が美人なことも、年収が二百万くらい違うことも、私のように親のコネで入った小さな会社ではなく、華々しい有名企業で働いていることも、けっして一緒にいて忘れることはできなかった。馬鹿にされないよう、緊張しながら付き合っていた。

でも、この公園で、一緒にコンビニのおにぎりと唐揚げを頬《ほお》ばり、ビールを飲んで、蜂蜜色の蠟梅を見上げながら次に作るアクセサリーや小物の話をしているときは、すごく良かった。二人でビールの六缶パックを空《から》にし、上機嫌で泰葉の部屋に転がり込んで梅の香りを身にまとったまま昼寝をした。たとえば私の体調がいいとか、泰葉の仕事が一段落したばかりだとか、そういう繊細な要素も含めてなにもかもが綺麗に嚙み合った、ちょっとした奇跡みたいな一日だった。

あの一日だけ、捨てるのがもったいないな。そう思った。だけど、仕方ない。無私の心に生きるのだ。私は肩をすくめ、駅へと向かって走り出した。

団体での生活は、始めてしまえば意外とあっさりと体になじんだ。私は女性ばかり集められたアパートの一室に迎えられ、涌田《わくた》さんという私の母親ぐらいの年齢の女性と、六畳間に二人一組で暮らすことになった。

涌田さんに指摘されて初めて、私はダイシさんの「ダイシ」が名前ではなく、「大師」

という偉い人であることを示す特別な呼び方だと知った。

「だから呼ぶときは、大師様ね、大師様」

「はーい」

朝、起きたらすぐに顔を洗って身支度《みじたく》を調え、私たちは歩いて五分の距離にある大きな屋敷へ向かう。黒瓦《くろがわら》の立派な日本家屋に品の良い庭がついた、大師様のお屋敷だ。なんでも大師様の家はこの辺りの地主で、私が住んでいるアパートの他にもいくつもの不動産を所有しているらしい。

集会所と呼ばれる広い広いお座敷に百人近くの活動員が集まり、正面に置かれた金属製の仏像に向けてずらりと正座をする。時間になると真っ黒い着物を着た大師様がやってきて、列の先頭に座ってお経を唱え始める。私たちもそれを唱和する。勤行《ごんぎょう》と呼ばれる朝一番のお勤めだ。これが終わると、お座敷に長机が運び込まれ、朝ご飯になる。だいたいは卵と野菜の入ったシンプルな雑炊と果物で、肉は食べない。その方が体が綺麗になるらしい。

朝食が終わると、私たちはそれぞれ受け持ちの職場へ散っていく。私は涌田さんと一緒に、支給された古い自転車で団体が運営している縫製工場へ向かう。そこで、九時から夕方の五時まで、子供向けの衣服を縫い続ける。この衣服は、団体が保護している子供たちに贈られるらしい。かわいそうな思いをした子供たちが喜んでくれる姿を想像すれば、自然と仕事には熱が入った。

お昼には、おにぎりとお味噌汁と温かいお茶が用意される。同じ工場で働く十人ほどの女性で、一日に二人ずつ、昼食当番を決めて交代で担当している。今日のおにぎりの具材は青菜で、お味噌汁はなめこだった。

「金持ちなんて、いやな奴ばかりだと思ってたよ」

そう、しみじみと口にするのは、工場で一番古株の野本《のもと》さんだ。真っ白い髪をお団子に結った小柄なおばあさんで、自分が苦労して建てた家をいつのまにか長男のお嫁さんに追い出され、困った挙げ句この団体にたどり着いたらしい。

「大師様みたいな素晴らしい方もいるんだ」

「ね」

「功徳《くどく》を積ませてもらえてありがたい」

「会報誌の子供たちの写真、かわいかったね」

この団体に来るのは、外の世界で辛《つら》い目に遭った人が多い。私たちはのんびりと喋り、のんびりと仕事をする。みんな仲がいい。むしろ、あまり喧嘩する理由がない。たいていの揉め事は、大師様の教えに照らし合わせて解決される。

朝と夕の勤行と折々の法話を通じて、だんだん私も大師様の教えが理解できてきた。持っているものを与え続けること、心を空《から》っぽにすること、人や物に執着しないこと。教えを守って暮らし始めたら、急激に世界が穏やかになった。ここでは教えを守っている限り誰にも責められないし、みんななにも持っていないという意味では同じなので、誰かと自分を比べて苦しくなることもない。

むしろしばらく頭に引っかかっていたのは、同じすぎるということだ。涌田さんも、野本さんも、ほかの女性たちも、集会所で顔を合わせる男性たちも、時々ひどく似て見える。似たような服を着て、似たようなことを言い、顔つきまで似てきている。そして、その集団に私もしっかりと埋没している。

夜中、水を飲もうと起き上がった際に、洗面所の鏡が目に入った。青白い顔をした女が一人、映っている。

私は本当にこんな顔をしていただろうか。

頬に触れる、目元に触れる。少し口を開いてみる。

なにか久しぶりに、歌でも口ずさもうか。好きだった映画の台詞《せりふ》とか、忘れられない小説の一文とか、そういうものを思い出そうと舌を動かす。

「ダイシサマダイシサマダイシサマダイシサマ」

喉の奥、深く根を張ったものがカサカサと囁《ささや》いた。

ああそうだ、だって私は教えにそぐわないものを捨ててきた。好きだったものが頭をよぎるたび、こんな自分勝手な欲望だらけの、不完全なものに心を奪われて、だから幸せになれなかったんだ、と無意識のうちに否定した。捨てれば捨てるほど正しくなれる。異物がないほど、安心できる。

そして私の内側には望み通り、清潔な空洞が出来上がった。風が吹くたび、そこに生えた一本の木が葉を揺らす。

「ダイシサマダイシサマダイシサマ」

私は清らかで正しい。私は安心している。

それに比べて、外の世界はなんて汚くて混沌としているのだろう。集会所に唯一置かれた小さなテレビでニュースを観るたび、私たちは世間を騒がす事件やスキャンダルの醜《みにく》さに眉をひそめ、それらと無縁でいられる自分たちの幸福を喜び合った。

大師様が、保護していた未成年への淫行で逮捕されたのは年の瀬のことだった。

私たちは誰もその報道を信じなかった。警察の強制捜査が入り、集会所が閉鎖され、大師様のご家族が引っ越してお屋敷がもぬけの殻になったあとも、私たちは同じアパートに住み続けた。古株の活動員がテレビや新聞といった一切の報道に触れることを禁止し、それでも密やかに、事件を特集する週刊誌が回し読みされた。

とても驚いたのが「被告は教団の信者たちに無給で労働をさせ、生産した品物を企業に売却して多額の収入を得ていた」というくだりだった。私たちが作った衣服は、恵まれない子供たちに贈られるのではなかったのか。そもそも無給で労働をしている、という意識すら私たちにはなかったのだ。

「誰かが大師様を陥《おとしい》れようとしているんだ！」

一昼夜ヒステリックに叫び続け、過呼吸を起こして倒れた野本さんは救急車で病院に運ばれた。涌田さんはずっと疎遠になっていたお姉さんから連絡が来たとかで、事件後まもなく引っ越していった。

「琴美ちゃんはどうするの？」

去り際に、涌田さんは聞いた。私は黙って首を振った。

それまでの貯金の大半を入居の際に寄進してしまったため、手元にお金はほとんどなかった。迂闊に出歩くと記者につかまるし、特に行きたい場所も思い浮かばなかったため、私は一日のほとんどを部屋に座り込んで過ごした。光熱費を考えると暖房が使えず、百均で買った湯たんぽを抱いて震えながら真冬の夜を越えた。

新しい団体を、と息巻く人もいたけれど、地域住民の反対に遭って活動を中止せざるを得なかったようだ。年が明け、寒さが進み、日が経つほどにアパートから人の気配がなくなっていく。

私は、どこにも行けなかった。

「ダイシサマダイシサマダイシサマ」

時々口からあふれる呪文も、だんだん途切れがちになった。

「ダイシ、サマ」

薄暗い部屋で寝たり起きたりを繰り返す。窓を染める日差しが少しずつ色を深めていく。

やがて口を開いてもなにも出なくなり、それでも私はこの部屋にうずくまったままだった。

だって、いやだ。この部屋の外では誰とも話なんか通じない。間違った理不尽な世界だ。嫌なことしかない。不安なことしかない。そんな世界でたった一人、間違えながら、怯《おび》えながら、彷徨《さまよ》い続けなければならない。

ごんごん！

暴力的なノックの音が打ち付けられた。扉の外に複数の気配を感じる。

おおい誰かいませんか。

呼びかけを無視していると、外はどんどん騒がしくなった。死んでいたらコトですね、失踪届が出ている信者もいますし、ああ管理会社の人も来たね、それじゃあ開けますよ。合い鍵が使われ、扉が開く。がん！　と再び耳障《みみざわ》りな音を立ててドアチェーンがそれを阻む。私は頭から布団をかぶった。

「ああ、そこにいるね。扉を開けて！　警察です！　ちょっとお話を伺いたいんですがあ」

長らく換気をしていなかった部屋に、冷たい外気がすべり込む。

いつの間に春が来ていたのだろう。

梅の香りをまとった風が薄暗い部屋を巡り、私の中の空洞をひゅうと吹き抜けた。

聖女の恋文

篠田真由美

いらっしゃいませ。おやあなた、お久しぶりですこと。なにかお気に召したものがございます？　まあ、そんな初めておいでになったように。いくら見回していただいてもご覧の通りの小さな店で、情けないほど変わり映《ば》えもしませんが、それでもいくつか目新しいものは入っておりますでしょう。

ああ、それがお目に留まりましたか。ちょっと見には油絵具で描いたようですけれど、近くに寄ればおわかりですね。マグダラのマリアだと思いますが、長い髪を乱して天を仰ぐ若い女の、顔の周りに乱れた黒髪も、見上げる眸《ひとみ》も、薄く開かれた唇も覗く歯も描かれたものじゃない。色の違う木片を集めて作る木のモザイク画。イタリアのフィレンツェあたりで、ルネサンス頃から家具の装飾として作られていたと申しますけれど、これはそう古くはありません。せいぜいが十八世紀。

元はといえば寝台の頭板だったそうですよ。今風のベッドではない、小さな部屋ほどもある天蓋《てんがい》付きの大寝台だから、頭板といっても大きさも半端でなければ、厚みもちょっとした戸棚くらいはありましてね、うちに持ってきたときはまだ、そうですね、縦は二メートルの幅は一メートル、厚みは三十センチばかりもありましたか。その中央に嵌《は》めこまれていたんです。大きいといっても木画のパネルだけならせいぜい二〇号。それだけ外して額装すればよかろうといわれましたが、あたくしは一目見たときから気に入りませんでした。なぜって、開いた口元がどことなく下品で、淫《みだ》らに見えやしませんか。

といういことは、おわかりですわね。もともとうちで買い付けたものじゃございません。横浜は伊勢佐木町《いせざきちょう》の古馴染みの同業者から、「どうも験《げん》が悪いから銀猫堂《ぎんねこどう》さん、あんた引き取っちゃもらえないか」と頼まれまして、そのくせなにがどうして験が悪いのか、肝心なことはいわない。恩も義理もある相手でしたから嫌とはいえずに、でしたら承《うけたまわ》りましょうって答えて引き取ってきたんですけど、数日後に電話があって、「あのときはいわずにしまったが、やっぱり一通り話しておくことにしたよ」って。それから延々電話越しに聞かされました、その寝台の由来談を。

南フランスから来たそうです。後継者難で解散した女子修道院から売りに出された家具の一部分が、どういう筋道をたどったのかはるばる日本まで運ばれてきた。元を質せば十九世紀の半ばにその修道院で生涯を終えた、修道女の持ち物だったというのですね。

フランス大革命の時に没落した古い貴族の家系の最後のひとりで、王政復古後も傾いた家運は盛り返せず、親兄弟とも死に別れ、十五歳で俗世を捨てて神の花嫁となることを選ばれた。その実家からたったひとつ持ち出してきた寝台は、新米の修道女の持ち物としてはどう考えても不釣り合いな豪華さですが、どんな事情があったのか許されて修道院の中でも使い続けたようです。

その後は石の塀の外へは一歩も出ぬまま七十年、最後には修道院長となられてました。聖務の合間に聖書の注解書や本草書を執筆し、高い評価を得ていたのみならず、やんごとないご身分に似合わず、経営の才覚にも恵まれていらしたらしく、修道院の土地に村人を入れてオリーブや葡萄《ぶどう》や薬草を栽培させ、作った石鹼《せっけん》や薬用葡萄酒、香油を特産品として売り出して小さな村を豊かにし、得られた収入で橋や道路の整備を行い、村人のための学校を作り、最後には設備の整った病院まで建てたとか。恩恵に与《あずか》った村人は、修道院長を崇敬することひとかたならず、亡くなられたあかつきには列聖されて聖女となられるに違いないと、もう決まったことのように囁《ささや》いていたと申します。

ところが八十五歳の院長が帰天されたとき、個人的な持ち物といえば七十年間使い続け、臨終の床ともなったその寝台があるばかりでしたが、自分の死後は焼いてしまうように、と老いた院長は遺言しました。決して解体はせず、そのまま火を点け灰になるまで焼き尽くしなさいと。いくら現世に執着せぬにしても、寝台を燃やせとは尋常とは思えません。修道女らは院長の正気を疑いました。寝台は先に申しましたようにとても大きく、部屋の戸口を通りそうには見えなかったからです。元はばらばらの部材で運び込まれ、室内で組み立てられたに相違ありません。ですが院長は最後まで「寝台は必ずそのままの形で運び出して、すっかり灰にしなさい」と繰り返して亡くなりました。

しかしその遺言は果たされませんでした。後を継いだ副院長は、もしも彼女が列聖の栄誉に与ることがあるなら、その寝台も聖なる遺物と見なされるのではないかと期待し、また古びたとはいえこれだけ立派な家具をただ焼くために、狭い戸口を壊して広げるのはあまりに愚かしい、と考えたからでした。ですが、列聖は実現いたしませんでした。審査が始まることも、列聖の前段階として列福されることもなかったようです。

キリスト教に無縁な方には、なかなか奇妙に思われるかも知れませんが、そもそも聖人として教会から認められるというのは、例えばとても信仰心が厚い方であったとか、生者人を助け多くの善行をしたとか、そういう生前の行いからではありません。死後、生者がその人に神への取りなしを頼んで祈り、その祈りが聞き届けられて奇蹟が起こったと認定されたとき、それを聖人へのステップとしてカウントするのです。祈りに応えて救いをもたらすのはただ主《しゅ》なる神のみなので、聖母マリア以下、他のすべての聖人や天使はこの取りなしを求められるのであり、奇蹟が起これば首尾良く取りなしがなされた、つまりはその人は天に昇って主の側近くにいる、聖人と呼ぶにふさわしい証《あか》しとされるのです。

ですから、院長の生前のふるまいが疑われて、列聖に至らなかったわけでないのは確かなのですが、彼女には実は美名のみがあったわけではありません。俗世にいた頃言い交わした婚約者があり、その男性は彼女が神の花嫁となった後も、執着の思いを捨てず、延々と手紙を書き送っていたというのです。そして実際判で押したように、週に一度手紙が修道院に届いていたのでした。その男性の姿が村で見かけられたことはないものの、手紙の到来は七十年間途切れることがなく、修道院長も毎度必ず返信をしたためておりました。まるであの伝説となった中世の恋人たち、アベラールとエロイーズのように。それは噂ではなく事実だったのです。

そこまで話を聞けば、誰でも同じように考えやしませんか？　その寝台には隠し戸棚か引き出しがあって、送られてきた恋文が隠されていたのではないか。彼女がどんな思いでそれを受け取り、読み、保管していたのかはわからないけれど、修道女の身としてはやはり誉められたことではない。身体が弱って起き上がることもできなくなってから、そんなものが遺品として残るのは耐えがたいと改めて思った。誰にも見られることなく焼いてしまいたくて、そういう遺言をした。それがまあ、格別意外でもないけれど、一番納得のいきそうな説明ですわねえ。電話口で同業者にそう尋ねましたら、

「そうなんだ。私はその隠し引き出しを見つけてしまったんだよ。色褪せた赤いリボンで束ねられた、手紙がそこに入っていた」

震えわななくような声が返ってきた。どうしたんです、その手紙。まだこの中に入ったままなんですかって聞き返しました。そうしたら、

「いやいや、まさかそのままにはしておけない。取り出して読んだよ。幸か不幸か私は仏文科だったんでね、好奇心に駆られてすっかり全部読んでしまった。だが、あんたは読んじゃいけない」

読みませんよ、と答えました。恋文なんて百年前だろうが五百年前だろうが、どうせわかりきったことしか書いてありゃしないんだから、たとえ頼まれたって読むつもりはありません。でも験が悪いのなんのというのは、どうやらその手紙のことらしいとは察

しがつきました。

「ああ、読まなきゃ良かった。いや、引き出しを見つけたりしなきゃ良かった。見つけても開けなけりゃ良かった。あれを開けたから、きっと現れたんだ。どうかこれ以上聞かないでくれ」

変に気を持たせるような、口の利き方が腹立たしいこと。自分から話し始めておいて、いまさら聞くなもないものです。そうなったらあたくしだって、意地でも尋ねてやるものですか。だけどまさか怒鳴りつけるわけにもいかない。せいぜい穏やかに、なにが現れたんです？　と聞いたけど、それには答えずに、

「あんたには悪いことをしたが、いまからでも遅くない。丸ごと焼却炉にでも放り込んで、すっかり燃やしちまってくれればいい。さもないとあんたのところにも、現れるかもしれない。あんなものがこの世に残っていたら、そりゃあおちおちとはできないはずだからな。頼むよ、頼むよ」

その物のいい様と来たら、どう見ても正気じゃありません。その上なにしろ、うちまで持ってくるんだって難儀した、嵩《かさ》の張ったシロモノなんですから、それがそっくり入れられる焼却炉なんて、そんじょそこらにあるものじゃないのに。

「今晩引き取りに来るというんだ。いまからじゃ遅いかも知れないが、ここにある手紙はこれから全部焼いてしまうつもりだよ。だからあんたもそいつを焼いちまってくれ。手紙さえなくなれば満足するかもしれないが、万が一ってこともある。いいかい、頼んだよ。いずれなにかで埋め合わせはするからね」

そういって電話は切れてしまいました。それでどうしたかって、なにもしませんでしたよ。顔を合わせたときはアルコール中毒にも神経衰弱にも見えなかったけど、思い返すほどに正気の沙汰《さた》とは思えませんでしょう。それとも案外こっちが真に受けて処分したりしたら、後になって「なんだ、本気にしたのかい？　冗談だよ、全部」なんて手を打って笑われるんじゃないかって思えて。どちらかというとそういう人でしたから。

でも翌日、知らせを聞いて驚きました。その業者の倉庫から火が出て、倉庫の中だけが全焼して、店主が焼死したというのです。新聞でご覧になりませんでしたか。横浜のアンティーク屋の倉庫で、主《あるじ》が焼身自殺したっていう。遺書もなければ動機もわからない、ただ扉の鍵はすべて内側からかかっていたから、自殺以外考えられないって。

ですけどあたくし、見つけてしまったんですよ。頭板に隠されていた引き出しを。どこにって、改めてしげしげ眺めている内に気がついたんです。なんでこの女の顔が妙に下品に見えるのか。開いた口の下唇がそこだけ汚れて、大きく下に垂れ下がっているように見えましょう。手で繰り返し触ったものだから、上塗りのニスが剝げかけているんですね。その口のところを力をこめてぐっと押すと、木画の下から引き出しが飛び出してまいりました。もう一度押したら、その下からもうひとつ。

最初の引き出しは空だったけれど、もうひとつの方には入っていました、手紙の束が。そりゃあもう、七十年間毎週届いていた手紙なら、それでも少ないくらいですもの。でもその後こうして木画のパネルを外すために、部材はすべて分解しましたから、それ以上は隠し引き出しのないことは確かでした。その手紙ですか？　ほら、これですわ。なんだか薄汚い紙束にしか見えませんでしょ。でも、それは売り物ではございませんのよ。験が悪いから？　ええ、まあそうかもしれませんね。ご安心なさいましな。あたくしは読んじゃおりませんから。広げてご覧に入れましょうか？　ほら、長の歳月でインクはすっかり色褪せて、読もうにも読めないほどでございましょう。

本当のところはどうなんだ。読んだのか読まなかったのかって、いくらいいえとお答えしてもご満足戴けないなら、申しましょうか。はい、読みましたよ。それはロマンティックとかセンティメンタルというのとは、少し違った内容の文面でした。カタカナことばをそのまま続けさせてもらうなら、ずいぶんとポルノグラフィックなものでしたの。恋愛というより性愛、男が相手の女に対して抱く、性的妄想を煮詰め煮詰めてペンにつけて書いたような、サド侯爵の『美徳の不幸』を、体臭がかおるほど生々しくしたようなな。それくらいの抽象的な表現で、どうかご勘弁下さいな。

手紙には日付がありました。すでに二十世紀になってからのものでした。ということは、十九世紀の半ばに修道女となった女性は、かなりのお歳になっていたと考えなくてはなりますまい。当然ながら、その手紙を書いている男の方も。ですが別れて数十年の歳月を経た恋人に送るには、あまりにも、そう、生臭い内容でした。自分が読み違えているのだろうとも考えましたけれど、どうしてもそうとは思われないのでした。さらにいえばその手紙を捨てもせず寝台の頭板に隠し、老いて死ぬまで持ち続けた女性の心情も、不思議といえばいえましょう。けれど少なくとも不快に思ったなら、そうしてしまっておくはずもありませんわね。それも毎晩自分が眠りにつく寝台の、頭のすぐ上にある引き出しの中に。でも少なくともいまの時代なら、誰もそれを取り立てて非難するようなことは、ないのじゃありませんかしら。ましてこの日本は宗教裁判も異端審問所もない、神様も仏様も魑魅魍魎《ちみもうりょう》も、みんな仲良く暮らしている土地ですから。

さあ、ではお気の済むように、見ておられる前で燃やしてしまいましょうね。
これが良さそうです、金《かね》の洗面器の中で。
蠟燭を立ててその火に炙《あぶ》って、すっかり灰にしてしまいますよ。
ほら、燃えていく。香料入りの蠟燭ですから、香りが立ちますでしょう――

ああ、消えましたね。なにがって、あなたの足の下に伸びていたやけに濃い影が。全然お気づきじゃなかったんですか？　身体が重いように感じませんでしたか。なにかこう、見えはしないけれど大きな、鉛の板の入ったどてらでも着せかけられていたような。あなたと一緒に、すうっと店の中に入ってきました。あたくしの目には、黒一色の修道服姿の女、のように見えましたけれどね。頭布《ずきん》を深くかぶって、顔は影になって見えなかった。ただ、目がじいっとこちらを見つめていて、それだけであぁ、これか、とは思いましたよ。だからあたくしもじっとその目を見返して、逸らしませんでした。ひとつ間違ったら、同業者と同じようにこの店から火が出て、あなたもあたくしも燃え死んでいたかもしれませんねえ。
それからって、これで終わりじゃいけませんか？　まだなにか、隠していることがあるように見えるって、おお怖い。好奇心は猫も殺すなんても申しますよ。どうしてもとおっしゃるなら、そうですねえ。そのマグダラのマリア、お買い上げくださいます？そうしましたらおまけに、本当かどうかわからないお話をつけて差し上げましょ。

隠し引き出しの中には、手紙束の他にもう一枚、別の紙が入っていたのです。それはたぶんそこに隠すべきものではなく、たまたま混ざり込んでしまったものではなかったかと思います。修道院の薬草園で、栽培するべき薬草の名や効能を書き付けた、院長が執筆した本草書の下書きらしいものでしたから。

今の時代は本当に便利だこと。パリの国立図書館に収蔵されている、その方の手稿がネットで見られますの。その中にほぼ同じ文章が見つかって、それが院長の手になるものだとは断言してよかろうと思われました。ですがその草稿と、リボンで束ねられている手紙の文面を並べてみると、同じ手で書かれた筆跡だとしか見えませんでしたの。

そうです。性的妄想を煮詰めた、猥褻《わいせつ》なポルノじみた手紙を書いていたのは、別れた恋人ではなく修道女自身だったのでした。

届いた手紙に返信をしたためていたのではなく、修道院の住所と自らの名を表書きに書いて、恋人の名を差出人にして、彼女は自分に書き送っていたのでした。

毎週、毎週、何十年も。

列聖さえ噂された女性の、それが誰にもいえない秘密でした。

可哀想《かわいそう》に。その秘密を知られたくないばかりに、今日までさまよっていたんですね。

灰になった手紙同様、きれいさっぱり忘れてさしあげるのが、なによりの供養でございましょうよ。


おや、本気になさいました？

冗談ですよ、全部。

お買い上げ有り難うございます。

見つめるひと

柴田よしき

母が消えた時、わたしは七歳だった。それでも母についてはかなりはっきりとした記憶をいくつも持っている。母は決して、悪い母親ではなかったと思う。少なくともわたしのことは可愛《かわい》がってくれていたし、とても優しかったのだ。だから今でもまだ、母がなぜわたしを置いて家を出たのかが理解できない。たとえば父とは別の男を愛してしまったのだとしても、そしてそのことが原因で父に追い出されたのだとしても、どうしてわたしを連れて出てくれなかったのだろう。

そのことが、今でもわたしの心の底に澱《おり》となって沈んでいる。普段は忘れていられるし、たまに思い出してもあまり考えないようにすることでやり過ごせるのだが、何かのきっかけで心がひどくかき乱されると、沈んでいた澱が舞い上がって心の表に浮いて来る。

黒く、苦い、澱。

母親に捨てられた子供、というコンプレックスが、あれからずっとわたしを縛り、抑制して来た。それゆえに、わたしは努力した。勉強も運動も、誰にも負けなかった。誰かに負けた時、あの子は母親に捨てられるくらい駄目な子なのよ、とささやかれるのがおそろしくて。時にはいじめっ子の側についてまで、いじめの対象にならないよう姑息《こそく》に逃げ回ったのも、いじめっ子の口から「母親に捨てられた子供のくせに」という言葉が出るのをおそれたからだ。一度その言葉が外に出てしまえば、もうわたしは彼らの君臨する世界ではカーストの最下層に落ちてしまう。そして、子供を捨てて逃げた女、という醜《みにく》いレッテルがべったりと、わたしの母に貼られてしまう。

わたしにはそれが何より耐えられなかった。なぜなら、想い出の中にいる母はとてもはかなげで、夜桜から舞い散る白い花びらのように優雅だったのだから。あの美しい記憶が、他人の口で無様《ぶざま》に穢《けが》されることだけは、どうしても防がなくてはならなかったのだ。その為ならば、同級生の誰かがいじめられて泣いていても、それを見て見ぬ振りをして耳をふさぎ目を閉じるくらいのことは何でもない。自分が卑怯者になることなど、たいしたことではなかった。教師に好かれる為に同級生のいたずらを密告し、大人の前では良い子になった。嘘もたくさん吐《つ》いた。

何もかも、自分の身を守る為、そして、母を守る為だ。

わたしは、わたしを捨てた母を憎みながら、今でも、とてつもなく愛している。

いつものように車は橋を渡り、テレビ局の建物のあかりがまばゆく前方に現れる。午前四時少し前。七時に始まるモーニングショーで、わたしの担当コーナーはだいたい八時頃に放送される。番組の当日ミーティングは午前五時半から。番組が始まるとスタジオの隅で待機しつつ、その日のニュースや時事ネタなど、冒頭で取り上げられた話題をメモに取る。それによっては、その日のNGワードも決めておかなくては。

わたしがこの春から担当になったコーナーは、時間にして十分ほど。新作映画の紹介と、映画俳優たちのよもやま話を映画評論家と一緒にするだけのものだったが、視聴者からの反応は悪くない。その功績はわたしのものではなく、軽妙なトークと辛口コメントで人気の映画評論家、橘《たちばな》陽介《ようすけ》によるものだ。イケメン映画評論家として雑誌や新聞などに映画コラムをいくつも連載し、ラジオ番組も持っている橘は、表の顔と裏の顔がある嫌な男だ。が、橘の機嫌を損ねてしまうとコーナーがたちゆかなくなり、そうなれば降板させられるのはわたしなのだから、とにかく橘に気分良く仕事をして貰う為にあらゆることを我慢するしかない。

「あ」

車が橋を渡り切った時、わたしは今日もそれを見つけた。

橋のたもとに灯《とも》った街灯の下、明るく照らされたそのわずかな場所に、彼女が立っている。

思わず腕時計を見る。午前四時ちょうど。普通の人が出歩く時刻ではない。

車は橋を渡り終えて直進道路でスピードをあげるので、その女性の姿が視界に入るのは一瞬だ。

彼女の存在に気づいたのは数日前からだ。ホームレスなのだろうか、とても粗末な服装で、髪もただ長く伸ばしているだけ。その髪が顔にかかっているので顔がよくわからないが、街灯の光の中で髪に混じった白い毛がよく目立つ。おそらく、六十歳くらいにはなっているだろう。だがホームレスだとしても、どうしてこんな時刻にあんなところに立っているのだろう。

テレビ局のあるそのあたりは再開発された埋め立て地で、昼間は多くの観光客や買い物客で賑わうが、夜はゴーストタウンのように人の気配がなくなる。局の建物の周囲に緑地帯や小さな公園などはあるが、ホームレス対策は徹底していて、段ボールハウスなどは見つけ次第撤去されているらしい。彼女はどこで暮らしているのだろう。わざわざこんな時刻に橋を渡って来るのだろうか。

その時、わたしの脳裏《のうり》にあることが甦《よみがえ》った。

あの髪で何かが光っていた……髪留め？ ヘアピンだ。何か、光る石のようなものがついたヘアピン。

わたしは、衝撃で思わず、あっ、と叫んだ。

「どうかなさいましたか？」

タクシーの運転手が振り向く。

「あ、いえ、大丈夫です」

答えたわたしの声は、震えていた。

＊

「あり得ないよ」

電話の向こうで、父は即座に言った。「他人の空似《そらに》だ。第一、髪がかかっていて顔は見えなかったんだろう？　体型や雰囲気だけなら似ている人はこの世にごまんといるし、第一あれから二十年だぞ、生きていたとしてもおそらく、だいぶ変わってしまっているだろう」

「でもあのヘアピンが」

「ヘアピン？」

「わたしがお母さんの誕生日にあげたものなのよ。お年玉で買ったの。まがいもののガラス玉だけどすごくきらきらした石がついてたの。わたし、あれがダイアモンドだと信じて買ったのよ。お母さんは、ダイアモンドが綺麗ね、って喜んで」

「亜子《あこ》、やめなさい」父の声は不機嫌だった。「君の母親は事故で死んだ。飛行機がインド洋に墜落したんだから、遺体が見つからないのも仕方ない。搭乗者名簿に彼女の名前がちゃんとあった」

「ローマ字で、KEIKO SUZUKI とあっただけじゃないの。スズキケイコなんて日本人なら珍しくない名前だわ」

「名簿でその名の上にあったのは、YOUICHI ITO だ。彼女がわたしと君を捨てて選んだ男の名だよ」

「イトウヨウイチだってありふれた名よ」

「そうかもしれない。だがその二つの名前が並んでいれば、それは我々が知っている二人ということになる。亜子、もう忘れなさい。ガラス玉のついたヘアピンなんて、それこそどこにでもあるだろう。わたしの元の妻であり君を産んだ女性は、もうこの世にはいない」

父にあらためてそう言われれば、その通りだった。あれが母であるはずはないのだ。母の実家とは縁も切れているので、母が法的にも死亡とされているのかどうかは知らないが、母が生きている可能性はまず、ないだろう。

わたしは通話を切り、クローゼットの扉を開けた。クローゼットのいちばん奥の棚には、わたしの過去がしまってある。子供の頃のアルバムや、賞状の類《たぐ》い。着なくなったけれどどうしても捨てられない服。そうした過去の残骸のさらに奥に、壊れたオルゴールがあった。もう音は鳴らない、ただの箱。留め金を外して蓋《ふた》を開けると、中に小さな空間がある。小物をしまっておけるオルゴールだったのだ。そしてそこに、ガラス玉のついたヘアピンが一本。

母とおそろい。母と同じものを身につけたくて二つ買った。一つを母にプレゼントして、母がそれをつけてくれたら自分も同じものをつけて、母を驚かせるつもりだった。けれど、あの日から数日後に、母は突然家を出た。

わたしはすべてを知っていた。わかっていた、だから母にプレゼントを贈ったのだ。わたしのことを思い出して、わたしを置いて行かないで。切なく、必死にそう思って、このヘアピンを買ったのだ。七歳のわたしは、たぶん今憶えているよりもずっと、大人だった。母が父ではない男性に惹《ひ》かれているのをちゃんと感じとっていた。それでもわたしは信じていた。信じていたかったのだ。母はわたしを捨てない。置いて行ったりしない、と。

ヘアピンを髪にとめて、鏡の前に立ってみた。

わたしは、昔の母によく似ている。父は決してそれを認めないけれど、何かの集まりで親戚と会えば、彼らがこそこそと話しているのが耳に届く。やっぱり母娘《おやこ》だねえ。よく似て来たねえ。それはわたしにとって嬉しいことなのだ。想い出の中の母は美しかった。その母に似ているわたしも、美しい、ということになる。だがわたしは自分を知っている。わたしは美人ではない。母に似ているのに、母ほど美しくないのだ。

鏡の中にいるわたしも、美しくは見えなかった。

＊

「いろいろ勉強させていただき、本当にありがとうございました。いつかまた、一緒にお仕事ができればと思います」

わたしは深く頭を下げた。橘は何も言わなかった。

橘陽介は降板したが、映画批評コーナーは継続が決まっている。そしてわたしも続投だと正式に通達があった。橘の後任は、映画通で知られる若手男優らしい。どんな人間が来るにせよ、橘よりはましだろう。

「橘さん、不倫すっぱ抜かれるなんて脇が甘いよね」

ディレクターの菅井《すがい》が小声で耳打ちするように、わたしの顔の近くで囁《ささや》く。

「W不倫じゃなあ、降りて貰うしかないよな。なんか最近、世間様は不倫狩りが大好物だし。亜子さん、大丈夫？　恋愛はいいけど、妻子持ちはやめといてよね」

「大丈夫です。わたし今、恋愛よりもこの仕事が面白くて」

「コーナーの人気は高いし、亜子さんの好感度もどんどん上がってるからね。あ、でも、橘さんの毒舌とイジメに健気《けなげ》に耐えてる亜子さんだから好感度高くなったのかも。その意味では、橘さんに感謝しないと」

「感謝しています……とっても」

「でも亜子さん、強運の持ち主だね。今だから言うけど、橘さん、亜子さんの代わりに香坂礼奈《こうさかれいな》を推してたんだよ、次の編成で。亜子さんはもう飽きられた、なんて言ってさ、ほんとは香坂礼奈に興味があったんだろうな、あの人、とにかく女子アナに手を出すので有名だったし。亜子さんは真面目であの人の誘いには乗らないタイプだもんね。しかしいくら女子アナ好きったって、夫も子供もいる他局の看板アナと不倫しなくてもいいよなあ」

　わたしは笑顔で菅井のそばを離れた。橘が自分を嫌っていることは薄々感じていたし、番組改変期の今秋に、パートナーを換えて欲しいと思っていることにも気づいていた。橘のおかげでわたしに同情的な支持が集まっていることはもちろん自覚していた。わたしの好感度が高いのは橘のおかげ、それは正しい分析だ。だが橘もそのことを意識していて、だからわたしを降ろそうとしていたのだろう。

わたしは、そんなことくらいで負けたりはしない。

番組が終わり、翌日の打ち合わせを終えてからアナウンサー室に戻り、事務仕事をこなす。朝は始発前なので局が用意するタクシーが迎えに来てくれるが、帰りは電車だ。それでも午後の早い時刻には社屋を出られるので、夕方の通勤ラッシュとは無縁でいられる。

地下鉄の駅は社屋のすぐそばにあるが、わたしは一駅歩くことにした。

橋の手前、街灯のあたりで立ち止まった。昼間見ればそのあたりは整備された芝生《しばふ》の緑地帯で、ホームレスが隠れていられるような場所ではない。彼女はやはり、毎朝橋を渡ってわざわざここに立っているのだ。何のために？

あの女は、わたしを見ていた。顔はわからなかったけれど、確かに視線を感じたのだ。一瞬だが、わたしを見つめる目が確かにあった。あんな時刻にここを通る車は多くない。あの女がここに立っている目的は、たぶん、わたしだ。あのヘアピンがその証拠。あの女は、母に違いない。母は死んではいなかったのだ。今頃になって現れて、わたしに何を言うつもりなのだろうか。わたしがテレビに出るようになったので、お金でもせびるつもりなのか。あんなみすぼらしい姿になって、お金に困っているのは間違いなさそうだ。

わたしの胸に、怒りが湧き起こった。母は美しい人でなければならない。あんな、老いた惨《みじ》めな姿をわたしの目に入れてはいけないのだ。そんな権利はあの女にはない。夫以外の男に溺れて自分の子供を捨てた女。それなのに、わたしの心の中に唯一《ゆいいつ》残された、母は美しい人だった、という誇りまで、今頃になっておめおめと現れて消し去るつもりなのか。

わたしは決心した。明日の朝、あの女をつかまえる。そして問い詰めるのだ。なぜわたしを捨てたの？　と。

帰宅するとわたしは社に連絡し、タクシーの手配を断った。そして社屋まで歩いて行けるところに宿をとった。ホテルの部屋は快適だったが、その晩は眠れなかった。

午前三時、わたしはホテルを出て、社屋に向かって歩き始めた。橋を歩いて渡る間、暗い川面《かわも》に反射する街灯やマンションの灯りが星のようだ、と思った。

橋を渡り終え、街灯の下に立つ。毎朝、彼女を見かける時刻まであと十分。……あと八分。……あと五分……

　不意に、目の前に彼女が現れた。

「ママ！」

　わたしは叫んだ。

「あなたママよね？　わたしのママでしょう？　今までどこにいたの？　飛行機に乗ってなかったならどうして、隠れてたの？」

　彼女が後ろに下がったように感じて、わたしは飛びついた。逃がさない。もうどこにも行かせない！

「どうして、なんでわたしを置いて行ったの？　なぜ連れて行ってくれなかったの？　わたしがあげたヘアピン、そうして持ってるのに！　ほら見て、ママ。わたしも同じものを買ったのよ！」

　わたしは髪にあの、安物の飾りをつけていた。

「なぜ、なぜ、なぜなのママ！」

　わたしは叫び、摑《つか》んだ女の肩を激しく揺すった。

「答えて！」

「変わらないね、亜子」

女が言った。髪のせいで口もとは見えなかったが、どこからか声が聞こえて来た。

「あなたは変わらない、七歳の時から。あの時も、ママとあの人とのこと、パパに告げ口したよね。あなたは昔からそうだった」

「……だって……だって、嫌だったんだもの！　ママがパパ以外の男の人のこと好きになるなんて嫌だったのよ！」

「ママはあなたが怖くなったのよ。だからあなたを置いて出たんだわ。亜子は自分が嫌だと思うものを、簡単に消し去ろうとする。また同じことをしたでしょう？　橘陽介の不倫、週刊誌に密告したのは、あなた」

「……自業自得じゃないの、あんな奴。わたしが告げ口しなくたって、いずれバレたわ。ママだってそうよ、わたしがパパに言わなくても、パパはとっくに知っていた」

「亜子」女の髪が揺れ、まがいもののダイアモンドが光った。「変わりなさい」

「……ママ？」

「変わるのよ、亜子。本当に何かを得たい、誰かに愛されたいと思うなら、変わるしかないわ。変わらずにいれば、わたしになる」

「誰になるって？　ママみたいになるの？　勝手なこと言わないで。子供を捨てたくせに、お説教なんかしないで！　ママ、お金に困ってわたしにたかりに来たんでしょ？　わたし、こんなママは大嫌い！　こんなママ、わたしのママじゃない、綺麗じゃないし惨めでみっともなくて、嫌！　もう消えて。わたしの前からいなくなって！　ママなんか生き残らなければ良かった。事故で死んじゃえば良かったのよ！」

わたしはバッグからナイフを取り出した。

「ママはきっと、わたしを破滅させる。マスコミにママのことが知られたら、わたしはどうしたらいいの？　実の母親が男をつくって出て行ってホームレスになっていたなんて……わたしのママはもう死んでる。だからここであなたの遺体が発見されても、ホームレスの女が死んだ、それだけのことなのよ。お願い、ママ。もうわたしをわずらわせないで！　ずっと、ずっとずっと、ママに捨てられたことでわたしは苦しんで来た。そのことをみんなに知られたらどうしよう、それが怖かった。もうこれ以上は、嫌なのよ！」

わたしはナイフを突き出した。

女がわたしを抱いた。その腕がわたしの背中を包んだ。

わたしの目の前に、女の顔があった。髪が揺れ、風もないのにふわりと持ち上がる。
ガラス玉が光る。

その目。その鼻。その口もと。
その顎《あご》。

その顔を、わたしはよく知っていた。
ママに似ている、けれどママのようには美しくない。
ママに愛されなかった顔。ママになり損ねた、顔。

わたし。
でもわたしじゃない！　わたしじゃないわよ！
だって皺が、白髪が、醜く節くれだった指が……
老いている。

老いたわたしが、そこにいた。

おまえは……わたしの末路。

最後にわたしが行き着く、わたしの姿。


わたしが見つめる。

わたしを見つめる。


わたしは絶叫した。けれど声は出ず、静寂は動かない。

消えて!

消えて、消えて、消えてええええっ!

わたしは突いた。突き出したナイフを何度も、何度も、老いたわたしの胸に向けて突き出した。

消えろ! 消えろ! 消えてしまえ……

変わりなさい。

また、聞こえた。

変わるのよ……

街灯の光の中、薄れて消えてゆく女が最後に、そう言った。

自分の手で殺してしまったわたしの未来が、わたしを悲しそうに見つめながら、薄れていった。

記憶

福田和代

ずっと気になっている短編小説がある。

小学生のころに読んだ覚えがあり、作者はわかるのだが題名を忘れてしまった。短編集のどれかに収録されているはずで、古本屋で探そうとしたこともあるが、見つけられなかった。怪奇短編の名手とされた作者だけに、作品集もたびたび出ている。

物語は怪談めいていて、友人ふたりと山に登った青年が、そこにいないはずの三人めの友人Kを山小屋で見かけ、ふとした口論がもとで崖から突き落としてしまう。ところが遺体は消え、ふたりの友人はKなど来ていないと証言する。自分はKを殺したのか、殺していないのか。殺していないのなら、なぜそんなふうに思いこんだのか。

携帯電話などない時代だから、Kに電話をかけて様子を尋ねることもできない。ミステリーなら種明かしがあるはずだが、怪談なのでそれはない。ただ、主人公の青年が自分の記憶に確信を持てなくなり、とまどいがやがて脳をシャッフルされるような惑乱と恐怖に変わる——。

主人公は自分自身のあいまいな記憶に怯《おび》えて、Kを死なせた（と思っている）崖から自分も飛び降りて死ぬ。

そんな結末だったと思いこんでいた。

「お兄ちゃん、違うわよ。あれ死なないの。すんでのところで、Kがのんびり山に登ってくるの。手を振るKを見て、主人公が大地に崩れ落ちるのがラストシーンでしょ」

父の葬儀で実家に戻ったとき、何がきっかけになったのか、その短編小説について妹と言葉を交わす機会があった。だが、ふたりの信じている結末が異なるのだ。

「どの本に入ってたかなあ。でも、間違いなく同じ小説のことを話してるよ。私も好きだったもん、あれ。怖かったよね、自分の記憶を信じられなくなるあたりが」

——そんなはずはない。

Kの生存が明確になれば、小説の怖さが損なわれるじゃないか。半減すると言ってもいい。生きているのか、死んでいるのかわからない。それが究極の恐怖なのだ。

私は今でも、あのラストシーンを映像のように脳裏《のうり》に思い浮かべることができる。切り立つ崖から下を覗《のぞ》きこむ主人公。Kの胸を突いたときの手のひらの感触と、驚いて丸くなったKの目を覚えている。自分が何をしたかわからない恐怖にすくみ、主人公は地面のない空間に、ふらりと脚を踏み出すのだ。

崖っぷちに立ち、下から吹き上げてきた突風に息を詰まらせたことや、まぶしい太陽を見上げて手をかざしたこと、ふたりの友達が遠くで喋《しゃべ》りながら、飯盒《はんごう》で炊いている飯の匂いまで、まるで自分の体験のようにはっきりと覚えている。

Kが手を振りながら登ってくるだと。そんな間抜けな結末があるか。

だが、小説の現物が見当たらないので、妹との議論は結局うやむやになった。

何年かして、バーでたまたま隣り合わせた同年輩の男性が、とてつもない本好きだった。また性懲《しょうこ》りもなく、例の短編小説の件を持ち出してみると、彼は目を輝かせた。

「懐かしいなあ。その小説、子どものころに僕も読みましたよ。今はもう、あまり書いてない作家さんの本ですよね。途中までものすごく怖かったのに、Kが山に登ってくるラストシーンで、ホッとしすぎて泣いちゃいましたよ」

――嘘だろう。

この男も、妹と同じ結末を話す。私は髪を掻《か》きむしりたくなった。記憶のなかにある、あの映像はいったい何なのだ。

小説の主人公と同じように、私自身の記憶が損なわれているのだろうか。それにしても妙だ。私の脳裏には、あまりにも鮮明な像が結ばれている。

ネットで検索もかけてみた。だが、作者の名前はわかっても、短編の題名も、本のタイトルも不明となると、まったくヒットしない。四十年も昔の作品だというのも影響して、あわよくばネットで結末を調べようという私の意図は、あてがはずれた。

喉元《のどもと》まで答えが出かかっているのに、どうしても答えられないクイズに悩まされているような気分がする。そのせいで集中力が落ち、仕事もはかどらない。

そんなときだった。ある朝、混雑する通勤電車内で、スマホを片手にニュースを見ていると、何かの啓示のように作者の顔写真が現れたのだ。

八十歳を過ぎ、自宅の庭の手入れにも飽きたので、そろそろ人生最後の短編小説を書こうとしているという、インタビュー記事だった。四十年前よりずっと痩せ、顔つきは厳しい。色白の顔には、茶色い染みがあちこちに浮いていて、年齢を彷彿《ほうふつ》とさせる。

――隣の市に住んでいるのか。

こんなに身近な場所にいるとは、思いもよらなかった。

隣の市は人口七万人ほどだ。作家の本名が「曽我部《そがべ》」であることは、ウィキペディアを見て知っている。隣の市の電話帳で「曽我部」を探すと、二十三件の掲載があった。

すべて男性の名前だ。作家が電話帳に載せているかどうかはわからない。だがとりあえず、八十の坂を超えた男性にふさわしい名前から、ひとつずつ電話をかけてみた。三軒目で、当たった。留守番電話だった。

「はい、曽我部です。ただいま留守にしております。……」

それは、「作家が読む自作小説」というCDで、繰り返し聞いた声だった。枯れて骨だけになった老作家が、軒下でカタカタと風に鳴っているような、ほとんど感情のこもらない、乾いた印象の話し方だ。

電話帳に書かれている住所を控えた。私はかすかに興奮を覚えながら、そっと公衆電話の受話器を置いた。

——これは、行けという啓示だ。

相手の迷惑になろうが非常識だろうが、知ったことか。何年も胸につかえていた疑問を、晴らす時が来たのだ。

次の日曜、私は隣の市に向かい、スマホの地図を頼りに、作家の自宅を探し当てた。戦災や震災の影響を受けず、古びた日本の街並みが今も残る住宅街だ。歩いていると、「金鳥」「アース」「ボンカレー」「オロナミンC」といった、昔よく見かけた琺瑯《ほうろう》の錆《さ》びた看板が、今も民家の壁を飾っている。ほのかに懐かしい気分を誘う。

作家の家も、築後十年は経っていそうな、瓦屋根の日本建築だった。雨戸も窓枠も木製なのには驚いた。

表札に「曽我部」とあることを確認し、私はインターフォンを押した。インターフォンがあることに、ホッとした。

『――はい』

例の、「乾いた骨」が喋っている。私は緊張して、喉がいがらっぽくなり、手まで震えてきた。

「あの、先生のファンです。先生がずいぶん昔にお書きになった小説の結末について、少々お伺いしたいことがありまして」

『――はい』

続きを話せという意味だと受け取り、話し続ける。

「私が記憶している結末と、みんなが正しいという結末が異なるのです。子どものころに読んだきりなので、本が手元になく、タイトルも思い出せず確かめられなくて」

作者本人に、短編小説のあらすじを話して聞かせるなんて、突拍子もないことをしているという自覚はあったが、私は熱をこめて自分の覚えている結末までを語った。

「でも、他の人は、最後にKが山に登ってきて、主人公は死ななかったと言うんです」

長い沈黙が訪れた。

『――上がりなさい』

スピーカーからざらつくノイズが漏れ、乾いた骨が言葉少なに言った。中に入ってこいという意味だと思い、私は竹を組んだ枝折戸を押して、庭に歩み入った。玄関の引き戸が目の前で開き、そこに、作務衣《さむえ》を着た作家が待っていた。

「その短編は『Kの行方』だ」

鶯《うぐいす》張《ば》りのように、神経質な音をたててきしむ廊下を、書庫に案内しながら作家が訥々と語っている。

「私の短編集には収録されていないから、見つからなかったのも当然だ。当時、ジュブナイルのSFアンソロジーに書けと頼まれ、子ども用に書き下ろしたものだからね。SFという注文だったが、私はどう書いても怪奇小説の類《たぐい》にしかならないので、それで勘弁してもらった」

これがそのアンソロジーだと、日の射《さ》さぬ書棚の隅から取り出してみせたのは、子ども向けらしいロケットのイラストのついた、ハードカバーの本だった。タイトルは『夢を飛ばそう』。この絵、この書名、たしかに見覚えがある。

受け取るときには手が震えた。何年も探し続けた本が、いま私の手の中にあるとは。手のひらで表紙を撫《な》でまわす。まちがいない。私が読んだのは小学校の図書室で借りたもので、何度も読まれてボロボロになり、背表紙をテープで補修されていた。そんな記憶まで蘇《よみがえ》ってくる。

急いで目次を確認し、「Kの行方」のページを繰る。私の喉から、知らぬ間にかん高い歓喜の声が漏れていた。

――これだ。この物語だ。

ふたりの友人と山に登ったが、三人めのKが遅れてやってくる。口論は恋人の浮気を疑ったせいだったのか。子ども心に、良くないことが起きたのだとは感じていた。とっさにKを突き飛ばす、崖から落ちて殺してしまったと思う、ところが遺体は消えている。

そうだ、そうだったと頷《うなず》きながら私は読み進め、問題のラストシーンまでたどり着いた。

「――えっ」

手が止まる。

どくんと心臓が一回、跳ねる。

そんなはずはない。

懊悩する主人公は、おーいと呼ぶ声に顔を上げる。Kが山に登ってきたのだ。明るい表情で、こちらに手を振っている。

――Kが生きているだって。

「嘘だ――そんな、こんなの嘘でしょう」

私のほうが書庫の床に崩れそうだと感じながら、私は震えて作家に詰め寄った。

作家は枯れ木のように痩せ細った腕を組み、半眼になって私を見つめた。それから「聞きたいことがある」と言い、書庫を出て応接間に招かれた。

高齢の作家はひとり暮らしで、週に何回かお手伝いさんが身の回りの世話をしに来るそうだ。この日はその日ではなく、お茶を出せないことを詫びたが、お茶などどうでもいい。

「私が最初に書いた小説では、君の言うとおり、主人公が崖から足を踏み出すシーンで終わっていた」

　作家は気難しい表情で、眉根を寄せて口をすぼめた。私は驚き、彼の話に耳を傾《かたむ》けた。

「だが、それではあまりに後味が悪いと編集者が言うのだ。なにしろ子ども向けだからな。それで、結末を書きかえて」

「でも――」

「君はさっき、飯を炊く匂いについて書かれていたと言ったね。突風が吹き上げてきたことも」

「はい。たしかに、そういうシーンを読んだ記憶があるんです」

　ふむ、と呟いて作家は虚空を睨んだ。

「――不思議だな。私が最初に書いた物語には、その場面があった。子どもたちのために、改稿するまではね。君はどうしてその原型を知ったのだろうな」

　それは私が聞きたいことだ。

「元の形で、他の短編集に掲載されたことがあるのでは――」

「それはない。原稿用紙に万年筆で手書きしたものだからね。元の原稿は、改稿するとすぐ廃棄した」

「そんな——」

絶句するしかない。私は一瞬、作家にからかわれているのではないかとも疑った。だが、鋭く尖《とが》った顎《あご》を持ち、陰鬱《いんうつ》な目をした作家の表情のどこにも、他人をからかおうとする、暗いユーモアは現れていない。昔から、真面目で一徹な文士だった。

「——行き場のない、見捨てられた物語の結末が、君を選んだのかもしれないな」

作家の口ぶりに、ほのかな熱気がこもっている。暗い双眸《そうぼう》に、これから獲物を狩る虎《とら》のような、強い輝きが灯る。彼の汗くさい体臭を嗅いだ気がして、私は身体《からだ》を引いた。

私を選んだと彼が口にしたとき、「物語」がぬるりと私の身体のなかに押し入ってきたような感覚がしたせいかもしれない。

——よしてくれよ。

「誰にも読まれないはずの物語が、君のなかで命を長らえているのだ。書いた私ですら、君の話を聞くまで、そんな別バージョンがあったことすら忘れていたよ」

「しかし、そんなはずはありません。何か説明がつくはずですよ」

「どんな説明だね」

「たとえば、私はもう覚えていませんが、先生が廃棄した元の原稿を、どこかで拾って読んだとか――」

　初めて作家が笑うと、薄赤い唇から黄色い乱杭歯が覗いた。歯医者に行けよ、とちらりと考えた。

「君はなかなか想像力が豊かだな。作家向きなんじゃないか。だが、私は原稿を廃棄するときには、必ず自分の手でシュレッダーにかけるようにしていてね。申し訳ないが、そんなことはありえない。あの原型は、私の頭の中にしか存在しないよ」

　――そんな馬鹿な。

　私は応接間のソファで頭を抱えた。昔から気になっていた謎を解こうとここまで来たのに、まさかさらなる謎に突き当たるとは。

　作家は、テーブルに載せたアンソロジーを手に取り、大切そうに表紙を撫でた。

「最初、私は改稿を断った。だが、あらためて考え直してみると、子ども向けの小説として、結末は希望の持てるものにしてほしいという、編集者の意見はもっともだと私も考えるようになった。だから書き直しの提案に応じたのだが、最初の物語にも心が残っていたのはたしかだな」

　ハードカバーの表紙を撫でる、染みだらけの作家の手を見つめた。太い静脈が浮き、ゾウの皮膚のような皺に包まれた手だった。

「私は時おり考えるのだがね。物語は、いつの時点で生まれるのだろう。読者の手元に届いたときか。書籍として印刷されたときか。最後の文字を、作家が書き上げたときだろうか。それとも、作家の心に物語の断片が浮かびあがったときには、既に物語に命が吹きこまれているのだろうか」

「――わかりかねます」

「そうだね」

作家は万年筆を手に取り、「Kの行方」の題扉のページを開くと、ぎこちない手つきでサインを書いた。

「君、名前は？」

私が答えると、いちばん上に為書きを入れてくれた。

「君に差し上げよう。私もそろそろ歳だからね。大事に抱えているより、君が持っていてくれたほうがいい」

そう言って私に渡してくれた。私は丁重に礼を述べ、作家の自宅を辞去した。

――それが、私の記憶だ。

ガタガタと建付けの悪い玄関の扉を引き開け、何度も頭を下げて立ち去る私を、腕組みして見送ってくれた作家の姿を覚えている。強く握ると、ポキリと折れてしまいそうな、骨と皮ばかりの腕だ。

濃紺の作務衣の足元は、裸足《はだし》に下駄で、あれで寒くないのかと私はちらと思った。作務衣の肩に夕陽が差し、オレンジ色に光っていた。その様子もありありと目に浮かべることができる。

敷地の外に出て、枝折戸をふたたび閉じると、私はまた頭を下げた。作家はかすかに顎を引いて、頷いたように見えた。

さて、どうしよう。このまま書き続けるべきかどうか、悩むところだ。

――私はいま、スマホで作家の急逝を知らせる記事を読んでいる。

月曜の朝、お手伝いの女性が、応接間で刺されて死んでいる作家を発見し、警察に通報した。死亡推定時刻は、日曜の夕方五時前後だという。

作家は来客を応接していたのか、テーブルには日本茶が入った茶碗が二客、出されていた。日曜はお手伝いの女性が休みだったので、作家自身がお茶を入れたのだろう。来客の予定はなく、そもそも近ごろは、誰かが訪ねてくることもなくなっていた。誰と会ったのか、お手伝いの女性も、誰も知らない。

凶器の柳刃包丁《やなぎばぼうちょう》は、台所から持ち出されたものだった。犯人は、これで作家の腹部を深々と二度、えぐっていたそうだ。

書庫の扉が開きっぱなしで、ぎっしり本が詰まっていたはずの奥の書架に、一冊分の隙間《すきま》がぽかりとできていた。犯人は、そこにあった本を盗んだのではないかとお手伝いさんは推測している。だが、書庫にそれほど価値のある本はなかったと、作家に頼まれて書物の整理を手伝ったことのある古書店主は証言しているそうだ。

私は、手元に残った一冊のアンソロジー、『夢を飛ばそう』をじっと見下ろす。あの日、たいせつに抱えて持ち帰った本だ。たしかに作家が手ずから私に渡してくれたものだ。

ぱらぱらとめくって「Kの行方」を開く。中ほどにあるそのページは、自ら割れるように簡単に開いた。

——題扉のページが、引きちぎられたように失われているからだ。

私は、年老いた作家が動きのぎこちない手で、そろそろと自分の名前をサインし、私の名前も尋ねて書いたその情景を、映画でも見るようにまざまざと目に浮かべることができる。たいせつに本を押し頂いた自分の手も、しっかりと覚えている。

あのページは、いったいどこに行ったのだろうか。

よく見れば、ハードカバーの表紙の角に、赤い染みがべったりついている。最初に見たときには気がつかなかった。これはいったい、何の染みだろう。しかも、虫眼鏡で拡大してみると、その染みはまるで、濡れた血に浸した指で触れたかのように、指紋の一部がくっきりと残っている——。

——そんなわけはない。

隣の市から、大事に本を抱えて帰ってきた、あの日曜の自分を私は覚えている。

誰がなんと言おうと、私は覚えているのだ——。

夕暮れ色のビー玉

光原百合

ビー玉が好きだった。

滑《なめ》らかな手触り。世界を中に封じ込んだような完璧な丸み。透明なガラスの中に花びらのように色ガラスが咲いているものも、虹のような様々な色の縞模様が入っているものも大好きだったけれど、一番好きなのはグレーがかった藍色の、夕暮れの空のような色をしたビー玉だった。ラムネの瓶《びん》に入っているのと同じものだ。ひんやりと冷たいけれど、手の中に握りこんでいるとやがてぬくもって体の一部のようになる。真昼であっても自分だけが夕暮れを握っているようだった。

その頃私たちがやっていたビー玉遊びは、ほぼ「天地人」一辺倒だった。空き地の地面に数メートルの間隔をあけて三つの穴を掘り、向こうから「天」「人」「地」と名を付ける。天地の間にひとがいるということか。そうして、「地」の穴から少し下がったところに線を引き、そこから順番にビー玉を飛ばして、穴に入れていくという遊びだ。

単純なようだが、ビー玉を普通に投げるのでなく人差し指で弾《はじ》くという飛ばし方なので、なかなか簡単にはいかない。さらに、自分のビー玉が落ちたところから片手で覆《おお》える地面の上（穴の中に入っているときは安全圏である）にほかの者のビー玉があったら、そのビー玉に当てるという技だ。うまく当たると、広っぱのはるか向こうまで飛んで行ってしまう。飛ばされたビー玉の持ち主はどんなに遠くでも次はそこから始めなければならないので、これをくらうと負けてしまうことが多い。ただこのカチン、ぶつける方が狙いを外すと、当てられる方は無事で、当てようとしたビー玉だけがはるか遠くに飛んでしまうこともある。もちろんその位置から再開だ。それを厭《いと》うなら弾き飛ばすのはよして、「カチン」と唱えながら相手のビー玉に触れるだけということもできる。その場合、当てられた側は一回休みで済む。男の子たちはそれでは面白くないと、もっぱらビー玉を遠くまで弾き飛ばすことに血道をあげていたけれど。……こうして「地」、「人」と穴に入れていき、最初に「天」の穴に入れた者が勝ち。勝った者はそのゲームで使われていたビー玉を総取りできるというルールだった。

その日、いつものそのゲームをやりながら私ははらはらしていた。うっかり一番お気に入りのビー玉を使ってしまったことに気づいたのだ。ほかの子の目からは何の変哲もない、地味な藍色のビー玉に過ぎなかっただろうが、私の目からははっきりと他のビー玉とは違う、澄んだ深みの、吸い込まれそうな空の色だった。いつもお守りのように、他のビー玉とは違うポケットに入れていたのだが、その日はどういうはずみかゲームが始まるときにそれを弾いてしまったのだ。

この一戦に負ければ取られてしまう。ゲームの途中でのビー玉の交換はできない。今使っているビー玉を取られないためには、私が一番になるしかない。私はいつもと比べものにならないぐらい必死でビー玉を弾いていた。

真ん中の「人」の穴近くに勝負が進んだとき、私の玉のすぐそばに一人の子の玉が落ちたので、私は悲鳴をあげそうになった。その子が自分の玉に親指を載せて細長い指を広げると、楽に私のビー玉に届いた。ここで遠くへ弾き飛ばされてはもう勝つ見込みはない。いや、遠くへ飛んで行って草むらに紛《まぎ》れたら、それきり見つからないこともよくある。私はべそをかきそうになったが、こういうとき「飛ばさないで」と泣きを入れるのは反則だ。その子――ショウくんと呼ばれていた――は私の方を見た。私が泣くのを我慢しておかしな顔になっていたからか、少しの間じっと見ていた。そして、「カチン」とつぶやくと自分のビー玉を私のビー玉に軽く当てた。飛ばすのをやめてくれたのだ。

他の男の子たちは、ショウくんが狙いを外すのを恐れたとみてやんやと冷やかしたが、ショウくんは少しも相手にせず、ゲームを続けた。

大切なビー玉を遠くに弾き飛ばされずに済んだ。でも、勝ちを狙うにはこの段階での一回休みはきつい。私は相変わらず焦《あせ》っていた。

ところがショウくんは、次は天を狙うところまで行ったとき、

「今日はもう『のーかん』にしよう。腹が減ったから」

不意にそう言って、自分のビー玉を拾ってポケットに入れた。「のーかん」というのは、子供たちの間で「ノーカウント」が縮まったものらしいが、要は「勝負無し」ということだ。負けている者が「のーかん」を言い出すことはできないが、勝っている者が言い出すのは構わないという不文律があった。そのときはショウくんが圧倒的にリードしていたので、このままでは自分のビー玉が取られるはめになるとみんなわかっていたのだろう。強く反対するものはおらず、それぞれに自分のビー玉を回収した。私もお気に入りのビー玉をしっかり握りしめたが、その夜空のような色は、さっきより色あせて感じられた。

ショウくんと遊ぶのがそのとき初めてだったわけはない。近所に住んでいて、幼なじ

みといってよかった。けれどショウくんとは、それほど打ち解《と》けて遊んだ記憶がなかった。ショウくんは口数が少なく、大人びた子どもだった。今思えば顔立ちも繊細に整っていたので、十代になっていれば女の子たちの人気を集めていたのではないか。けれど小学生の間での人気者男子といえば、スポーツ万能の運動会のヒーローか、おどけた言動で授業をまぜっかえす面白い子、丁寧《ていねい》に宿題を教えてくれる面倒見のいい子たちだった。ショウくんはそのどれでもなかった。

ショウくんのうちは旧家だったらしく、近寄りがたいほど大きくて古い家だった。ショウくんのうちのことを、「あそこのおじいさんは天狗山《てんぐやま》の天狗だったんだぜ」などと言う男子もいた。天狗山というのは町はずれにある、うっそうと雑木《ぞうき》の茂った山だ。ショウくんのおじいさんが天狗だなどと、その頃本気で信じる子供はさすがにいなかったが、「天狗」という言葉がかろうじて現実味を持って感じられるぎりぎりの年代だったように思う。

そんなわけでショウくんは、私にとってあまり身近な存在ではなかった。ショウくんがあの日、私のビー玉をどうしようかと考えるようにこちらの顔を見ているとき、私もショウくんの顔を見た。正面から顔を見たのはそのときが初めてだったと思う。そしてショウくんの瞳の色が、自分や家族で見慣れた色とは違っていることに気づいた。ショウくんの瞳は、深く美しい藍色をしていたのだ。私の大切なビー玉が色あせて見えるほどの。

その日から、私はショウくんが気になって仕方なくなった。どうしてあのとき、私のビー玉を弾き飛ばさなかったのだろう。私が泣きそうな顔をしていたので憐《あわ》れんでくれたのだろうか。それならお礼を言わなければならないだろうか。でもショウくんは他の男の子のように、ビー玉を遠くに飛ばすことに大騒ぎするようなタイプではなかったので、ただ狙いが外れて自分のビー玉がよそにいくことを避けただけかもしれない。それならお礼を言ったりしてはとんだ的外れ、何をしょってるのかと思われそうだ。

だがそれより何より気になっていたのは、ショウくんの瞳だった。あのときのビー玉は相変わらずポケットに入れて、時に手の中で転がしていたが、以前のようにそれに心を奪われることはなくなっていた。もっと美しいものを知ってしまったから。

あるとき学校からの帰り道、私は前方にショウくんの、ランドセルの似合わない後ろ姿を見つけた。私もたまたま一人だったので、このときを逃《のが》すまいと小走りで追いついた。

「あのね、この間、ビー玉ね……」

それだけ言ったところでどう続けていいかわからなくなると、ショウくんはそっけなく、「別に」と言っただけだった。それでもことさら嫌な顔はされなかったので、私は言葉を続けてみた。

「ショウくんの目、どうしてそんなにきれいなの。そんな目が欲しいな」

すると、ショウくんは眉間に皺を寄せて、はっきりと不機嫌な顔になった。

「欲しければやるよ」

放り出すように言われ、私は一瞬ぽかんとしたが、反射的に手を伸ばした。

「いたっ！　何すんだよ！」

私はビー玉を拾うときのように、ショウくんの目を摘み取ろうとしたのだった。指が当たったとき、ショウくんは私の手を振り払い、目をおさえてきつい声を出した。欲しければやると言ったくせに……と不服だったが、考えてみればやるとは言われても、痛い思いをさせていいとは言われていない。私が悪かったかもしれないと思って「ごめん」と謝ると、ショウくんはさっさと行ってしまった。

それから数日、私は人の目を外す方法を考えあぐねて過ごした。ショウくんは気前よく「欲しければやる」と言ってくれたが、痛くしてはいけないらしい。ちょっとぐらいなら我慢してもらえないかと、自分の目をあまり痛くなくうまく外せる方法はないか、あれこれつついてみた。しかし指を目にさしこもうとすると痛くてたまらず、これはどうやってもショウくんには嫌がられるだろう。

そんなある日、おやつを食べに台所に行くと、

「どうしたの、目が赤いよ」

母さんに驚かれた。

「うん、ちょっとかゆくてこすったから」

そうごまかした。

「結膜炎かしら。明日になっても治らなかったら目医者さんに行こうね」

言いながらお母さんが出してくれたその日のおやつは羊羹《ようかん》だった。黒いのに透き通っているその色が、私の好きなビー玉に、そしてショウくんの目の色に少し似ていたからだろう。羊羹を食べながら、私はそれまで誰にも言ったことのない話題を出した。

「あのね、ショウくんの目の色って、どうしてあんなにきれいなのかな」

お母さんはそのとき鍋でこしらえた煮物を鉢に移していたが、箸を止めて、

「薙田《なぎた》さんちのショウくん？　そうね、きれいな顔をしてるわね」

変な方向に話が行きそうだと思いながら、

「トモくんが、ショウくんのうちのおじいさんは天狗さんだと言ってたけど」

「そんなわけないでしょう。天狗さんだなんて」

お母さんは呆《あき》れたように笑った。

「でもそういえばショウくんのお母さんが、あのうちの何代か前、おじいさんのおじいさんとか、昔過ぎてよくわからないけど、遠いよその国の人だったらしいって言ってたことがある。よその国には金色の髪や赤っぽい髪、青い目や緑の目、いろんな人がいるの。テレビなんかで見たことあるでしょう」

その頃はまだ、今ほど外国の人を町でよく見かけることはなかったが、テレビでは外国のドラマや映画を見ることがあった。

「だからショウくんの目の色は、遠い昔のおじいさんに似たのかもしれない。そういうこともあるのよ。だけど、そんなことショウくんに言ってはだめよ」

「どうして？」

「自分ではどうしようもない体のことを、よその者があれこれ言うのはよくないことなの」

「きれいなものをきれいだと言うのも、よくないの？」

お母さんはちょっと考えていたが、

「そうね、褒めるのは悪いことではないけれど、その人がそのことを嬉しく思っているとは限らない。褒められるとかえって嫌なこともあるの。ショウくんとうんと仲良くなって、ショウくんが自分の目の色のことを嫌がっていないとわかったら、褒めてあげるといいかもね」

ショウくんの目の色が好きなだけで、別にショウくんと仲良くなりたいわけじゃないんだけどなあ。

お母さんはこのとき煮物を鉢に移し終えたが、鍋の底にお芋の切れ端が引っ付いているのを見て、鍋の底をとんとんと叩いた。お芋が鍋からとれて落ち、鉢に収まった。

あ、これでいけるかも。私は手を叩きそうになった。

ある日の夕暮れ、私はようやくショウくんと二人きりになることができた。私もショウくんも大勢の友達とつるむ子供ではなかったが、それでも小学生にとって、余人を交えず二人きりで話す機会をつかむのはなかなか難しい。

いつも「天地人」をやっている空き地でショウくんは、呼びとめた私に「何の用？」と不審げに聞いた。放課後の遊びを一通り終えた後のことで、あたりはもう夕暮れの色になりかけていた。ショウくんの瞳の中に入ったみたいだと思った。

「いいこと教えてあげる」

わたしはにっこりして見せて、ショウくんを「地」の穴の傍にいざなった。ゲームのたびに地面に穴を掘るのは面倒なので、いつも使っている穴は埋めずにそのままにしてある。

「この穴の底をじっと見てて。目を大きく開けて」

「ええ？」

ショウくんは不得要領《ふとくようりょう》な顔ながら、下を向いてかがんで穴の底を見つめた。私は手提げ袋からそっとプラスチックのバットを取り出した。石や大きな本という手も考えたが、また「痛い」と苦情を言われては困る。考えた挙句《あげく》、二つ下の弟のおもちゃを黙って借りてきたのだ。弟とふざけて叩き合うのに使ったりもしていたから、大体の威力はわかっている。

私はそのバットで思い切り、ショウくんの後頭部を叩いた。パコッと乾いた音がして、地面に小さな丸いものがぽとんぽとんと落ちた。うまくいった。ショウくんの目が外れたのだ。

「何？　どうしたの？　何も見えないよ」

ショウくんは顔をおさえて途方に暮れた声を出した。私は大急ぎで、「地」の穴の底の丸いものを拾い上げて右ポケットに入れると、左のポケットからビー玉を二つ取り出した。夕暮れの色の、お気に入りのビー玉だ。

「たいへんだ、目が外れちゃったのよ。早くはめて」

私はビー玉を手渡した。ショウくんは手探りでそれを目にはめて、二、三度まばたきした。

「大丈夫？　ちゃんと見える？　変わりはない？」

「……うん」

ショウくんはまだまばたきを繰り返していたが、目が変わってしまったことには気づかないようだった。私はほっとした。もしも気づかれたら走って逃げようと思っていたのだ。

「じゃあ、もう帰ろ。遅くなったし」

「……うん」

目を入れ替えるというおおごとの後だからか、ショウくんは、私が何故ここへ誘ったのかということは忘れてくれているようだった。

じゃあね、と別れて、私はスキップしながらうちに帰った。ポケットの中にはきれいな夕暮れの空の色の玉を入れて。


次の朝学校に行くと、担任の先生から、ショウくんが急に亡くなったと聞かされた。学校を終えてもその日はみんな誰も遊ぼうとせず、まっすぐうちに帰った。私がうちに着くと黒っぽい色の服を着たお母さんがいた。ショウくんのうちにお悔やみに行って帰ったところだと言った。

「こんなこともあるのねえ。ショウくん、昨日は何ともなかったそうよ。早くうちに帰ってきて、おやつも夕食も普通に食べて、お風呂に入って寝て……だけど、今朝、時間になっても起きてこないから様子を見に行ったら、息をしていなかったって。眠っている間に亡くなったんだろうって。明日がお通夜で明後日がお葬式よ。仲良くしてもらってたのなら、あんたもお別れに行く？」

私の記憶はそこで途切れている。その後すぐ高い熱を出して、二日ほど意識がもうろうとしていたらしい。ショウくんが突然の死を迎えた直後だっただけに両親はひどく心配したが、診察した医師によればどこも悪いところは見つからず、厄介な病気に感染した様子もないので、ショックが大きかったからではないかと言われたそうだ。三日後には熱はきれいにひいた。そのときにはショウくんのお葬式も終わっていた。

「ショウくん、どうだった？」

私がまず尋ねたのがそれだったから母は驚いたが、それだけショウくんのことを気にしていたのだろうと合点したらしかった。熱を出した私を看病しつつもお葬式にだけは参列したそうで、

「ショウくん、少しも変わってなかった。静かな、きれいな顔で、まだ生きているみたいだった」

「目はどうだった？」

私は重ねて聞いた。

「目？　そりゃあ、亡くなっているから目は閉じていてわからないよ。でも本当に変わりはなかったよ」

ショウくんが死んでしまったのは、私が無理やり目を外してビー玉と入れ替えるなんてことをしたせいじゃないか。それが気にかかっていた。だけど、亡くなる前の日、早くうちに帰っていたというのがそもそもおかしい。あの日は私と会っていたせいで、いつもより帰りが遅かったはずなのだから。――もしかすると、あれは全部夢だったのだろうか？

おなかがすいたと言うと、母がおかゆを作りに立ってくれて、一人になることができた。布団から這い出してあの日着ていた服のポケットを探ると、小さな丸い玉が二つ、ちゃんと出てきた。お葬式や私の高熱で母が忙しく、服がまだ洗濯されてなかったのは幸いだった。丸い滑らかな玉は、やはり夕暮れの空のような澄んだ深い色をしていた。

あれは本当に夢だったのだろうか。私の手の中にあるのは何の変哲もないビー玉だろうか。だがこの二つの玉は、手に握っていても普通のビー玉のように体温になじんでこなかった。どれほど経ってもひんやりと冷たいままで、そんなところはショウくんに似ている気がした。

あれからもう何十年も経ってしまった。私は大人になり、結婚し、子を育て、引っ越しも何度かしたが、二つの玉を失《な》くすことはなかった。皺だらけになってしまった掌の中に、二つの藍色の空が今でも収まっている。けれど不思議なことに、あれほど欲しかったこの玉は、あの日、ビー玉遊びのときにショウくんの目として私を見ていたときほど、きれいには見えなかった。

私はショウくんが好きだったわけじゃなく、ショウくんの瞳が好きなだけだと思っていた。だけど結局私は、ショウくんの中にあったから、この瞳が好きだったんだろうか。

わからないまま、一生が過ぎてしまった。

AREA★

わたしのスペア
近藤史恵

みかんの網
鈴木輝一郎

オルレアンの噂
蓮見恭子

甘えん坊の猫について
林 譲治

穴を掘りに
松尾由美

わたしのスペア

近藤史恵

ちょうど、待ち合わせ場所に到着して携帯電話を見ると、友達のすずこからメッセージが入っていた。

「ごめん。今起きた。一時間くらい遅れるから時間潰してて」

栞《しおり》はためいきをついた。こんなことなら、家で一時間余分に寝てくればよかった。今朝だって、眠くて眠くて仕方なかったのに、頑張って起きたのだ。

昨夜、仕事から帰宅して、ツイッターを見ると、すずこが他のフォロワーと楽しく盛り上がっているところが目に入った。午前四時。深夜というよりも朝だ。

さっさと寝ればいいのにと腹立たしく思った。そしてやっぱり寝坊した。

すずこの仕事は病院の受付で、だいたい定時に帰ることができると言っていた。残業があっても、週に一度ほどらしい。なんてうらやましい環境だろう。それでいて、収入は栞よりも多いのだ。栞がすずこなら、一日八時間は寝る。

もちろん、そんなことは、すずこには言わない。心配しているような顔で、お説教されるのが目に見えている。

　栞はコンビニでアルバイトをしている。就職活動も頑張ったのに、内定をもらうことができなかった。仕方なく、アルバイトを掛け持ちしたりして生活している。正直、生活は苦しい。

　働いていないのなら、苦しくても仕方ないけれど、身を粉《こ》にして働いているのに、どうしてこんなに生活に余裕がないのだろう。

　アルバイト代のほとんどは、高い東京の家賃で消えていく。自炊をする時間がないから、コンビニの弁当を従業員割引で買って帰ったり、外食をするしかない。あとは生活必需品の携帯電話と気晴らしのゲームにかかるお金。貯金なんかする余裕もない。

　寝ることが好きなのに、毎日四、五時間寝られればいい方だ。今日なんか、すずこが午前中から会いたいと言うから、三時間しか寝ていない。

　なのに、すずこの遅刻で時間を無駄にすることになってしまった。ランチくらいおごらせなければ気が済まない。

　カフェに入って、のんびり携帯でも見ていたいが、お金ももったいない。ぶらぶらと歩くうちに、ギャラリーを見つけた。

「蚤《のみ》の市《いち》で見つけたアンティーク」

時間があまってなければ、特に入ろうとも思わなかっただろう。だが、ただで時間がつぶせるのはありがたい。

栞は、ふらりと足を踏み入れた。

ギャラリーには人はいなかった。薄暗い照明の中、展示品が並べられている。古びてはいるが、きれいな色合いのカップ。薄紫のきれいな石のついたブローチ。アンティークドールのドレスはレースが黄ばんでいる。

小さな値札がついているが、どれも何万円もする。盗まれたりはしないのだろうか。

銀のメダルのペンダントには、こんな説明文がついていた。

「このメダルにキスをすると、願い事が叶うと言われています」

値段は四万円。買えるはずはない。少し悪戯心《いたずらごころ》が芽生《めば》えた。

そっとペンダントを持ち上げてキスをする。このくらいなら、見つかって怒られることがあっても罪には問われないだろう。盗むわけでもなく、傷つけるわけでもない。

栞の願い事とはなんだろう。

最初にお金。あとは時間。東京に出てきたのも、映画や美術展をいつでも見られることに憧れがあったのだ。

あとは、パートナー。価値観が合って、頼りがいがあって、一緒にいて楽しい人がいい。恋人でなくても、栞のことをいちばんに考えてくれる友達でもいい。できれば一緒に暮らせて家賃がシェアできると助かる。

そんなに高望みではないと思うのに、どうして叶わないのだろう。

ペンダントを元に戻す。持ち主じゃないと御利益はないかもしれないけれど、ひとつくらいは叶えてほしい。

きれいな服を着た中年女性たちが三人、ギャラリーに入ってきた。急に場違いな気がして、栞はギャラリーを出た。


すずこは、遅刻したおわびにと、ランチをおごってくれた。時給に換算すると、工場の深夜勤務二時間よりも高いランチだった。

だが、心がささくれたのも事実だ。すずこは、実家住まいだから自分で稼いだお金は好きなように使えると言っていた。

通りがかった靴屋で、すずこは洒落《しやれ》たブーツに一目惚れして、衝動買いしていた。栞ならば、値段を見ただけで諦めてしまうような美しいブーツ。

なぜ、すずこは欲しいものを手に入れられて、栞は手に入れられないのだろう。怠けてなんかいない。毎日、くたくたになるまで働いているのに。

楽しく遊んだはずなのに、帰り道、なぜか涙が出てきた。

誰もいない家になど帰りたくはない。寂しくて、心が荒《すさ》む。

自分の住むマンションが見えたとき、栞はおや？　と思った。栞の部屋に灯りがついている。

出てくるときに消し忘れたのかもしれない。よくあることだ。

エレベーターで自分の住むフロアまで上がって、ドアの鍵を開ける。

ドアを開けて、ワンルームの部屋に入る。

「あ、お帰りなさい」

そう言われて、息を呑む。ベッドで横になって雑誌をめくっているのは、栞本人だった。

一瞬、パニックを起こしかけた。

どう見ても自分なのだ。しぐさも、体型も声も、もちろん顔も。いつも着ている栞のパジャマを着て、ポテトチップスを口にくわえている。

栞もよく、仕事帰りにポテトチップスを買って帰った。安いのにおいしくて、心が満たされる。

「あんた……だれ？」

「わたし？　もうひとりのあんただよ」

「どういうこと？」

そう問いかけたとき、思い出した。あのメダルだ。

もしかすると、願い事のひとつ、価値観の合うパートナーの部分だけ叶えてくれたのかもしれない。だからといって、栞をもうひとりなんて、あまりに雑な仕事ではないだろうか。

栞はおそるおそる、もうひとりの栞に近づいた。

「本当に、わたしなの……」

「ほんと、ほんと。栞が幼稚園の時、ブランコから落ちて、頭を三針縫ったことも知ってるし、算数の杉山《すぎやま》先生が好きだったことも知ってるよ」

ブランコから落ちたことは、両親や姉なら知っているが、杉山先生が好きだったことは誰にも話していない。

呆然として、床にへたり込む。栞がふたりいるところを誰かに見られたら、どうなるのだろう。それとも双子の妹とでも言い訳すればいいだろうか。

栞は栞に向かって手を伸ばした。

「ま、仲良くやろうね。わたし」


翌日、アルバイトには栞が出かけていった。栞はその日、ひさしぶりに心ゆくまで眠った。

夕方、買い物に行こうとドアを開けようとしたが、ドアが重くて開かない。電話をかけようとしたが、どこにも通じない。世界から遮断《しゃだん》されたような恐怖を感じたが、夜になって、帰ってきた栞が言った。

「言い忘れたけど、ふたりが同時に存在できるのはこの部屋だけ。どっちかが外にいたり、誰かと話しているときは、もうひとりはこの部屋にいなければならないの」

それがルールというわけか。だが、働いていない方はゆっくり眠れるし、休める。出かけられないし、ネットや電話も使えないが、本を読んだり、家でテレビを見たり、映画を見たりすることはできるという。

数日間、栞と暮らしただけで、栞はこれが最高の贈り物だということに気づいた。

栞がアルバイトに行っている間は家で寝ていなければならないが、栞が帰ってきたら、バトンタッチして遊びに行くことができる。

映画を見て、美術展を見て、ウィンドーショッピングをする。これまでに得ることのできなかった余裕のある時間だった。

お金があまりないことには変わりはないが、時間の余裕があってやりたいことができるだけで、気持ちはかなり晴れやかだ。

レイトショーなら映画も少し安いし、美術館などは都民無料の日を狙って、じっくり並べばいい。

栞に夜のシフトに入ってもらえば、昼間の時間だって自由に使える。

なるほど、この贈り物は、時間とパートナーというふたつの願いを叶えてくれたというわけだ。

栞´ばかりに働かせるのは、少し可哀想だから、ときどき、栞もコンビニに出勤した。不思議なことに、なにも困ることはなかった。どうやら、記憶も同期されているらしく、栞´だけが聞いていないはずの話もちゃんと知っていた。ひさしぶりに出勤しても、まごつかずにすんだ。

栞´はそんなにものを食べないから、食費も変わらない。サイズが同じだから、服も共有出来る。生活費も、これまでとほとんど変わらなかった。

ときどき、ふたりで対戦ゲームをした。

実力はほぼ、互角だから、毎回いい勝負になる。どちらが勝っても、げらげら笑いながらゲームを終えられる。悩み事を相談しても、栞´は、栞が言ってほしいことを言ってくれる。

神様は、最高の贈り物をくれた。

一ヶ月ほど経ったとき、あることに気づいた。

栞´が仕事から帰るのと入れ替わって、栞も働けば、収入は単純に二倍になるのではないだろうか。

どちらかがコンビニで働き、どちらかが別の職場で働く。一見、ハードな掛け持ちをしているように見えるが、交代で休んでいるのだから、体力だって持つだろう。

今のように自由に遊べなくなるのは寂しいが、ふたりで働けば欲しいものを手に入れることができる。

自由に遊び回ってみて気づいた。街にはきらきらした、物欲をそそるものがあふれている。繊細な細工のブレスレット、スタイルがよく見えるワンピース、つやつやとしたエナメルのパンプス。

もちろん収入が二倍になっても、ラグジュアリーブランドの洋服や、宝石などには手が出ないが、そんな高望みはしない。必要なものしか買えない場所から、欲しいと思えて、そんなに高価ではないものなら買える場所まで行きたいのだ。

昔なら、その一歩がどうしようもなく遠かったのに、今なら手が届く。

以前働いていた弁当工場に連絡すると、ちょうど夜勤のアルバイトを探しているという。栞にはコンビニで昼間働いてもらい、栞が工場で夜勤に入れば、どちらかは家で休むことができる。

もしくは夜勤がつらければ、栞に変わってもらえばいい。

一応、栞に相談してみると、「あんたがそれでいいなら、わたしもそれでいいよ」というう返事がかえってきた。

まあ、同一人物なのだから、そうかもしれない。


「ねえ、栞、顔色悪くない？」

三ヶ月ぶりに、すずこに会うと、開口いちばんそう言った。

「え？　元気だけど、どうして？」

「目の下に隈《くま》ができてるよ」

「ああ、それはちょっと自分でも気になっているの」

この前、少し高めの美容液を買ってみたが、まったく効果はなかった。

すずこは、栞の顔をのぞき込んだ。

「仕事忙しい？　ちゃんと寝てる？」

「たっぷり寝てるよー。大丈夫」

「今もアルバイト？」

前はそう尋ねられると、言外の意味を勝手に読み取って落ち込んでいたけど、今は気にならない。預金通帳に少し残高が増えるだけで、気持ちの持ちようはまったく変わる。

「そう。今はお弁当の工場で夜勤だから、昼夜逆転でちょっと疲れてるのかも」

「前のコンビニは？」

どきりとした。栞がアルバイトしているコンビニは、すずこの病院と同じ駅にある。栞が働いているところを見られるかもしれないから、嘘はつけない。

「ときどき、シフトに入ってる」

「掛け持ちじゃない。身体《からだ》大丈夫？」

「大丈夫、大丈夫。本当にゆっくり休んでいるから」

前よりは、睡眠時間だってたっぷり取っている。だが、たしかに最近、ずっと疲れているような気がするのだ。

最近、失敗が増えるようになった。電車に乗っていても、お風呂に入っていても、急な眠気が押し寄せてくる。寝ても寝ても、疲労感が取れない。

鏡を見て、驚いた。これまで見たことがないようなくすんだ顔色をしている。

仕事から帰ってきて、お風呂に入った。重い身体を引きずりながら、ベッドに向かうと、栞゛が気持ちよさそうに寝息を立てている。

栞゛の頰《ほお》はほんのりピンクで、つやつやとしてる。やはり昼夜逆転が身体に悪いのだろうか。代わってもらった方がいいのかもしれない。

とはいえ、コンビニのバイトも、店長が嫌味なことばかり言うから、あまり気が進まない。

栞゛は、ベッドに眠っている栞゛を揺さぶった。

「ねえ、起きてよ。代わってよ」

身体が石のように重い。風呂であたたまったはずなのに、足先まで冷えている。早くベッドにもぐり込みたい。

栞゛は目を覚まさない。急に激しい怒りを覚えた。

どうしてわたしのベッドを占領しているのだろう。

「あんたなんか……ただの偽物のくせに……」

自然にそうつぶやいていた。

逆《さか》らいがたい強烈な眠気が押し寄せてくる。栞はそのままずるずると床に崩れ落ちた。

床でもいい。ともかく、今すぐに眠りたいのだ。


俺は靴カバーをつけて、室内に入った。

住人の女性が部屋で死んでいるという通報を受けて、警察が呼ばれた。見つけたのは大家だった。ひとり暮らしの女性だったから、下手をすると何週間も発見されない可能性もあったが、彼女は風呂の湯を溜めながら意識を失ったようだった。

床がじわりと濡れているのは、風呂の湯があふれ出たせいだろう。階下に水漏れがあり、階下の住人が大家に連絡した。

鍵を開けた大家が遺体を発見したというのが、通報までの筋書きだ。

水が階下に漏れるまでの時間を考えても、亡くなってから半日ほどしか経ってないだろう。

部屋を調べていた後輩の刑事が声を上げる。

「見てください。ここに彼女の予定表がありますよ」

「ん？」

彼はページをめくった。

「ひどいスケジュールだ。朝八時から夕方の五時までコンビニでアルバイト、そのあと夜九時から朝の五時まで工場の夜勤」

「なんだ、それは。寝る暇もないじゃないか」

そんなに金に困っていたのか。もしくは、欲しいものがあったのか。

遺体を調べていた検視官が言った。

「どうやら、心臓麻痺かなにかのようですね。事件性はないと思います」

「そんなスケジュールで働いてたらなあ……」

自分の若さと体力を過信していたのかもしれないが、あまりに無茶だ。

俺は、床に崩れ落ちた遺体のそばにしゃがみ込んだ。

おや、と、思った。

ここにくる途中に、この女性にそっくりな女性とすれ違ったのだ。美人だったから覚えている。

背格好や髪型もほとんど一緒だった。銀のメダルがついたペンダントを首からかけていた。

まあ、他人のそら似だろう。病死ならば、深追いをする必要はない。

「それじゃあ、とりあえず身内に連絡して。遺体を運び出して」

そう言いながらも、さっきすれ違った女性のことを考える。顔が似ていても、辿《たど》る運命はまったく違う。

彼女の頬はつやつやと輝き、口許《くちもと》には笑みさえ浮かべていた。

みかんの網

鈴木輝一郎

何に恐怖を感じるかは年齢によってずいぶんと違う。

姪が大学生になって読書に目覚めてから数年になる。あの世代特有の吸収のはやさで、またたく間に私と小説で雑談できるほどになった。小説の話ができる相手は田舎《いなか》住まいでは貴重で楽しい。

で、恐怖について話すと、やはりかなり印象が違う。

先日、評判になった小説を、あらためて手にする機会があった。自分の経験上、ブームのときは作品の出来以外の要素がからむので、一定の冷却期間をおいてから読みなおしてみる。

それは記憶が数分間しか持続しない男性の話で、自分の歴史と生涯が消えてゆくのにもかかわらず、気品と尊厳を保《たも》ち続ける、主人公の強さと美しさに心を激しく打たれた。

で、その小説を姪に読ませてみた。

「うーん……それほどでも……」

歯切れが悪い。

「『記憶が消える恐怖』って実感できないんですよ。私の世代だと、むしろ過去をなくす恐怖より、これからの未来が消える恐怖のほうがおおきいので」

と言われて納得した。

たしかに若い人には、認知症の恐怖よりも死の恐怖のほうが強かろう。自分にも、身に覚えがある。

1

サービスエリアのコーヒーショップで、みかんの網に手を突っ込んだら、網目に腕時計が引っかかって抜けなくなった。

ふだんなら力ずくで引っこ抜くのだが、今日は一張羅。腕時計も何年か前に文学賞の賞品でもらった何十万円かの高級品なんで、うかつなことをやって壊れても困る。

老眼を凝らしてみかんの網との格闘に集中し、ようやく外せたぜと顔をあげると、老女が私の前に座っていた。

「先生、ちょっと、ええですか？」


歴史小説家という仕事には、本業の小説書きのほかにも、いろんな余技というか副業がある。

今回は地元の信用金庫が主催する、「歴史作家とまわる戦国史跡めぐりパート２」。ギャラの高さに目がくらんで引き受けた仕事だったが、前回が好評で、これで二度目の開催となった。

この種の催しもので注意が必要なのは、聴講生との人間関係である。セクハラのどうのということではなく、特定の聴講生と話し込むと「えこひいきだがや」とクレームがはいるのだ。

とはいえ、まんべんなく笑顔をふりまけるような社交的な性格ならそもそも小説家なんぞやっていない。いつもは休憩時間には集団から離れた席でパソコンを開き、「原稿を執筆しているので声をかけるな」と背中と眉間に書いてやり過ごすのだが、油断した。

「はい、なんでしょうか」

『いいですか』も何も、すでに座ってしまっているではないか。

「先生がボケ老人ネタを探しとらっせると聞いたもんで」

別に探しているわけではない。

老人介護ネタの現代小説を何本か書いた。単行本の実売はたいしたことはなかったけれど、玄人《くろうと》受けはするらしい。絶版後、何十年か経ったいまでもときどきアンソロジーに再録されるので、ずっと書いているイメージがある。

もっとも、そこらへんの話を説明するとなると長くなるので、

「まあ、そんなものです」

適当に切り上げようとしたのだが、

「そんなら、うちの話を聞いてもらえんやろか」

「ええと、あの――」

——さて、どうやって断ったものか——

目の前の老女は八十五か六か。私の親ぐらいの世代である。このぐらいの年齢だと白内障の手術を終えているので、老化も一周まわって身綺麗になっている。あざやかな赤いスカーフにパープルのカーディガン。ただし腰がかなり曲がっているのは、やむないところか。

「先生の小説の参考になれば、と」

面倒くさい、という気分が先にたった。シロウトの「面白い話」や「これで小説が一本書けます」ともちかけてくる話には、本当に面白かった話はないし、小説のネタになったためしがない。

「老老介護なんやけど」

ほら、やっぱり。

「ご主人の、ですか」

「いえ、息子の」

老女はほほえみながら続けた。

「わたしより先に、息子に認知症がでましての」

2

老女の息子氏は今年六十二歳だという。

「すこし、はやくありませんか？」

それでは私とほとんど変わらないではないか。

高校中退後、職歴はなく、結婚歴もない。趣味らしい趣味もなく、ほとんど外出しないまま還暦をすぎたのだそうだ。

「ひきこもりで無職で独身やから、刺激がすくないんやろかねえ」

「そこは私ではなんとも」

小説家の仕事も、他人から見ればひきこもりの無職のようなものだ。

「パソコンで株の売り買いをやって自分の食い扶持《ぶち》ぐらいは稼いどるようやけど、ハタからは何をやっとるのか、わっからせんのですわ」

ますます小説家の仕事ぶりに近い。おもわず自分の顔を鏡で見そうになった。鏡なんてないが。

それはともかく。

息子氏の父（老女の夫だ）は二十年ほど前に他界した。父親は勤務医で、早くから引きこもりの息子の将来を案じ、資産を遺言代用信託にした。息子氏本人は、ポルシェやロールスロイスを買い漁《あさ》らなければ九十歳まで無職のままでやってゆけるのだそうだ。

「甘やかせすぎたのがアカンかったやろか」

息子氏の資産内容は小説家とはまるで違う。まったくもって羨《うらや》ましい。

「認知症は病気です。誰のせいでもありません。ご自身を責めないでください」

毒にも薬にもならないこたえだが、ほかに言いようがなかろう。

「もう二年ぐらいになるやろかなあ。わたしより先にヘルパーさんが気がつかっして」

「ヘルパーさん、ですか」

「何年か前に腰を痛めて、寝込んだことがあっての。そんときに自分で役所に電話して手続きして、来てもらっとるのや」

なんだか息子氏が先に認知症になるのも、わかる気はする。

「わたしがヘルパーさんに声をかけられてな。『息子さんから、うちにおるばーさん、どこの誰や？　と尋ねられました』と」

「息子さんの悪趣味な冗談ではありませんか？　本当に認知症だったら、お母さんよりも、まずヘルパーさんが自宅にいることに不審を抱くものでしょうに」

「ボケは順序を選ばない」

有無をいわさぬ返事がきた。


「親思いの、ええ子なんや」

日々の生活に追われている身からすると「ええ子」というより「ええご身分」のような気がするが。

「息子が元気なとき、『母さん、ボケ防止の一十百千万の日課というのを知っとるか』と教えてくれたんやが、先生は知っとりゃーすか」

「申し訳ありません、知りません」

「一、毎日一回笑う。十、毎日十人のひとと話す。百、毎日百文字書く。千、毎日千文字読む。万、毎日一万歩あるく」

「なるほど」

「息子がぼやくのや。『母さん、俺は十人のひとと話す、が一番むずかしいわ』とな」

「わかりますね。私も似たようなものですから」

「先生もボケるで」

余計なお世話である。

「それにしても、アレやねえ」

老女は私の目の前の、みかんの入った網袋を手にとりながら続けた。みかんは網袋の底にしがみついたままである。

「まさか、『また』息子のおむつを替えるようになるとは、思わせんかったねえ」

老女はポシェットからハサミを——なんでそんなものを持ち歩いているのか、理解不能だが——取り出し、ビニールの網袋の底をざくりと音を立てて切り落とした。そして、みかんが網袋の底からテーブルにころがり出した。

「ごちゃごちゃしとるときは、さっさと捨てるのがいちばんやね」

そう言って老女はみかんの網を床に投げ捨てた。

「男はいろいろ集めたがるけど、女は捨てることで生きるでの。男ができたら処女を捨て、結婚するときは名前を捨て、子が生まれたら仕事を捨て、ダンナが倒れたらダンナを捨て」

話の流れからいって、これは「そうですね」とはうなずけない。

「それやのに、子供だけは捨てられん、なんでやろ」

さて、どうこたえたものか。

そのとき。

「伊豆田《いずた》さん、先生が休んでおられるときに、お邪魔してはいけませんよ」

ツアーに添乗してきた事務局の斎藤《さいとう》さんが、スーツのスカートの裾を押さえ、しゃがんで見上げるように老女に声をかけた。

「あちらでみなさんが、伊豆田さんとお話ししたい、って言っておられますよ」

事務局の斎藤さんが手でしめす先には、伊豆田さんよりすこし若い、七十そこそこの老女が四〜五人、テーブルで談笑しながら、こちらに手招きをした。

「そうやね」

伊豆田さんの目から光が失せた。光が何か、と問われると困るが、何かが、うせた。

3

伊豆田さんが席を外して友人たちのところに向かうのをたしかめてから、事務局の斎藤さんは腰をかがめ、

「伊豆田さん、お邪魔じゃありませんでしたか？」

正直なところ、「息子を老老介護」という面白そうな話をさえぎった、事務局の斎藤さんのほうが邪魔だったんだが、それを言ったら角が立つ。

「いえ、楽しかったですよ」

「上のお嬢さんのご希望でご友人と一緒に参加していただいているんですが」

事務局の斎藤さんは、ちょっと声をひそめた。

「お子さんが亡くなってから、ちょっと認知症が……」

「え？」

一瞬、私は自分の耳を疑ったものの、考えすぎだと気づいた。決しておかしな話ではない。

息子が認知症になった。その世話に追われた。そして息子に先立たれた。逆縁のショックで自分が認知症になった――そう考えると、辻褄は合う。

「逆縁はつらいものでしょうから……　ぼくの友人で息子を交通事故でなくした奴がいて、いちおう葬式にはでましたけど、声をかけることもできませんでしたねえ」

「ほんとうに。ガンだとかでしたらまだ心の準備ができましたでしょうに」

「残酷ですねえ」

「ですね。心筋梗塞で急に」

――え？――

「とても面倒見のいいお嬢さんでしたのに」

「お嬢さん、ですか？」

ざわ、と全身の肌が粟立つのがわかった。

「下のお嬢さんが――お嬢さんといっても私より年上ですけど――亡くなったんです。未婚で同居で、伊豆田さんのお世話をしてらしたそうです。息子さんもいらしたそうですが、幼稚園にあがる前に亡くなったそうですすよ。お子さんふたりが逆縁というのは、いまどきめずらしいことですが」

「ええと――」

認知症で妄想がはいるのはわかる。だがあそこまで具体的なものになるのか？

私は斎藤さんに、老女の妄想の話をつたえた。

「ありがとうございます」

斎藤さんは手帳にメモをとりながらつづけた。

「所長に報告しておきますね。ほかの生徒さんにご迷惑がかかってからでは遅いですから」

「あとの判断はどうするの？」

「所長にまかせます。うちのセンターは伊豆田さんぐらいの世代のかたがボリュームゾーンですから、なんとかなるでしょう――型通りの業務連絡はこのぐらいにして」

斎藤さんはメモを閉じて顔をあげた。

「これ、妄想じゃないほうが怖い話ですよね」

息子と称する初老の男とずっと二人暮らしで、そいつが先に認知症になり、そして先に天に召されたのを、息子と信じたまま、とは、不気味な話ではある。だが――

「妄想だったとしても、同居していた娘さんの立場だったら、けっこう怖いかも」

ずっと親の面倒をみている自分のことを忘れ、何十年も昔に亡くなった、兄だか弟だかの記憶だけが残っている。しかも、その男兄弟は、認知症で霞《かす》んだ母のなかでは成長し、成人し、そして母よりも先に衰えているのだ。

「どんな気がするかは、小説家の想像力でも想像がつかないなあ」

「上のお嬢さんは――私よりずっと年上ですよ。先生とおなじぐらいです――ご健在ですし、伊豆田さんは息子さんのことを除けば、むしろ年下のお友達のみなさんよりしっかりしているぐらいですので……」

経営上は問題ない、といったところか。

「斎藤さん、お身内に認知症のかた、いらっしゃらないでしょ」

「わかりますか？」

両親と同居しているが、どちらも七十を超えたばかりだという。

「さいきんようやく諦めたみたいですけどね。このあいだまで『わたしらがボケる前に早くヨメに行け』と時代錯誤なことを言われ続けてうっとうしかったですよ」

それでは認知症にたいする恐怖はわかるまい。

「こういう仕事をしていると、モンスター受講生さんとかストーカー受講生さんとかセクハラ受講生さんとはたくさん遭遇するので、まあ、怖いものはなくなっちゃいますよね」

斎藤さんは床に捨てられたみかんの網をひろいあげ、自分のポケットに突っ込んだ。

「生きている人間が、いちばん怖い」

その人間をしのぐものが、と言おうかとおもったが、やめた。ここらへんは、言ってもわかるまい。

ではお邪魔しました、と席を外す斎藤さんの背中をみながら、私は気づいた。

休憩時間に昼食をとったかどうか、おぼえていない。

そして、自分の指先が、ありもしない、みかんの網をさがしていた。

オルレアンの噂

蓮見恭子

駅前は休日で人通りが多かったが、咲希《さき》はすぐに見つけられた。私は「おはよう」と声をかけ、「可愛《かわい》いブーツだね」と、彼女が履《は》いているムートンのブーツを褒《ほ》める。風邪《かぜ》でもひいたのか、咲希はマスクをしていた。そのせいで、少女っぽさを残した可《か》憐《れん》な顔が隠されてしまっているのが残念だ。

昨日の出来事とか、他愛のない話をしながら歩いていると、ふいに彼女が「服を買いに行きたい」と言い出した。「おや？」と思った。彼女の方からデートのプランが出されるのは珍しい事だったから。

彼女の気に入る服はなかなか見つからず、いつしか狭い路地へと迷い込んでいた。そして、「占いカフェ」と看板が出た店へと行き当たった。そこでは服や装飾品も売っており、二人で吸い込まれるように中へ入った。

店内はほの暗い。天井から吊り下げられたランプの橙色《だいだいいろ》の輝きや水パイプ、足つきの香炉などが異国風の雰囲気をかもし出していた。

柱時計が鐘を三度鳴らし、頭と鼻から下をベールで覆った中東風の服装をした女性が現れた。日本人ではないようで、少したどたどしい日本語で「お茶、如何《いかが》ですか？」と、片隅の丸テーブルを示す。

咲希がゆっくり買い物できるように、店主の勧めに従って一人掛けのソファに腰を下ろすと、暫《しばら》くしてミントの葉がぎっしり詰め込まれたグラスが運ばれてきた。

砂糖をたっぷり入れたミントティーは頭がくらくらするほど甘い上、苦みも強かった。店内に焚き染められたお香の匂いも相俟《あいま》って、私は少々気分が悪くなっていたが、咲希が熱心に商品を吟味していたから辛抱した。

やがて、幾つかの服を手にした咲希が試着室に入り、カーテンの向こうから衣擦《きぬず》れの音やファスナーを上げ下げする音が聞こえてきた。

店主が傍《そば》のテーブルでカードを並べ始めた。それを見るうち、はたと閃《ひらめ》いた。最近、咲希が物憂げなのは、私の態度が煮え切らないせいではないかと。

二人で出かける間柄になって二ケ月目ぐらいからだろうか。咲希は時々、塞《ふさ》ぎ込むようになった。浮かぬ顔でため息をついたり、伏し目がちになる事も増えた。心配になった私は、咲希には内緒で彼女が新しく働き始めたスイーツショップに様子を窺《うかが》いに行った事があった。仕事場で嫌な事があったか、でなければ他に好きな男ができたのではないかと考えたからだ。

だが、仕事場で虐《いじ》められている様子はなかったし、仕事を終えた後は女性の同僚達と店を出て、夕飯の買物をしただけで真っ直ぐ帰宅していた。

女性は恋人ができた時、結婚相手に相応《ふさわ》しいかどうかを占いで見ると聞いた事がある。そう考えたなら、ここへ辿り着いたのも偶然ではない。咲希は買い物を口実に、私との事を占わせようとしているのだ。

いずれはと考えながら、まだプロポーズをする覚悟はできてなかった。だが、そろそろ心を決める時なのかもしれない。そんな事を考えていると、ミャアと何処《どこ》かで猫の鳴き声が聞こえ、私は震えおののいた。

音もなく歩くのや、暗闇で目が光るのも恐ろし気で、子供の頃から私は猫が嫌いだった。声だけで姿が見えないのも落ち着かなかったから、猫の居所を探ろうと足元を見た。

その時、柱時計が一つ鐘を鳴らし、はっと顔を上げた。時計は三時半を差していた。

私は「うわっ!」と叫んだ。いつの間にか灰色の猫が私の膝《ひざ》に乗り、寝息を立てていたからだ。振り払うように猫を床に降ろしたが、ズボンには灰色の毛が貼り付いている上、妙に生温かい。思わず身震いをしていた。

咲希が試着室に入ってから、そろそろ十分が経とうとしているのに気付く。随分と時間がかかっている。試しに声をかけてみたが、返事がない。物音ひとつせず、ただ時を刻む柱時計の音だけが耳に入り込んでくる。

「咲希。開けるよ」

一言断ってからカーテンに手を伸ばし、端の方をめくる。だが、人の気配がしない。

そのままカーテンを全開させたが、等身大の鏡に私の姿が写っているだけで、中には誰もいなかった。彼女が持ち込んだはずの服もなく、そして、試着室の前に置かれていた咲希のブーツがなくなっている。

「咲希、何処に行ったんだ。咲希？」

そう広くない店内に彼女の姿は見えない。訳が分からないまま立ち尽くしていると、カードを繰っていた店主が「何か？」と顔を上げた。

「彼女は何処へ行ったんだ？」

カーテンを開け放った試着室を指さすと、店主は首を傾《かし》げた。

「私と一緒に来た女性だ。中で試着していた。いつ出て行ったんだ？」

「そんな女性、知りません。あなた、一人で来た」

全身の皮膚が粟立《あわ》つのを感じた。

「そんなはずはない。つい三十分ほど前に一緒に来て、彼女が服を選んだり、試着するのを待ちながら、私はお茶を飲んでいたんだ」

「本当に知らない。女の人は来なかったし、試着室に入った人もいない」

次第に動悸が速くなる。

「嘘をつくな！　咲希を何処へやった？」

店主は困ったように首を振り「あなた一人で来た」と繰り返す。

「そんな、馬鹿な……」

私は土足のまま試着室へと足を踏み入れる。

店内に一つあるだけの試着室は箱型で、化粧合板で三面が仕切られ、前面にカーテンレールがつけられている。鏡の上に蛍光灯、向かって右側の壁にハンガーをかける為のフックが二つ。簡単な造りだが、しっかりと組み立てられ、隙間一つない。天井部分は開放されていたが、小柄な咲希が踏み台も使わずに、二メートル近くあるパネルを乗り越えられるとは思えない。もちろん、底が抜けるような仕掛けもなく、出入りできるのは、カーテンが吊るされた前面の一方向だけだ。

お茶を飲んでいる間、私は試着室から目を離さずにいたから、カーテンを開いて出入りすれば、すぐに気付いたはずだ。いや、ほんの少し目を離してはいたが、それも二、三秒ぐらいの事だろう。そんな僅《わず》かな間にブーツを履き、洋服を手に音もなく試着室を抜け出したとは考えられない。まるで猫のようだ。猫なら音もなく移動し、高い壁も軽々と乗り越えられるだろう。

見ると、灰色の猫が涎《よだれ》を垂らし、人間のように仰向けの恰好で床に寝ていたからぞっとした。何時の間にか姿を現したこの猫は、化かされた咲希なのか？　いや、そんな馬鹿な話はない。

その後の記憶は朧気《おぼろげ》だ。私は店主を説き伏せ、くまなく店内を調べた。テーブルやソファの下、戸棚まで開けさせた上、バックヤードにも入ってみた。奥のキッチンに勝手口はなく、換気扇の他に人が出入りできない程の小さな窓があるきりだった。トイレも同様で、咲希が隠れているどころか、その痕跡すら見つけられなかった。

最後はどんでん返しのような仕掛けが隠されていないかと、拳《こぶし》で試着室のパネルや店内の壁、床まで叩いて回ったが、そんなからくりは見つけられなかった。

狐につままれたような気分で外に出ると、すっかり夜になっていた。ネオンが瞬く通りや住宅街の外灯の下を通って、私は咲希が一人暮らしをしていたマンションを訪ねてみた。インターフォンを押しても反応はなく、中に人がいる気配もなかった。他の住人に彼女を見かけなかったかと聞いても「近所づきあいをしていないから、分からない」と、インターフォン越しに返された。

この時、ある話が私の頭に浮かんだ。

一九六九年、フランス中部に位置する都市・オルレアンで、ブティックの試着室に入った女性が何人も行方不明になったという噂だ。行方不明者達は試着室の中で薬物を注射され、ブティックの地下にある通路を通って、外国の売春街へ売られて行ったとまことしやかに囁《ささや》かれた。

そして、日本でも一九八〇年に入って似たような都市伝説が広まった。新婚旅行中の花嫁がブティックの試着室に入ったまま姿を消し、その数年後に別の国の裏町で両手足と舌を切断された状態で発見されるというオチまでつけられて。

私は焦燥感に駆られながら、夜が明けるのを待った。

翌日、朝一番に咲希が働いていた店へと赴《おもむ》くが、やはり彼女はいなかった。店の者に聞くと、何故か「そんな女性はいない」の一点張りで、腹を立てた私が「ふざけるな！」と怒鳴ると、奥から店長が出てきて「警察を呼びますよ」と凄《すご》まれた。

もちろん、警察にも届けたが、婚約者だと名乗ったにもかかわらず「成人の失踪者は、事件性がない限りは調べられません」と追い返された。

そして、悪夢に悩まされる日々が始まった。あの忌《い》まわしい都市伝説「オルレアンの噂」に纏《まつ》わる悪夢だ。夢に出て来る咲希は血塗《ちまみ》れで、しきりに何かを訴えようとするが、舌を抜かれている為、その言葉は不明瞭だ。或いは、胸元から下腹まで皮膚が割かれ、中身をくり抜かれた死体となって私の目の前で転がっている。

その度にうなされ、夜中に何度も目を覚ました。ついに眠れなくなり、起きている時間も正気を保《たも》つ事ができなくなった私は、「様子がおかしい」と会社から連絡を受けた両親の手で実家に連れ戻された。

その後、通い出した心療内科のカウンセラーからは「咲希さんが居なくなったのは、あなたの責任ではない」「彼女はきっとどこかで元気にしている」と諭され、なるべく悪い事を考えないように努力した。その甲斐あってか、ようやく仕事を始める気力が戻ってきた。

そして、二年と半年が経った。

その日は取引先との打ち合わせを終え、ほっとしていたから、いつもより頭が冴えていた。だから、すぐに気付く事ができた。信号待ちで停車中に、横断歩道を渡っていった女性が咲希だと。

私は車から降り、急いで後を追った。

咲希はすっかり様変わりしていた。髪が短くなり、以前よりもふっくらとしている。もちろん、四肢も切断されていない。ぎっしりと野菜や食材が入ったスーパーの袋を両手に下げており、Tシャツから覗く二の腕は随分と逞《たくま》しい。よほど注意していないと、その女性が咲希だとは気付かなかっただろう。

追いかけてきた私に気付くと、彼女は目を見開いて立ち止まった。見た目は多少変わってしまったけれど、その表情だけは変わらない。

「良かった……。元気そうで。どれだけ心配したか……」

両手を広げながら近づこうとすると、咲希が後ずさり、信じられない事を言った。

「結婚したんです。私……、お腹には赤ちゃんがいて……。だから、お願いします。もう私の事は忘れて下さい！」

別人のような態度をとる咲希に、私は戸惑った。スーパーの袋を握った左手薬指には、銀色の指輪が光っており、その輝きを見るうちに全身の血がすっと冷えた。彼女が無事だった事や再会できた喜びは失せ、代わりにどす黒い怒りがこみ上げてきた。散々、私を心配させた挙句、他の男と結婚し、子供まで作っていたのかと。

「来るんだ！」

抗《あらが》った彼女の手から荷物がこぼれ落ちたが、構わず車まで引きずってゆき、助手席に押し込む。

あの店は変わってなかった。狭い路地に「占いカフェ」と看板を掲げているのも、ほの暗い店内も、ベールで顔を覆った店主も灰色の猫も、時が止まったかの如く二年と半年前と同じだった。

店主は困ったように私と咲希の顔を交互に見ていた。

「とりあえず、落ち着いてお話を聞きましょう。おかけになって下さい」

奥からミントの葉を詰め込んだお茶が運ばれてきたが、私はグラスに手を伸ばさなかった。

「下げてくれ。どうせ、薬が入っているんだろう？」

私は眠らされ、その隙に咲希は自らの意思で逃亡したのだ。この店主と結託して。

「あの日、私達が店に入ったのが午後三時。咲希が姿を消したと気付いたのは、その三十分後だった。もっとも、正確な時間は分からない。時計の針など、幾らでも戻す事はできるからな。それを証明するのが猫だ」

ちょうど私の脇をすり抜けようとした猫を足蹴《あしげ》にする。猫は「ギエッ！」と耳障《みみざわ》りな声を上げた。

「意識を取り戻した時には、私の膝はすっかり温かくなっていた。つまり、この猫は長い時間、私の膝で眠りこけていたという事だ」

私は猫が嫌いなのだから、正気でいたら絶対に膝に乗る事など許さなかった。

店を出た時にやけに辺りが暗く感じられたのも、眠らされていたと考えたら説明がつく。頭が混乱していたから正確な時間を把握していなかったが、入店した時間から逆算して、時間が経ちすぎていたとすぐに気付くべきだった。

咲希が忽然と姿を消した事で、当時の私は冷静に考える力を失っていたのだ。

「私がどんな思いでいたか想像した事があるか？　わざわざ出来の悪いホラー小説みたいな方法を使って、いきなり姿をくらまして……。私は夜ごと悪夢にうなされ、昼間は怯《おび》えて暮らし……。どれだけ苦しんだか」

　店主は猫を胸に抱くと、ため息をついた。

「それは彼女のセリフね。『一目惚れした』と付きまとわれ、プライベートまで監視される。仕事を変えても、引っ越しても、すぐに見つけ出されてしまう。その時の恐怖心を考えた事ありますか？　初めて私のもとに相談に来た時、彼女は追い詰められていた」

「私が、怖かっただと？　食事や映画に誘えば、君はついて来たじゃないか。だから、てっきり……」

　咲希はハンカチで顔を覆い、泣きながら言った。

「あなたは私が勤めていた会社の取引先の人で、無碍《むげ》にはできないでしょう？　やんわりと断っているのに、あなたは分かってくれない。上司に訴えても『我慢してくれ』と言われ、仕事場の人達に協力してもらっても効果はない……。警察に相談しても『事件にならない以上は何もできない』と助けてくれず……。今、あなたは出来の悪いホラー小説だと言ったけど、私にとってはあなたの存在こそがホラーだった。だから、どうすればあなたと縁を切る事ができるのか……。それればかり考えていた」

咲希のものと思えないような言葉に、私は衝撃を受けた。

「何を馬鹿な事を。どれだけ僕が君を愛していたか。咲希。騙《だま》されたんだろう？　他の男にそそのかされて、僕から逃げ出した。そうなんだろう？　今の言葉は嘘だと言っておくれ」

店主は肩をすくめた。

「咲希さんから相談された時、占いの力では救えないと感じました。それに、何の落ち度もない女性が逃げ回るのはおかしい。いっそ、……た方がいい。でも、彼女は言いました。決して悪い人ではないのだから……すのはやめて欲しいと」

耳に水が入った時のように、声や物音が聞こえづらくなって行く。

「……だま……れ……」

立ち上がろうとしたが、体に力が入らない。舌が回らず、視界も歪み始めていた。

「だから、……さずに一度だけチャンスを与えた。だけど、こうなった以上は……」

いつしか辺りには甘い香りが漂い始めていた。その匂いの元をたどると、足つきの香炉がゆっくりと白い煙を吐き出し、周囲に靄《もや》を作り出していた。

気付くのが遅すぎた。薬はミントティーの中にではなく、空気中に漂っていたのだ。

咲希はもう泣いていなかった。ハンカチで鼻と口元をしっかりと押さえ、冷たい目で私が前後不覚になるのを待っている。

薬が効いて気持ち良さそうに眠る猫の、その灰色の毛並みを撫でながら、店主が何か呟《つぶや》いている。私の耳には、それは呪文かお経のように聞こえた。

やがて、試着室のカーテンの隙間から黒い煙がもくもくと立ち上がり、それは人の形となり、私に近づいてきた。彼らは私の腕を引き、足を持ち上げて試着室へと運んで行く。そこには、あるはずのない真っ暗な空洞があり、私は奥へと運ばれる。ぼんやりとした頭で考える。「これは薬が見せる幻覚なのか?」と。

目覚めた時、私は何処にいるのだろう? 或いは目覚める時が来るのか? 運ばれながら、私はもう元の世界には戻れないのを覚悟した。完全に意識を失う瞬間、煌《きら》めく刃先が宙を舞うのを見たのだから――。

甘えん坊の猫について

林　讓治

ココとの出会いは、いま思えば運命的なものであった。妻が見つけたキャッテリーナで、最初に迎え入れようとした猫は、ココとは別の仔猫だった。

ジュピター君という、その生後二ヶ月ほどの仔猫は、確かに写真どおりの愛らしい仔猫だった。しかし、幼すぎるように我々には見えた。見知らぬ人間に怯《おび》えているようでもあった。

だから他の猫を見せてもらった。「二ヶ月の仔猫は幼すぎるので、もう少し大きな仔はいませんか？」と。

そこで連れてこられたのが、ココだった。バイカラーのラグドールで、とても愛らしい表情の猫だった。

ただし、この時点でココは生後一年を迎えていた。他の兄弟姉妹たちは、ココ同様に愛らしいので早々にもらい手が見つかったが、ココだけはもらい手がいなかったのだという。

その理由は、ココが極端に人見知りをするためだった。生まれながらの性格だろうか。他人の前に連れて行かれると、すぐに脱走したり、キャットタワーの天辺《てっぺん》にのぼって隠れるような仔猫だったらしい。

このような次第で、他の仔猫たちはもらわれていったのに、ココだけは残っていた。彼らもこの仔だけは、自宅の飼い猫にするかと思っていた矢先に我々が訪ねてきたのだった。

「猫の扱いがお上手ですね」

キャットリーナさんは妻に言った。妻の膝《ひざ》の上で、ココは大人しく撫《な》でられていた。いままでは他人が触っただけで逃げたと言うのに。

こうしてココは我が家の一員となったが、極端な人見知りはすぐには直らなかった。自宅について、ケージを開けるや否や、ココは戸袋の隙間《すきま》に駆け込んで、閉じ籠《こ》もる。

猫は新しい環境がかなりのストレスになるとは聞いていたので、その時はそんなこともあるかと思っていた。なので餌皿にいつもの餌を用意し、猫トイレにはキャットリーナさんでもらった砂を混ぜた。猫は嗅覚が発達している動物なので、自分の臭いに安心するのだ。

翌朝、ココは餌を食べ、トイレを使用していた。我々が眠っている深夜に、戸袋からでて周囲を探検したらしい。

それでも最初の一週間は、ココが戸袋からでている姿を見ることはなかった。人気がないときに家の中を探検しているのは、家の中で猫の毛が落ちている範囲が拡大していることでわかったし、何度か引き籠もり場所も戸袋から妻のパソコンと壁の隙間に移動していた。

結局、ココが私のいる間に出歩く姿を見せるようになったのは、我が家に来てから二週間後のことだった。

このままこの仔は我々とつかず離れずで、共同生活を送って行くのか。それが独立独歩で生きてゆく猫と言う動物なのだろうか？　猫を飼うのは初めてだった私は、漠然とそんなことを考えていた。

だが一ヶ月も経たないうちに、それは大間違いだったことがわかる。新しい家が快適で安全だと見極めがついた途端、ココは豹変した。豹じゃなくて猫なのに。

戸袋に隠れていたものが、気がつけばリビングの陽当たりのよい場所で寝転んでいる。心配なほど食が細かったものが、餌は完食があたり前になり、あまつさえ餌が足りないと催促に来る。

人間と距離を置くどころか、仕事中でも容赦なく、撫でてと甘えに来る。無視しているとパソコンのキーボードで遊びはじめるので、仕方なく抱っこしてやると、安心して眠りはじめる。猫が寝息を立てたり、夢を見て独り言をいうことを、私はココを飼ってはじめて知った。

それでもココが一番甘えるのは妻だった。ココが雄猫だからなのか、母猫の記憶を妻が呼び覚ますためか、その辺はわからない。

ココは、なかなか賢い猫で、私が仕事帰りの妻を迎えに行く光景を、私が外に出れば妻が帰ってくると解釈したらしく、夜になって自分が甘えたくなると、私に「外に行ってママを連れてきなさい」と要求するようにさえなった。

我が家は山の斜面の住宅地の戸建てであった。その前がマンション生活だったので、その反動もあって、間仕切りを最小にして、開放空間を作ることを優先した。その関係で螺旋《らせん》階段も入れていた。

注文住宅なので、住んでいる人間に不満はなかったが、しかしながら、どう見てもこの構造の恩恵を受けていたのはココであった。

間仕切りが無いからフロアを全力疾走できる。人間は螺旋階段のつもりでも、客観的に見れば、それは巨大なキャットタワーであり、じっさいココは階段で寝転がることが多かった。

何というか、自分達は都会の喧噪から落ち着いた山間部に越してきたつもりだったのに、気がつけば、ココを迎え入れるために猫用の家を建てたようなものだった。ともかくココは四季に応じて、違った場所で仰向《あおむ》けになり、お腹を出して、気持ちよさそうに眠っていた。そんなココの姿は、私たち夫婦を和ませてくれた。

人見知りで甘えん坊だが、ココは性格の優しい猫でもあった。窓際で寝ている時に、野良猫が近づいて来たことがある。そんな時でも、ココは縄張りの侵入者を威嚇するでもなく、「お友達になろう」と鼻先を突き出して、野良猫に近づいて行ったほどだ。

残念ながら体重五キロを超える大型猫の接近に、驚いて逃げたのは野良猫だったが、当のココは、少しばかり寂しそうだった。

そんな関係が数年続いたある夏の夜のこと。都市部では記録的な熱帯夜とＴＶ等では報じられていたが、さすがに山間部では、窓を開けていれば、寝苦しいことはなかった。

その夜も、我々は窓を開けて眠っていた。しかし、その夜はなかなか寝付けなかった。それは我が家だけではなかったらしい。

住宅街は斜面にあり、我が家よりも下のブロックにもいくつかの家屋が建てられていた。

どういうわけか、そのブロックの飼い犬たちが遠吠えをあげている。高齢者も多い住宅街で、飼い犬の多くは小型犬だ。チワワとかポメラニアンの類《たぐい》であり、「疲れたから抱っこして」とせがむ犬たちを、飼い主が抱きながら歩くのが、この界隈の犬の散歩だ。そんな甘えん坊たちが、野生の声をあげている。

犬たちがあげる遠吠えは、場所を変えていた。それは外を移動する何者かに向かって吠えているように見えた。遠吠えの位置は、ゆっくりと歩くような速さで移動していたためだ。

そしてそんなことが三〇分ほど続いて、遠吠えは嘘のように収まった。

翌朝、いつものように散歩をしているとき、すでに昨夜のことなど私はすっかり忘れていた。住宅街の近くには大きな池があり、その周囲をまわるのがお決まりのコースである。

レンガ敷きの遊歩道を早朝に歩くのは気持ちの良いものだ。しかし、それも死体を発見するまでだ。

たぶんイタチではないかと思う。遊歩道の上に、何かに食いちぎられたイタチの死体があった。正確には頭だけ食べ残されていた。

そう言えば犬たちが騒いでいたのは、この池の近くだった。もともと農業用水のためのもので、池の遊歩道側の反対は山の斜面に面していた。

山に棲《す》む野生動物の仕業かも知れないが、イタチを食い殺すような動物の話は聞いたことがなかった。そんな凶暴な奴が頻繁に山から来るなら、チワワやポメラニアンなど飼えないだろう。

こんなことが、それからさらに四、五日続いた。深夜の犬たちの遠吠えに、翌朝の動物の死体。それは山鳩であったり、何かの動物としかわからない、食べ残しだったりした。

遠吠えは、時計で計ったように、深夜の二時一五分から毎回始まった。それが収まる時間は、始まる時間ほど正確ではないが、概ね三〇分ほどだった。

そして、遠吠えがはじまる場所は、日毎に坂を上っていた。住宅街は生活道路で区切られていたが、遠吠えは下から順番に、ブロック単位でのぼっていた。つまり我が家の方に近づいていた。

住宅街の生活道路と区割りの関係で、我が家は坂の下から上につながる一本道を塞《ふさ》ぐような区画に建てられていた。

これは住宅街が丘陵部に造成されているためで、我が家のあるブロックは、丘陵の鞍《あん》部《ぶ》にあるため、生活道路で仕切る必要がなかったためだ。そこから先には山がなく、あるのは崖だった。

だから二階の窓から、道路を通じて下まで遮《さえぎ》るものなく見渡せた。逆に道路を上ってくるものがあれば、我が家まで遮るものはない。

正直、いまだからこそ遠吠えが日毎に上に向かっていた、などと書けるが、当時はそんなことはまったく気にしていなかった。発情期か何か、その程度にしか思っていなかった。

そして午前二時一五分。近所の犬たちの遠吠えが始まった。だがその夜はいつもと違った。普段なら裏口のコンクリートの上で涼んでいるココが、その時ばかりは二階の寝室に現れた。

螺旋階段を駆け上がり、ベッドの上に飛び乗る。いつもならこういうときは、伏せるようにして甘えてくるのだが、様子が違う。

ココは妻の上に前足を立てて座ると、窓の方を見つめていた。いつもの甘えん坊の姿はない。はじめて見せる、狩猟動物の姿だ。

そして犬たちの遠吠えも動いている。なぜか今日は、住宅街を左右に移動することなく、真っ直ぐに道を登るように、犬たちの叫び声が移動していた。

「うぅぅぅぅっ」

ココを我が家に迎えて数年、はじめて耳にする相手を威嚇する声だ。低いうなり声は、ココが甘えん坊の猫ではなく、闘いに赴《おもむ》く獣《けもの》であった。

そしてココは、一瞬だけ窓から目をそらし、私を見た。

「奴は俺が引き受ける、あんたは彼女を守れ」

ココの視線はそう語っているように私には思えた。ついに隣家の犬が激しく吠えると同時に、ココは窓に飛び移り、何かと真正面から対峙した。

坂を登る何者かにとって、丘陵の頂上に登ることが目的だったのだろう。その道を塞ぐように、我が家があった。だからそれは我が家を突き抜けて行こうとした。周囲のものが惨禍に巻き込まれようとも。

私は、なぜかそんなことがわかった。そしてココは、彼から見て母猫のような妻を守るため、それとぶつかった。

ココは網戸に体当たりした。その瞬間、家が揺れたような気がした。

ココは窓から降りた。そして毛玉を吐き、そのまま疲れたようにベッドに登ると、そのまま妻の上で甘えるように眠った。それはいつもの、甘えん坊の猫の姿だった。そして深夜に犬たちが騒ぐことは二度となかった。

ココはそれから数日、お腹の調子が悪いようだったが、それも収まりいつもの日常が戻って来た。ただ、いままでのような螺旋階段を駆け上がったり、お気に入りの玩具を追って駆け回ることはめっきり減ってきた。

「ココの太り方がおかしい」

それに気がついたのは妻だった。食欲はあるにしても、猫はあんな腹が膨《ふく》れるような太り方はしないというのだ。そしてココは食事ができなくなった。餌が飲み込めずに吐いてしまうのだ。

すぐにかかりつけの獣医に診せた。結論は癌《がん》だった。少し前に予防接種を受けたときは、健康体だったのに、レントゲンを撮ると腹水が貯留し、それが食道も圧迫し、餌を飲み込めないのだという。

そして手術のかいもなく、ココは逝《い》ってしまった。ココの体内には腹水だけでなく、正体不明の臓器が増殖していたという。

家を売ろうと決めたのは、ココの納骨が終わった頃だった。猫のいない家は、夫婦二人にはあまりにも広すぎた。

ただ、本当にココがいなくなったのか、それはわからない。家で仕事をしていると、二階やリビングで猫の玩具が転がる音が聞こえることが多々あったからだ。

時には廊下にポツンと、猫の玩具だけが転がっていた。ただし、猫が玩具で遊ぶ音は聞こえても、妻も私もココの姿を見ることはなかった。

ある夜のこと、妻と寝室にいると、いつもの猫の玩具の音が聞こえてきた。

「そんなところに隠れていないで、こっちにおいで」

妻がそう言ったとき、玩具の音は止んだ。そしてそれからココの気配もなくなった。

数ヶ月後、我々は家から引っ越した。すべての家具を搬出した家には、空間だけがあった。ここで猫が生活していた痕跡は、壁のクロスの爪痕だけだ。

それから数日後、私は再び家を訪れていた。ケーブルＴＶの機材撤去に立ち会うためだ。作業は一〇分で終わり、サインをして私の役目も終わる。

もう二度とこの家に来ることはない。私はもう一度、家の中を見て回った。

家の中には、何もない。ただ一つ、螺旋階段に転がっている猫の玩具を除いて。

穴を掘りに

松尾由美

「こんな夜中に、何をしに行くんだい？」

「それは、見ればわかるでしょう」

何となく寝そびれた深夜に、廊下の電球が虫の鳴くような音をたてて切れ、買い置きもないのでコンビニエンスストアに行くことにした。

そこまで歩く道すがら、子供に出会ったのだ。ところどころ街灯に照らされ、残りはほの暗い道を、まだ小さな――小学校には入っているだろうが、おそらく十歳にはなっていない男の子がひとりで歩いていたのである。

「見ればわかるでしょう」子供は言って、「穴を掘りに行くんですよ」

おとぎ話に出てくる小人のように、背丈とそれほど変わらないスコップを上向きにかついだ姿を見れば、たしかにそういう理屈になる。

利発そうなかわいい顔をした子供で、白い開襟シャツに茶色の半ズボンをはいていた。近ごろはハーフパンツというのだろうか。わたしが子供のころはかされたような短いものではなく、太ももの大部分を覆うやつ。目の粗い布の薄茶色のリュック、背中からはみ出すほどの大きさで、重そうにふくらんだのを背負《せお》っている。

「ひとりで？」

「ええ」

「大丈夫かね」

「大丈夫です」

子供は笑顔で言って歩き出し、気になったわたしはついあとを追う形になった。

わたしがあのくらいのころはこんな夜中にひとりで出歩くなど考えられなかった。時代もちがうし、場所もちがう。ことさら田舎《いなか》というほどでもない地方都市だが、夜はもっと暗く、もちろんコンビニエンスストアなどというものもなかった。

とはいえ、今の世の中でも、めったにあることではないはず。ふだんならわたし自身が眠っている時間なので断言はできないが。

町はずれに向かう道はゆるい上り坂になっている。重そうな荷物と装備にもかかわらず、子供の足は早い。

しっかりした運動靴（近ごろの言い方ではスニーカーか）をはいた子供にひきかえ、

わたしのほうは素足にサンダル。坂道向きとはいえず、同じペースで歩くのは少し努力のいることだった。

「どこまで行くんだい」

「この先の空き地へ」

子供はわたしがついてくることを特に不審とも不快とも思わないようで、ふり返ることも足をゆるめることもないまま、問いかけにきちんと答えてくる。

とはいえわたしのほうが、遅れないよう歩きながら言葉を口にするのにいくぶん苦労がいり、そうそう話しかけるわけにもいかなかった。たずねたいことはたくさんあるが、短い問いをひとことずつ発するくらいしかできそうにない。

「今じゃないといけないのか」穴を掘るのは、という意味である。

「はい」子供ははっきりと、「今、この時じゃないといけないのです」

坂はさっきよりほんの少し急になってだらだらとつづく。足腰の丈夫な人にとっては言うほどのこともない道だろう。

そう、サンダルがどうこうという以前に、わたしの足腰が弱っているのだ。一歩一歩踏みしめながら、懸命に子供の背中を追ってゆく。

大きすぎるリュックを背負った姿が、ふと昔の記憶と重なった。誰かが誰かをおんぶして歩いている。大人が子供をではなく、子供が、自分より小さな子供を。

わたしはそのうしろを歩きながら、ひそかなにやにや笑いを浮かべていたような気がする——

遠くで犬の吠える声がして、わたしは息がとまるほど驚いた。前を行く子供のほうは気にとめたふうもない。

あのリュックには、いったい何が入っているのだろう。

夜中にわざわざ出かけてゆく、大きな荷物を背負いスコップをかついで「穴を掘りに」となれば、おそらく何かを埋めに行くのだろう。

夜中、穴、埋める——そうした言葉には秘密のにおいが拭いがたくつきまとう。

あんな小さな子供に秘密などありうるだろうか？　わたしは自問し、すぐに答える。もちろん。

けれども子供の足取りはそれにしては無頓着だし、何より、わたしがこうしてついてくることをいやがってもいない。

「大きな荷物だけど、何が入っているの？」

子供は答えず、しだいに家がまばらになり、かわりに木立《こだち》が密度を増した道を進んでゆく。

これは夢だろうか、とわたしは考える。そう、もちろん夢にちがいない。

あんな小さな子供が、大きなスコップをかついで夜中に歩き回るなどというのは、およそ現実の世界にあることではない。

とはいえ坂道のつらさは真に迫り、素足がサンダルにこすれて痛くてしょうがなかった。あとで見たら靴ずれができているかもしれない。

あの子の足もこんなふうに痛かったのだろうか。

あの子とは誰のことだろう。さっき記憶に浮かびあがった、大きな子に背負われていた小さな子のことか。

「どこまで行くの？」

「もうすぐです」

今度ははっきりと返事がかえってきた。

そしてその言葉は嘘ではなく、ほどなく広い空き地のところに来た。子供はその中ほどへ進んでゆくと、スコップを地面に置き、ずっと背負ってきたリュックを慎重な手つきで草の上に下ろす。

ここまで来ると街灯のたぐいはないが、欠けはじめた月のせいか、周囲はそれなりに明るい。

子供はスコップを拾いあげ、掘りはじめる。

服装も顔立ちも今どきの都会の子だが、スコップの扱いは堂にいったものだった。数十センチを一気に掘ると、さすがにひと休みし、手の甲でひたいを軽くぬぐう。

「手伝おうか？」

「けっこうです。お年寄りにそんなことはさせられません」

作業を再開し、五十センチかそこらまで掘ったあたりで、子供は手を止めて『よし』というようにうなずく。

ここで埋めるべき品物をリュックから取り出すのだろう。わたしはそう思っていたが、子供は地面に腹ばいになると、白いシャツが汚れるのもかまわず穴の中へ手を、というより肩から先をつっこみ、

「あった」

嬉しそうな声をあげる。何かを埋めるためではなく、掘り出すために来たのだ。

子供の頭、つづいて両手が穴のふちからあらわれ、手にひとつずつ持っていたものを見て、わたしは戦慄する。

一足の小さな下駄、黒塗りで赤い鼻緒がついている。

あの子の下駄だ。

遠い昔、わたしが地面に埋めたものだった。ここではない別の場所だったたし、あんなに深くでもなかったが。

子供はわたしの顔を見上げ、『ちゃんと見つけましたよ』とでもいうような誇らしげな笑みをうかべてから、リュックのところへ行って留金をはずす。

あらわれたのは大きな壺、胴が丸みをおびて口が広く、素焼きながら艶《つや》のある年代物らしい壺だった。

「これは、招魂の壺です」

壺に手をさしこんで下駄を入れ、白い紙で蓋《ふた》をする。

それから数歩うしろに下がり、しばらく何ごとかつぶやくあいだ、わたしははっきりと恐怖を感じながら、逃げることもできずにその場にたたずんでいた。

あの日、近所に住むきょうだいとわたしの三人で、祭りの夜店に行ったのだ。わたしよりひとつ上の兄と、ひとつ下の妹。妹は短すぎる去年の浴衣《ゆかた》を着て、新しく買ってもらった下駄をはいていた。

帰るころには鼻緒がきつくて痛いと言い出し、しかたなく兄がおぶって行くことになった。その時下駄を脱いだまま忘れていたのを、わたしが拾って自分のふところに入れた――意地悪ではなくちょっとしたいたずら、本人が気づいて慌《あわ》てたら「ほら」と出してやるつもりだったのだ。

けれども何かがゆきちがった。たしか兄が友達にからかわれて妹を背中から下ろし、それと同時に妹が「下駄を忘れた」とはだしのまま走り出したのだったか。

わたしはあとを追おうとして、やはり友達に話しかけられたのだったか。

ともかく妹の姿は人ごみにまぎれ、わたしたちが探しても見つからなかった。

そのあと大人が大勢で探しても見つからず、それきり行方がわからなくなり、人さらいにさらわれたのだろうということになった。

今なら変質者に連れていかれたというのだろう。別々のことなのかもしれず、同じことなのかもしれない。

誰もわたしが下駄を隠したことには気づかず、わたしは翌日裏山に行くと、ありあわせの板で穴を掘ってそれを埋めたのだった――

男の子がいつしかつぶやきをやめ、壺に近づいて紙をはずすと、口から白い湯気のようなものがたちのぼり、空中でしだいに形をとった。

あの子の顔だった。

あの時のままの幼い顔を見て、ああやはり、あれからすぐに死んだのだなとわかった。名前も忘れてしまった女の子の顔が、ゆらゆらと揺れながらわたしを見つめ、わたしは腰が抜けたようにすわりこむと、

「あの時はごめん」

地面に手をつき、草がひたいをこするのを感じながら言った。それ以上は何も言えなかった。困らせるつもりじゃなかった、追いかけるつもりだった――何を言ってもむなしいだけだ。

ようやく顔を上げる度胸がついた時、女の子の顔はまだ同じ場所で白くゆらゆらと揺れていた。

わたしを見る表情はおだやかで、目には怒りも恨みも感じられない。

「ぼくのことを恨んでいないの」

思わず言うと、女の子のくちびるがぼんやりと開き、

「今さらそんな――」

障子《しょうじ》ごしに響いてくるような声で、ゆっくりと発したのはそういう言葉だった。

「でも、ぼくのせいだろう」わたしのほうは息せき切って、「ぼくがあんなことをしなければ、きみは死ななくてすんだんだろう」

「それは、たしかにそうだけど」女の子はあいかわらずゆっくりと、

「あなたは意地悪をしたわけじゃないし、ひどいことをしたのは別の人だし」

「でも――」

「誰でもいつかは死ぬものだから。それに――」

「それに？」

「それに、あなたも、もう死んでいるのだし」

そうか。そうなのか。

さっき女の子が「今さら」と言ったのは、あれから長い時間がたっているという意味ではなかった。

男の子は何かを埋めるところではなく、掘り出すところだった。

今いるここは夢の中ではなく、自分が死んだことにまだ気づかぬ人が、つかのまさまよう場所だったのだ。

さっきまでの刺すような罪悪感はしだいに薄れ、安堵のような、未練のような、あきらめのような――さまざまな感情が浮かんでは、やがて何もかも薄れて消えてゆくのがわかった。

著者略歴
（掲載順）

太田忠司（おおた・ただし）
愛知県生まれ。一九八一年「帰郷」が星新一ショートショート・コンテスト優秀作に選ばれる。著者に「少年探偵・狩野俊介」シリーズ、「霞田兄妹」シリーズ、「目白台サイドキック」シリーズ、『奇談蒐集家』『名古屋駅西　喫茶ユトリロ』『死の天使はドミノを倒す』『万屋大悟のマシュマロな事件簿』など。

友井　羊（ともい・ひつじ）
群馬県生まれ。二〇一一年『僕はお父さんを訴えます』で第一〇回『このミステリーがすごい！』大賞の優秀賞を受賞してデビュー。著書に「スープ屋しずくの謎解き朝ごはん」シリーズ、『ボランティアバスで行こう！』『さえこ照ラス』『向日葵ちゃん追跡する』『スイーツレシピで謎解きを　推理が言えない少女と保健室の眠り姫』『魔法使いの願いごと』『映画化決定』など。

永嶋恵美（ながしま・えみ）
福岡県生まれ。二〇〇〇年『せん-さく』でデビュー。二〇一六年「ババ抜き」（『アンソロジー　捨てる』収録）で第六九回日本推理作家協会賞短編部門受賞。著書に「泥棒猫ヒナコの事件簿」シリーズ、『転落』『視線』『ベストフレンズ』など。

似鳥　鶏（にたどり・けい）
千葉県生まれ。二〇〇六年『理由《わけ》あって冬に出る』で第16回鮎川哲也賞に佳作入選し、二〇〇七年に同作品でデビュー。著書に『さよならの次にくる〈卒業式編〉』『さよならの次にくる〈新学期編〉』『まもなく電車が出現します』『昨日まで不思議の校舎』『家庭用事件』『彼女の色に届くまで』『100億人のヨリコさん』「楓ヶ丘動物園」シリーズ、「戦力外捜査官」シリーズなど。

松村比呂美（まつむら・ひろみ）
福岡県生まれ。二〇〇五年『女たちの殺意』でデビュー。著書に『幸せのかたち』『恨み忘れじ』『終わらせ人』『鈍色の家』『キリコはお金持ちになりたいの』など。

井上雅彦（いのうえ・まさひこ）
東京都生まれ。一九八三年「よけいなものが」が星新一ショートショート・コンテストで優秀作に選ばれ、以降、幻想怪奇の短編小説を中心に活躍。著書に『夜会　吸血鬼作品集』『夜の欧羅巴《ヨーロッパ》』『燦めく闇』など。一九九七年より自ら企画・監修したアンソロジー「異形コレクション」を刊行し、一九九八年に日本SF大賞特別賞受賞。

大崎　梢（おおさき・こずえ）
東京都生まれ。二〇〇六年『配達あかずきん』でデビュー。著書に「成風堂書店事件メモ」

シリーズ、「出版社営業・井辻智紀の業務日誌」シリーズ、「天才探偵Sen」シリーズ、『忘れ物が届きます』『だいじな本のみつけ方』『空色の小鳥』『誰にも探せない』『スクープのたまご』『よっつ屋根の下』『本バスめぐりん。』『横濱エトランゼ』など。

坂木　司（さかき・つかさ）
東京都生まれ。二〇〇二年、『青空の卵』でデビュー。著書に「ひきこもり探偵」シリーズ、「ホリデー」シリーズ、「二葉と隼人の事件簿」シリーズ、「和菓子のアン」シリーズ、『切れない糸』『シンデレラ・ティース』『夜の光』『短劇』『何が困るかって』『鶏小説集』など。

田辺青蛙（たなべ・せいあ）
大阪府生まれ。二〇〇六年第四回ビーケーワン怪談大賞で「薫糖」が佳作、『てのひら怪談』に短編五編が収録される。二〇〇八年『生き屏風』で、第一五回日本ホラー小説大賞短編賞を受賞。著書に『魂追い』『皐月鬼』『あめだま 青蛙モノノケ語り』『モルテンおいしいです^q^』『人魚の石』など。

矢崎存美（やざき・ありみ）
埼玉県生まれ。一九八五年「殺人テレフォンショッピング」で星新一ショートショート・コンテスト優秀賞を受賞。一九八九年『ありのままなら純情ボーイ』でデビュー。著書に「ぶたぶた」シリーズ、「食堂つばめ」シリーズ、『NNN《ねこねこネットワーク》からの使者 猫だけが知っている』

『繕い屋 月のチーズとお菓子の家』など。

芦沢　央（あしざわ・よう）
東京都生まれ。二〇一二年『罪の余白』で第三回野性時代フロンティア文学賞を受賞しデビュー。著書に『悪いものが、来ませんように』『今だけのあの子』『いつかの人質』『許されようとは思いません』『雨利終活写真館』『貘の耳たぶ』『バック・ステージ』。

北野勇作（きたの・ゆうさく）
兵庫県生まれ。一九九二年『昔、火星のあった場所』で第四回日本ファンタジーノベル大賞優秀賞を受賞しデビュー。同年、落語台本「天動説」で第一回桂雀三郎新作落語「やぐら杯」最優秀賞受賞。二〇〇一年、『かめくん』で第二二回日本SF大賞を受賞。著書に「北野勇作どうぶつ図鑑」シリーズ、『大怪獣記（クトゥルー・ミュトス・ファイルズ）』『カメリ』など。

柄刀　一（つかとう・はじめ）
北海道生まれ。公募アンソロジー「本格推理」シリーズへの参加を経て、一九九八年『3000年の密室』でデビュー。著書に『ゴーレムの檻』『密室キングダム』『ペガサスと一角獣薬局』『400年の遺言』『空から見た殺人プラン』（「天才・龍之介がゆく！」シリーズ）『システィーナ・スカル』『月食館の朝と夜』など。

新津きよみ（にいつ・きよみ）
長野県生まれ。一九八八年『両面テープのお嬢さん』でデビュー。著書に、『彼女たちの事情』『巻きぞえ』『ふたたびの加奈子』『夫以外』『二年半待て』『シェアメイト』など。

丸山政也（まるやま・まさや）
長野県生まれ。二〇一一年「もうひとりのダイアナ」で第三回『幽』怪談実話コンテスト大賞を受賞。著書に『怪談実話　死神は招くよ』『怪談五色　破戒』『実話怪談　奇譚百物語』『瞬殺怪談　斬』『恐怖実話　奇想怪談』『奇譚百物語　拾骨』など

彩瀬まる（あやせ・まる）
千葉県生まれ。二〇一〇年「花に眩む」で第九回女による女のためのR-18文学賞読者賞を受賞しデビュー。著書に『あのひとは蜘蛛を潰せない』『骨を彩る』『神様のケーキを頬ばるまで』『桜の下で待っている』『やがて海へと届く』『眠れない夜は体を脱いで』『くちなし』など。

篠田真由美（しのだ・まゆみ）
東京都生まれ。一九九二年『琥珀の城の殺人』でデビュー。著書に「建築探偵桜井京介の事件簿」シリーズ、「龍の黙示録」シリーズ、「黎明の書」シリーズ、「レディ・ヴィクトリア」シリーズなど。

柴田よしき（しばた・よしき）
東京都生まれ。一九九五年『ＲＩＫＯ　女神《ヴィーナス》の永遠』で第一五回横溝正史賞を受賞しデビュー。著書に「RIKO」シリーズ、「猫探偵正太郎」シリーズ、「麻生龍太郎」シリーズ、「鉄道旅ミステリ」シリーズ、『あおぞら町　春子さんの冒険と推理』『青光の街《ブルーライト・タウン》』『さまよえる古道具屋の物語』『ねこ町駅前商店街日々便り』など。

福田和代（ふくだ・かずよ）
兵庫県生まれ。二〇〇七年『ヴィズ・ゼロ』でデビュー。著書に「航空自衛隊航空中央音楽隊ノート」シリーズ、「自衛官・安濃将文」シリーズ、『ＴＯＫＹＯ　ＢＬＡＣＫＯＵＴ』『星星の火』『緑衣のメトセラ』『火災調査官』『広域警察　極秘捜査班　ＢＵＧ』『Ｓ＆Ｓ探偵事務所　最終兵器は女王様』『空に咲く恋』など。

光原百合（みつはら・ゆり）
広島県生まれ。尾道市立大学日本文学科教授。詩集や童話を執筆する一方、一九九八年『時計を忘れて森へいこう』で推理小説界に本格デビュー。二〇〇二年、「十八の夏」で第五五回日本推理作家協会賞（短編部門）受賞。著書に『最後の願い』『銀の犬』『扉守　潮ノ道の旅人』『イオニアの風』など。

近藤史恵（こんどう・ふみえ）
大阪府生まれ。一九九三年『凍える島』で第四回鮎川哲也賞を受賞してデビュー。二〇〇八年『サクリファイス』で第一〇回大藪春彦賞受賞。著書に「探偵今泉」シリーズ、「猿若町捕物帳」シリーズ、「サクリファイス」シリーズ、「ビストロ・パ・マル」シリーズ、『岩窟姫』『スーツケースの半分は』『シャルロットの憂鬱』『インフルエンス』『震える教室』など。

鈴木輝一郎（すずき・きいちろう）
一九六〇年岐阜県生まれ。一九九一年『情断！』（講談社）でデビュー。一九九四年「めんどうみてあげるね」で第四七回日本推理作家協会賞短編賞受賞。歴史小説『本願寺顕如』『桶狭間の四人』など著書多数。日本推理作家協会・日本文藝家協会会員。

蓮見恭子（はすみ・きょうこ）
大阪府生まれ。二〇一〇年『女騎手』で第三〇回横溝正史ミステリ大賞優秀賞を受賞しデビュー。著書に「国際犯罪捜査官・蛭川タニア」シリーズ、『ガールズ空手　セブンティーン』『襷を、君に。』『襷を我が手に』『シマイチ古道具商　春夏冬《あきない》人情ものがたり』など。

林　譲治（はやし・じょうじ）
北海道生まれ。一九九五年『大日本帝国欧州電撃作戦』（共著）でデビュー。著書に「焦熱の波濤」シリーズ、「兵隊元帥欧州戦記」シリーズ、『暗黒太陽の目覚め』『大赤斑追撃』など。

ガンダムシリーズのノベライズも手がける。

松尾由美（まつお・ゆみ）
石川県生まれ。一九八九年『異次元カフェテラス』でデビュー。著書に、「バルーン・タウン」シリーズ、「安楽椅子探偵アーチー」シリーズ、「ハートブレイク・レストラン」シリーズ、『わたしのリミット』など。

光文社文庫

文庫書下ろし
怪《かい》を編《あ》む　ショートショート・アンソロジー
著　者　アミの会《かい》（仮《かり》）

2018年4月20日　初版1刷発行

発行者　鈴木広和
印　刷　堀内印刷
製　本　ナショナル製本

発行所　株式会社　光文社
〒112-8011　東京都文京区音羽1-16-6
電話（03）5395-8149　編集部
8116　書籍販売部
8125　業務部

落丁本·乱丁本は業務部にご連絡くだされば、お取替えいたします。
ISBN978-4-334-77632-9　Printed in Japan

組版　萩原印刷